El Destino 4

Der Plan und die Macht

des Schicksals

von

Jaliah J.

Impressum

Alle Rechte am Werk liegen beim Autor
J., Jaliah
El Destino 4, Der Plan und die Macht des Schicksals

Berlin, April 2015
Erstauflage
Lektorat: Günter Bast, Theresa
Cover/Bildgestaltung: Klaud Design – Marie Wölk

Herstellung und Verlag:
BoD - Books on Demand, Norderstedt

ISBN 978-3-7347-7098-2
www.jaliahj.de

Ich glaube, zu diesem Buch passt ein altes Sprichwort, das so wahr ist und sicherlich jeder im eigenen Leben schon gespürt hat.

Der Mensch plant und das Schicksal lacht darüber.

Doch welche Wege das Schicksal dann geht, welche neuen Türen es öffnet, wird sich erst mit der Zeit zeigen und es stellt sich erneut die Frage:

Glaubst du an das Schicksal?

Kapitel 1

Gabriel sieht in die Augen seiner Brüder. »Ich habe es immer geahnt, wieso hat uns keiner etwas davon gesagt?« Nando fegt mit einer Handbewegung den kompletten Tisch leer. Olivia, die neben ihnen steht, wischt sich einige Tränen aus den Augen und hält Cassandra fest in ihren Armen. Als er ihren Blick trifft, erkennt er darin Bedauern und Mitleid. Gabriel senkt seine Augen, das war es, was er immer verhindern wollte.

»Lasst den Scheiß jetzt, er kann nichts dafür und es ändert nichts!« José sieht seine Brüder der Reihe nach an. »Es ändert nichts? Wenn ich daran denke, wie meine Mutter bis zur letzten Sekunde ihres Todes leiden musste, ändert das sehr viel.« Nathan steht auf und hebt die Hand. »Ich bin weg!« Arturo sieht zu Gabriel, die Wahrheit hat innerhalb einer Sekunde alles so sehr zwischen ihnen geändert, dass er ihm nicht einmal mehr richtig in die Augen sehen kann. »Wer ist die Frau, kennt ihr sie?« Gabriel schüttelt den Kopf, auch wenn in ihm in dem Moment Erinnerungen wieder hochkommen, die er immer weit von sich geschoben hat.

Sein Vater, der ihn als kleinen Jungen auf dem Arm trägt, an einem verlassenen Strand. Dann erscheint vor ihnen eine Frau, Gabriel erkennt ihr Gesicht nicht, er sieht immer nur lange blonde Haare, die durch den Wind verweht werden. Die Frau kniet sich hin und sein Vater lässt ihn vom Arm herunter. Es fühlt sich so natürlich an, in die Arme dieser Frau zu rennen, er ist vielleicht drei oder vier Jahre alt, doch er weiß, dass es sich gut anfühlt, richtig anfühlt, aber zugleich verwirrt es ihn. Gabriel schüttelt diese Gedanken ab und sieht Arturo wieder in die Augen, der seinen Blick augenblicklich abwendet. »Ich kenne sie nicht, eure Mutter war auch meine Mutter!«

Gabriel sieht zu José, er stand die ganze Zeit hinter ihm, dann zu Nando und Arturo. Und das, was er immer befürchtet hat, wenn eines Tages die Wahrheit ans Licht kommt, trifft ihn schlimmer als ein Messer ins Herz. Er sieht die Ablehnung in ihren Augen.

Gabriel schlägt die Augen auf und reibt sich diesen Albtraum aus dem Gesicht, wie so oft in den letzten Jahren, doch er kann nicht verhindern, dass ihn dieser Traum immer wieder einholt. Er greift auf seinen Nachttisch und sieht auf sein Handy. Zwei Nachrichten, beide von José. 'Ich hoffe du pennst nicht mehr, wir haben in einer Stunde einen Termin.' Gabriel flucht und sieht zur Uhr, bevor er die nächste Nachricht liest. 'In zehn Minuten trete ich deine Tür ein du Sack!' Gabriel lässt seinen Kopf kreisen und steht auf. Wie nervig kleine Brüder doch sein können.

Er zieht seine Boxershorts aus und lässt sie auf den Boden fallen, bevor er ins Bad und unter die Dusche geht. Das Training mit Nathan gestern hat Spuren hinterlassen. Obwohl er fast täglich trainiert, haben sie beide gestern übertrieben und seine Arme fühlen sich schwer wie Blei an. Er beeilt sich. Als er sich eine Jeans und ein einfaches weißes Shirt überzieht, fällt sein Blick in den Spiegel. Er hat das Gesicht von seinem Vater, er hat die gleiche Nase, den Mund und auch die Bräune wie seine anderen Brüder. Seine Augen aber haben nicht den dunklen Braunton, sie sind hellbraun und wenn man genau hinsieht, erkennt man auch grün darin.

Besonders Nathan beneidet ihn um diese Augenfarbe. Auch dass seine Haare dunkelblond sind, fasziniert so einige, sie können nicht ahnen wie sehr Gabriel es hasst. Er hasst alles, was ihn weiter von seinen Brüdern entfernt und deutlich zeigt, dass er in Wahrheit nicht zu ihnen gehört.

Er fasst sich an seine Tätowierung am Hals, das N, das für sie alle steht und was er sich zusammen mit Nando hat stechen lassen. Er spürt brennend sein Kreuz, das ihm über den Schulterblättern gestochen wurde und was auch ihren Familiennamen an sich trägt, dort ist alles im Kreuz verbunden, wofür er sterben würde und für was er lebt, die Los Natos, die Familie und Gott.

Er wird bis aufs Blut dafür kämpfen, dass das so bleibt, und wenn es bedeutet, noch 100 weitere Jahre mit diesen Albträumen leben zu müssen, so wird er das gern machen.

Er müsste mal wieder zum Friseur. Zwar trägt er seine Haare eh immer etwas länger, da ihm das diesen Surferlook gibt, auf den die Frauen so abfahren, doch er will sie auch nicht zu lang haben. Er zieht sich ein weißes Käppi auf, bindet sich die weißen Sneakers, sieht noch einmal auf sein Handy, bevor er es sich in die Hose steckt, seine Waffe nimmt und aus dem Haus geht, wo ihm sofort die Sonne ins Gesicht scheint.

Er senkt den Blick und zieht das Käppi weiter in sein Gesicht, so wach ist er noch nicht. Es ist Oktober, aber auch wenn der Hochsommer schon vorbei ist, so ist die Sonne, wie immer hier in Puerto Rico, erbarmungslos.

Er geht direkt zu Josés Haus und klopft laut an. »Wo bleibst du denn? Meine Tür ist immer noch ganz!« Gabriel muss grinsen, als sein kleiner Liebling Janine aufmacht. »Ich dachte, ich verschaffe dir noch etwas Zeit.« Sie lächelt und gibt ihm einen Kuss auf die Wange. In dem Moment taucht José hinter ihr auf und man erkennt sofort, was die beiden gerade noch aufgehalten hat. »Ich bin schon da, wir sind eine halbe Stunde zu spät.« Gabriel schnalzt die Zunge. »Sie können froh sein, dass wir über-haupt kommen, also schalt mal einen Gang runter.« Janine geht zurück ins Haus, während sich José seine Schuhe anzieht und die Waffe in die Hose steckt. »Hast du die Taschen?« José nickt und deutet auf seinen neuen Mercedes. »Wir nehmen mein Auto.«

Janine kommt wieder und hält Gabriel einen Becher mit Kaffee und zwei Croissants hin. »Habe ich dir schon gesagt, dass ich deine Freundin liebe?« Gabriel gibt ihr einen Kuss. »Nathan und du seid zu chaotisch, langsam wird es Zeit für eine Frau für euch beide!« José umarmt Janine noch ein-mal, die Gabriel daran erinnert, dass es Zeit für eine Frau in seinem Leben wird. »Wir suchen dir auch so einen Engel wie ich ihn gefunden habe.« Sein Bruder gibt Janine noch einen Kuss. »Ich hoffe doch, dass es bald so weit ist, meine Schmutzwäsche bringt mich um und die Haushälterinnen sind momentan nur bei Nando im Haus.« Janine lacht. »Deine Frau wird ja wohl noch zu mehr gut sein als nur um deine Wäsche zu waschen.«

Gabriel will ihr gerade erzählen, was er noch alles mit der Frau vorhat, die hoffentlich bald den Platz an seiner Seite einnehmen wird, da ertönt ein lauter Pfiff von gegenüber. Sie wenden sich alle um und sehen zu Arturo, der auf seinem Balkon steht. »Ich habe gerade einen Anruf bekommen, da gibt es Leute die auf euch warten, ihr Divas!« Auch wenn er ein Lächeln im Gesicht trägt, als er auf sie drei blickt, sieht er sie streng aus seinen Augen an, das hat bei ihnen schon immer gewirkt.

Arturo hat als ältester Bruder früh angefangen seine jüngeren Geschwis-ter mitzuerziehen, sonst wäre es niemals möglich gewesen sie alle zu bän-digen. Nachdem ihr Vater gestorben ist, hat er die Rolle ganz übernom-men und auch wenn sie alle nun erwachsen sind, wirkt dieser Blick noch. »Schon gut Papa, wir sind schon weg!« José wirft Arturo einen Luftkuss hin, was diesen den Kopf schütteln lässt und gibt Janine einen letzten Kuss. »Wir holen dich um vier von der Uni ab!«

Gabriel setzt sich hinter das Steuer. Auch wenn es Josés Wagen ist, ist immer noch er der Ältere. »Du solltest mir auf ewig dankbar sein, dass ich damals mit Janine geredet habe, nur meinetwegen hast du sie jetzt zurück.« Gabriel beißt genüsslich von dem Croissant ab und steuert gleichzeitig das Auto. José neben ihm lacht. »Wir wären auch so wieder zusammengekommen, trotzdem liebt sie dich seitdem wie einen Bruder, den sie nie hatte.« Gabriel lacht und nimmt sich den Becher aus der Getränkeablage. »Das liegt nur an meinem Charme, niemand kann dem widerstehen!« Sie fahren an den Wachen vorbei, Milo ist gerade eingeteilt und Gabriel hält.

Als er das Fenster herunterkurbelt, geht Milo schon lachend in Deckung, trotzdem trifft ihn der nun leere Becher. »Du Sack, wehe du lässt diese Psychopatin noch einmal herein.« Milo lacht immer noch. »Du warst doch zwei Stunden vorher noch bei mir und meintest, du hast solche Langeweile.« Gabriel hebt warnend den Finger. »Die ist nichts gegen Langeweile, die Frau ist eine Psychopatin, ich musste so tun, als würde Nathan im Krankenhaus liegen, damit ich sie wieder loswerde.« José neben ihm lacht, er erinnert sich an die chaotische Nacht vor zwei Tagen. »Sie hat ein offizielles Verbot für das Nato-Gebiet!«

Sie fahren weiter, doch Gabriel hat das Grinsen in Milos Gesicht gesehen, sie kennen sich von klein an, er wird sie wieder hereinlassen. »Was bist du so abweisend zu der kleinen Asiatin? Vielleicht ist sie ja der Engel, den du suchst.« Gabriel lehnt sich entspannt zurück. »Nein, ich suche einen Engel, keine Chica, die Frau hat nicht mehr alle Tassen im Schrank. Glaub mir, ich werde es merken, wenn ich meinen Engel treffe und sie wird die beste Frau der Welt sein.«

José schreibt eine Nachricht auf seinem Handy. Nando, José und Arturo haben alle drei gute Frauen gefunden, doch bei Nando hat sich Lina am Anfang sehr dagegen gesträubt, bei José war er es, der am Ende allem im Weg stand. Gabriel ist sich sicher, dass ihm so etwas niemals passieren wird. Er wird seine Frau von Anfang an auf Händen tragen. Wieder ein Punkt, der ihn grundlegend von seinen Brüdern unterscheidet. »Du hast viel zu hohe Erwartungen. Was ist, wenn es deinen Engel so nicht gibt?« Sie halten vor dem Restaurant, in dem sie verabredet sind. »Es gibt sie, sie wird perfekt sein und jetzt komm, lass uns ein bisschen Geld verdienen.«

Sobald sie in den hinteren Teil des Restaurants kommen, stehen zehn Männer auf, die um einen Tisch herum versammelt waren. Gabriel hat sie noch nicht getroffen, José und Nando haben den Deal eingefädelt, doch da Nando nun verhindert ist, übernimmt er die Abwicklung mit José. Man sieht den Männern an, dass sie genervt sind, weil sie warten mussten, trotzdem begrüßen sie sie freundlich. Der Restaurantbesitzer kennt die Brüder und bringt ihnen zwei kleine Espresso, Gabriel ist noch immer nicht wach. »Also gut, habt ihr das Geld dabei?« Gabriel hat keine Lust auf Smalltalk, einer der Männer deutet auf zwei Taschen unter dem Tisch. »Wo sind die Waffen?«

José nimmt einen Schluck Espresso. »Im Wagen, wir können gleich raus, was wolltet ihr noch neues besprechen?« Gabriel lehnt sich zurück, als der Mann ihnen erklärt, sie könnten sich eine längerfristige Partnerschaft mit den Los Natos vorstellen. Sie würden sich um den Schutz der Läden und Geschäftsleute aus anderen Städten kümmern und im Namen der Los Natos handeln. Gabriel winkt sofort ab. »Wir erledigen unsere Geschäfte nur in der Familie. Es ist niemals gut, wenn man da andere mitmischen lässt.« Der Mann hebt die Augenbrauen. »Augusto wird darüber nicht erfreut sein, er ist mittlerweile auch immer mächtiger geworden in Puerto Rico und dachte, zusammen mit euch zu arbeiten wäre sinnvoll, so besteht keine Gefahr, dass man sich eines Tages in die Quere kommt.« Nicht nur Gabriel hat die versteckte Drohung verstanden und lacht leise auf.

»Es interessiert uns nicht, was Augusto darüber denkt, ihr habt uns kon-taktiert, um Ware zu kaufen, also tut das. Alles andere wird es nicht geben.« Der Mann tippt demonstrativ lange auf seinem Handy herum, Gabriel wird langsam sauer. Er hat wirklich gehört, dass dieser Augusto immer bekannter wird, doch selten ist jemand so überheblich ihnen gegenüber. Er steht auf und José tut es ihm gleich. »Dann los, seht euch die Waffen an, wir haben heute auch noch andere Sachen zu erledigen.« Endlich legt der Kerl das Handy weg und sie gehen alle vor das Restaurant zu den Autos. José öffnet den Kofferraum und Gabriel zeigt ihnen die Waffen.

»Augusto möchte etwas vom Preis heruntergehen, er hat diesem Preis nur zugestimmt, weil er dachte, wir arbeiten auch in ...« Gabriel knallt die Kofferraumtür wieder zu und lässt den Mann gar nicht ausreden. Schnel-ler als er gucken kann oder einer seiner Männer reagieren kann, hat er Gabriels Waffe am Kopf. Gleichzeitig hört er das Klicken von Josés Waf-fe, der damit auf die anderen Männer zielt, ob sie acht Mann mehr sind, ist unwichtig. José und er kennen sich in- und auswendig, sie wissen wie der andere denkt und tickt, genau das ist immer ihr Vorteil.

»Denkst du kleines Arschloch, wir sind hier auf dem Basar? Sag deinem beschissenen Augusto, er soll nie wieder an uns herantreten, weil er irgendetwas braucht. Es gibt keine Geschäfte mehr zwischen uns. Und damit er auch weiß, wie gut unsere Waffen funktionieren ...« Gabriel schießt dem Mann ins Knie und der schreit laut auf. »Kommt nie wieder auf die Idee, uns noch einmal so respektlos gegenüberzutreten, es ist uns scheißegal, wie Augustos Macht wächst, er wird nie an uns heranzukommen. Denkt daran, wenn ihr euch noch einmal bei uns blicken lasst!«

Zwei Männer kommen und stützen den angeschossenen Mann, der nur noch nickt. Keiner der anderen Männer wagt es noch ein Wort zu sagen, Gabriel nimmt die beiden Taschen mit den Waffen, schmeißt sie den Männern hin, nimmt die Taschen voller Geld und lächelt die Männer an. »Es war ein Vergnügen mit euch Geschäfte zu machen.«

José und er fahren danach zu der Firma von Janines Vater und sehen sich ihre neue Firma an, die daneben entstanden ist. Sie haben die Firma gebaut, es soll eine sichere Einnahmequelle sein für die Familia, unabhängig von ihren sonstigen Geschäften. Man weiß nie was die Zukunft bringt und es ist niemals verkehrt, auch so etwas Solides am Laufen zu haben. Janines Vater wird auch ihre Firma leiten, Olivia und Lina kümmern sich mit Arturo um die restlichen Sachen.

Es wird Kleidung für Firmen in Europa hergestellt, die stehen Schlange. Die Firma von Janines Vater produziert Haushaltsartikel, Gardinen und Bettwäsche. Sie wollen sich nur auf Kleidung spezialisieren. Eigentlich so einfach wie möglich, die Firmen geben die Schnitte und Muster vor, sie produzieren, doch Olivia, Lina und seit neuestem auch Janine, haben immer mehr eigene Ideen und wollen auch eine eigene Kollektion herstellen lassen unter dem Namen 'La Familia'.

Die Brüder haben versucht sich dafür zu interessieren, doch als Gabriel die vielen Zeichnungen von Sommerkleidern und Bikinis gesehen hat, ist er schnell abgehauen. Genau wie seine Brüder überlässt er diese Sachen jetzt den Frauen, die schon ganz scharf darauf sind endlich loszulegen. Gabriel weiß, dass sie es gut machen werden, sie werden auch darauf achten, dass die Leute, die hier arbeiten, gut bezahlt werden und nicht so ausgebeutet werden wie in anderen Produktionsstätten in Puerto Rico. Um den Schutz der Firma muss man sich nicht sorgen, es ist ihre Firma, einen besseren Schutz gibt es nicht.

Die Räume sind alle fertiggestellt, nächste Woche sollen die ersten Leute anfangen zu arbeiten, es sieht gut aus. Gabriel muss lachen, als er in einem der Büroräume sieht, wie mit rosa Farbe Schmetterlinge an die Wände gemalt wurden, seine kleine Nichte Cassandra hat die Firma eingeweiht. Als sie zum Auto gehen, wird gerade ein großes Schild am Eingang des großen, weißen neuen Gebäudes angebracht.

'La Familia'

Sie verabschieden sich von Janines Vater und fahren zur Bank das Geld einzahlen, was sie heute eingenommen haben. Sie haben mehrere Geschäftskonten, deren Eingänge regelmäßig zwischen den Brüdern aufgeteilt werden und dann noch auf ein Konto gehen, von dem die anderen Männer und solche Sachen wie die Firma bezahlt werden. Es läuft gut bei ihnen und alles ist perfekt, es fehlt nur noch der Engel, mit dem Gabriel dann viele Kinder bekommt, das ist alles, was er sich immer gewünscht hat.

Auf dem Rückweg fahren sie bei ihrem Autohändler vorbei und statten ihm einen Besuch ab. Was für Frauen das Schuhgeschäft ist, ist dieser Laden für sie. José hat sich gerade ein neues Auto gekauft und Nando hat letztens eines für Lina geholt, er ist mal wieder an der Reihe. Und sobald er auf dem Hof herumschaut, hat er auch bereits sein neues Baby entdeckt. »Das ist der neue Geländewagen von Audi, für die Straßen hier genau das Richtige und seht euch die Ledersitze an.« José setzt sich in das Leder, nachdem der Verkäufer ihm die Tür geöffnet hat und flucht. »Wieso hattest du den letztens noch nicht?«

Der Verkäufer lacht. »Der Wagen ist erst seit letzter Woche auf dem Markt, nur weil ich so gute Kunden habe, kann ich hier schon einen stehen haben.« Gabriel reibt sich die Hände. »Ich nehme ihn, wann ist er fertig für mich? Du kannst mich ja nett fragen, dann darfst du auch mal ans Steuer!« José schenkt ihm einen Blick, der ihm sagt, was er ihn so alles kann. Gabriel kriegt sein Grinsen nicht mehr aus dem Gesicht. »Ich muss einen neuen bestellen, oder nimmst du ihn so wie er hier ist? Du kannst auch eine andere Farbe, andere Sitze ...« Gabriel zeigt auf das Auto, in dem jetzt José sitzt und nicht mehr aussteigen möchte. »Genau wie er da ist, nur mit meinen Felgen drauf.« Der Verkäufer nickt. »In zehn Tagen kannst du ihn abholen!«

Als sie dann vor die Uni kommen, hat Gabriel entsprechend gute Laune, auch wenn er langsam Hunger hat. Er beobachtet lachend, wie sein jüngerer Bruder diesen Steven, der ihm schon von Anfang an ein Dorn im Auge war, mit seinen Blicken fast tötet, dann kommt Janine zu ihnen und an ihrer Seite eine hübsche Dunkelhaarige, die Gabriel bisher noch nie gesehen hat. Josés Freundin grinst über beide Wangen und Gabriel versteht, wieso sein Bruder sie so sehr liebt, sie ist etwas ganz Besonderes.

Janine begrüßt sie und stellt ihnen Aylin vor. Sie ist vor zwei Wochen mit ihren Eltern nach San Sebastian gezogen und heute neu in Janines Kurs gekommen. Janine will ihr nun zuhause einige Unterlagen geben und danach mit ihr in die Stadt, um ihr zu helfen alle Bücher zu besorgen. Gabriel sieht sich Aylin genau an, sie ist süß, hat ein sehr hübsches Gesicht, lange dunkle Haare und schöne dunkle Mandelaugen. Sie hat einen guten Körper und wenn man sie anspricht, färben sich ihre Wangen schüchtern rot, was Gabriel lächeln lässt. Janine zwinkert ihm beim Einsteigen zu und Gabriel mustert Janines neue Freundin während der Fahrt nach Hause genau, wenn er jetzt auch noch seinen Engel gefunden hat, ist wirklich alles perfekt.

Aylin ist sehr schüchtern und zurückhaltend, doch Gabriel gefällt genau das. Als sie die beiden bei José absetzen und zu Nando gehen, verabreden sie sich für den Abend in der Stadt zum Essen und wenn er in Janines Gesicht sieht, war genau das ihr Plan, Josés Freundin will ihn also verkuppeln, warum nicht. Perfekt, es läuft alles wie geplant, jetzt fehlt nur noch eines, um den heutigen Tag, der mit so einem schlechten Traum begonnen hat, richtig abzurunden. Gabriel begrüßt Nando, der gleich wissen will, wie es gelaufen ist bei ihrem Geschäft heute. Er kennt seinen älteren Bruder, es ärgert ihn, dass er nicht dabei sein konnte.

Gabriel antwortet ihm noch nicht, er nutzt die Chance, dass José ihm alles erklärt und geht schnell in Richtung Schlafzimmer. Gestern haben ihm Nathan und José die Zeit mit seinem neuen Liebling geklaut und Gabriel hat schon richtig Sehnsucht. Er klopft leise an und begrüßt Lina, die ihn strahlend ins Zimmer lässt, mit einem Kuss, auch wenn sie sich danach gleich wieder ins Bett legt.

Gabriel nimmt ihr vorsichtig den kleinen Schatz aus den Armen und lässt sich auf dem Sofa neben ihrem Bett nieder. Er ist ganz vorsichtig und sieht ihrem frischgeborenen Sohn Mateo in die schönen Augen. Auch wenn es ihm noch sehr schwer fällt diese offen zu halten, so erkennt man doch, dass er Linas Augen hat. Er ist wunderschön, er hat Nandos Nase und seine Lippen, die auch Gabriel und die anderen Brüder haben und schon jetzt ganz dunkle Haare. Gabriel küsst seine weichen Wangen und Mateo gurrt zufrieden.

»Siehst du, ich bin sein Lieblingsonkel!« Lina lacht erschöpft, Mateo ist erst sieben Tage alt, bei ihnen bleibt die Frau bis 15 Tage nach der Geburt im Bett und Gabriel versteht jetzt auch warum. Sie alle haben fast acht Stunden vor dem Zimmer gewartet, als Lina ihn zur Welt gebracht hat und man sieht ihr bei allem Glück an, dass sie erschöpft ist. »Das haben mir heute auch schon Nathan und Arturo versichert und ich bin mir sicher, er liebt euch alle gleich.« Gabriel schüttelt den Kopf und schenkt ihr ein Grinsen, bevor er sich Mateo vorsichtig auf die Brust legt, wo dieser gleich selig einschlummert. »Du wirst sehen, er wird bald nicht mehr von mir zu trennen sein.«

Nando tritt ins Zimmer und Gabriel sieht seinen Stolz, als er an das Bett seiner Frau tritt, ihr einen Kuss und etwas zu trinken gibt und dann über den kleinen Kopf seines Sohnes streicht. »Ein ganzer Nato, oder?« Gabriel küsst erneut die weichen Wangen des Kleinen und nickt. »Der Beste!« Als er den Stolz und die Liebe in den Augen seines Bruders sieht, hofft er, dass er auch bald dieses Gefühl ausstrahlen kann.

Er denkt an Aylin und seine Pläne und hat das Gefühl, auf dem besten Weg dahin zu sein. Gabriel hat sich noch bei der Verwirklichung seiner Pläne aufhalten lassen.

Kapitel 2

»Ich finde das alles merkwürdig. Auch wenn eure Schwester sehr stolz ist, sie würde niemals nicht selbst kommen, um sich Nandos Sohn anzusehen.« Olivia, die Frau von Gabriels Bruder Arturo, bindet ihrer Tochter Cassandra die Haare zu einem langen Zopf und sieht Arturo und Gabriel besorgt an. »Sie wird sich schon wieder einkriegen, Toti geht zu weit und das schon viel zu lange.« Olivia nimmt die Hände ihrer Tochter herunter, als diese den Zopf wieder öffnen möchte.

»Ich kann sie seit zwei Wochen nicht mehr erreichen, wenigstens mit mir hat sie ab und zu gesprochen, sie reagiert auf keine Nachricht, nichts!« Gabriel weiß, dass sich Olivia ernsthaft Sorgen um ihre Schwester Elisa macht, doch er denkt nicht, dass sie das braucht. Elisa weiß, dass ihre Brüder sie alle sehr lieben, sie nutzt das nur aus, um ihnen ein noch schlechteres Gewissen zu machen, als sie eh schon haben. Arturo neben ihm regt sich nicht, auch ihm fällt es nicht leicht so hart zu Elisa zu sein, doch sie mussten jetzt endlich durchgreifen.

Cassandra springt auf und sofort sind ihre Hände wieder an ihrem Haarband. »Ich will keinen Zopf, meine Haare sollen offen sein.« Sie kommt zu Gabriel, der sie auf seinen Arm nimmt und ihr einen Kuss gibt, während ihr Vater den kleinen rosafarbenen Kindergartenrucksack hochhebt. Olivia sieht ihre Tochter streng an. »Der Zopf bleibt, jeden Tag kommst du mit lauter Knoten nach Hause und ich brauche Stunden, um die wieder herauszubekommen.« Cassandra zieht eine Schmolllippe und Gabriel muss lachen.

»Das ist nur wegen der doofen Jungs, die ziehen uns immer an den Haaren und bewerfen uns mit Sand.« Arturo gibt Olivia einen Kuss, da sie los müssen, auch Gabriel gibt seiner Schwägerin einen Kuss auf die Wange. Noch schmollend, winkt auch Cassandra ihrer Mutter noch einmal.

»Hast du gehört? Ich glaube, wir sollten da im Kindergarten mal richtig aufräumen.« Sie gehen zu einem von Arturos Autos und Gabriel setzt sich auf den Beifahrersitz mit Cassandra auf seinem Schoß. »Wenn Olivia das sieht, bist du der nächste, der heute Ärger bekommt.« Sein ältester Bruder sieht kurz auf den Kindersitz hinter ihnen, der immer leer bleibt, wenn einer der Onkel von Cassandras dabei ist und fährt schnell aus der Ausfahrt.

Gabriel lässt sich von seiner kleinen Nichte genau beschreiben, was die Jungs im Kindergarten alles so Böses mit den Mädchen anstellen, während Arturo ruhig neben ihnen sitzt. In letzter Zeit ist es immer so, und das ist auch der Grund, weshalb Gabriel heute früh bei Arturo vorbeigekommen ist, um ihn zu begleiten. Er will wissen, was in letzter Zeit mit seinem ältesten Bruder los ist.

Doch zuerst muss er sich um die Probleme seiner Prinzessin kümmern. Er bringt sie in den privaten Kindergarten, nachdem sie ihren Vater lange zum Abschied umarmt hat. Gabriel hilft ihr die kleine Strickjacke und den Rucksack an die Garderobe zu hängen und bringt sie dann zu den Erzieherinnen in den Garten, wo Cassandra an seiner Jeanshose zieht. »Gabo, Gabo!« Sie zeigt auf drei Jungs, die alle schon mindestens ein Jahr älter als seine Nichte sind und auf Fahrrädern durch den Garten rasen.

Gabriel nickt und schickt seine Nichte zu ihren Freundinnen spielen, nachdem sie ihm einen Kuss gegeben hat. Unauffällig, damit die Erzieherinnen nichts mitbekommen, hält er die drei Jungen auf ihren Fahrrädern auf und zeigt zu Cassandra. »Sehr ihr das kleine Mädchen da?« Die drei Jungs nicken und sehen ihn eingeschüchtert an. »Ab heute macht ihr entweder einen großen Bogen um sie oder ihr achtet darauf, dass ihr nicht einmal ein Haar gekrümmt wird, ansonsten werde ich sehr sehr sauer. Und denkt ihr, dass es gut wäre, wenn ich sauer werde?«

Gabriel muss sich ein Lachen verkneifen, als alle drei stumm den Kopf schütteln und tätschelt ihnen über die Haare. »Gute Jungs!« Bevor er die Kita verlässt, hebt er noch einmal den Daumen zu seiner Nichte und sieht die Jungs mahnend an. Damit wäre das erste Problem gelöst, das nächste wartet im Auto und grübelt vor sich hin. Vorerst lässt er ihn weiter grübeln. Er telefoniert mit José, am Abend sind sie zum zweiten Mal mit Janine und Aylin verabredet, beim ersten Abendessen hat Aylin nicht sehr viel geredet, sie war sehr schüchtern, doch Gabriel gefällt sie und er möchte mehr von ihr erfahren.

Dann sind sie schon bei der Firma eines Stammkunden von ihnen. Mit diesen Leuten machen sie seit Jahren Geschäfte, Gabriel ist es viel zu langweilig, sich um diese Geschäfte zu kümmern. Da sie sehr sicher sind, macht Arturo sie. Weil er bereits eine Familie hat, wollen sie ihn und nun auch Nando so gut es geht, aus den gefährlichen Deals heraushalten, vielleicht ist es das, was Arturo so bedrückt. Gabriel würde es wahnsinnig machen, so unterfordert zu werden.

Sie gehen mit den Männern die neuen Bestellungen durch, zeigen ihnen die neueste Ware, die dann auch gleich mit zu der Bestellung gepackt wird und fahren anschließend in die neue Firma, die jetzt zur Familia gehört. Dort treffen sie auf Olivia, die gerade ein paar Vorstellungsgespräche führt.

Gabriel beobachtet seinen Bruder ganz genau und sieht, wie er Olivia anblickt, es ist fast schon etwas gequält. Als sie die Firma dann verlassen, hält es Gabriel nicht mehr aus. Er sagt Arturo, er soll auf einem großen leeren Parkplatz halten. Als der das tut und ihn dann verwundert ansieht, wendet sich Gabriel richtig zu ihm um. Er sieht seine Brüder alle jeden Tag, er kennt sie besser als sonst jemanden auf der Welt und doch bemerkt er jetzt das erste Mal, dass sein Bruder dunkle Ringe unter den Augen hat. Er ist zwar der Älteste von ihnen, doch er ist erst im letzten Jahr 30 geworden, dafür wirkt er gerade jetzt im Moment schon viel älter und seine Sorgen scheinen ihn aufzufressen.

»Was ist los, Arturo?«

Gabriel kennt seinen älteren Brüder genau, eigentlich müsste er Stunden auf ihn einreden, um überhaupt etwas aus ihm herauszubekommen. Arturo hat schon immer die Aufgaben des ältesten Bruders zu ernst genommen und mit sehr wachsamem Auge auf die vier jüngeren Brüder und die Schwester geachtet. Gabriel erinnert sich an mehr als eine Situation, als er ihnen die Ohren langgezogen und sie aus den größten Schwierigkeiten herausgeholt hat, jeden von ihnen. Umso mehr verwundert es ihn, als Arturo, erschöpft aufseufzend aus der vorderen Fensterscheibe sieht, allerdings zu reden beginnt.

»Ich mache mir einfach momentan viele Gedanken, es gibt einige Dinge, die mir schwer im Magen liegen. Euer Deal letztens, ich habe nicht das Gefühl, dass dieser Augusto es einfach auf sich beruhen lässt. Nando fällt auch erst einmal weg und wenn es so weiter geht, wird auch José bald kürzer treten müssen, wegen Janine. Ich bezweifle, dass wir es noch lange so weiter handhaben können, dass diejenigen, die Kinder und eine Frau haben, sich mehr zurückhalten. Nathan und du werden sicherlich auch bald die Richtige finden, wir müssen das alles neu überdenken. Die neue Firma raubt mir viel Zeit, ich kann nur hoffen, dass sich das erledigt, sobald sie läuft. Außerdem hat Olivia recht wegen Elisa, sie ist unsere Schwester, so geht das nicht weiter!«

Gabriel nickt. »Aber du weißt doch, dass sich das alles klären wird, wir sind eine Familie, wir werden das schon hinbiegen, wenn nicht wir, wer dann? Ich habe nicht das Gefühl, dass es die einzigen Probleme sind, die dich so herumgrübeln lassen.« Arturo muss leise lachen und sieht Gabriel in die Augen. »Von allen warst du schon immer derjenige, der sich um die Probleme von den anderen am meisten gekümmert hat, Gabo.« Gabriel schüttelt den Kopf. »Nein, du bist derjenige, der sich immer um alles gekümmert hat, also los erzähl schon, was da noch ist.«

Arturo hält kurz ein, doch dann bemerkt Gabriel, wie er loslässt und ihm wirklich sagt, was ihn in der letzten Zeit so gequält hat. »Erinnerst du dich noch an Elisas Hochzeitsfeier?« Gabriel muss lachen. »Nicht mehr genau, wir waren alle zu, keiner von uns war mit ihrer Wahl zufrieden, aber was sollten wir tun?« Elisa hat als erstes von ihnen allen geheiratet, sie ist abgehauen und hat Toti heimlich geheiratet. So mussten sie es akzeptieren und haben dann wütend hier in Puerto Rico noch eine Feier gegeben. Arturo hat erst später geheiratet, ihre Schwester konnte leider nicht schnell genug die Frau von Toti werden.

»Kannst du dich noch an ihre Freundin Mandy erinnern, die schon eine Weile weggezogen, aber auf der Hochzeit war?« Gabriel schüttelt den Kopf. »Nein.« Arturo seufzt auf. »Ich kannte Olivia da erst ein paar Tage, du weißt ja, dass sie mich wochenlang hingehalten hat und na ja, der Alkohol, ich war so wütend auf Elisa, alles kam zusammen. Ich hatte in der Nacht etwas mit dieser Mandy, einmal, danach habe ich sie nie wieder gesehen.« Gabriel lacht. »Hast du jetzt deswegen ein schlechtes Gewissen? Du und Olivia wart da noch nicht einmal zusammen, außerdem ist das jetzt bestimmt schon sechs Jahre her.«

Arturo zündet sich eine Zigarette an. Sein Bruder raucht so gut wie nie, als er ihm eine anbietet, nimmt Gabriel auch eine, er spürt, dass jetzt etwas Schlimmes kommt.

»Es ist fast sieben Jahre her, ich habe nie wieder etwas von dieser Mandy gehört, ich denke, auch Elisa hat den Kontakt zu ihr verloren. Aber vor drei Wochen kam dann ein Anruf von einem Padre, aus Moca.« Gabriel kennt die kleine heruntergekommene Stadt, einige Autostunden von San Sebastian entfernt. »Er hat mich zu sich gebeten, es sei sehr wichtig und ginge um diese Mandy, sie ist vor einigen Wochen an Brustkrebs gestorben.«

Bevor er weiter erzählt, atmet sein Bruder tief durch und Gabriel ahnt, wie sehr ihm das alles auf der Seele lastet. »Ich wusste nicht, was das alles mit mir zu tun hat, bin aber runtergefahren, ohne jemandem davon zu erzählen. Der Padre hat mich auch gleich aufgeklärt, worum es geht. Mandy und ihre Familie haben kaum Geld, sie hatte nicht die Möglichkeit, etwas bei einem Anwalt zu regeln für ihren Todesfall. Deswegen hat sie dem Padre bei seinem letzten Besuch vor ihrem Tod meinen Namen genannt und ihn gebeten mich zu kontaktieren.«

Gabriel wird immer angespannter, das Gesicht seines Bruders immer härter. »Außer ihr lebt nur noch ihre Mutter, die allerdings bereits über 80 ist und in einem Pflegeheim lebt, sowie ein Onkel. Sie möchte, dass ich mich finanziell um die Erziehung ihres Sohnes kümmere, ihrer Meinung nach unseres Sohnes, der nun ganz alleine dasteht.«

Gabriel schnipst die Kippe aus dem Fenster und braucht einige Sekunden um das zu verdauen. »Euer Sohn? Ist das ihr Ernst? Wieso ist sie davor nie zu dir gekommen? Ist es dein Sohn?« Arturo fährt sich einmal mit der Hand über das Gesicht und lehnt sich zurück. »Ich weiß es nicht, ungefähr so war auch meine Reaktion. Der Padre hat mir die Adresse eines Krankenhauses gegeben, wo ich eine Blutprobe abgeben soll, um die Vaterschaft nachzuprüfen.

Er selbst kennt den Kleinen nur flüchtig, meinte aber, als er mich gesehen hat, der Test ist eigentlich überflüssig. Er konnte mir nicht sagen, wieso ich nie davon erfahren habe. Er weiß nur, dass die Oma und Mandy ihn auf ein Internat geben wollten, damit er da unbeschwert seine Kindheit verbringen kann. Er ist sechs und muss zur Schule, sie leben wohl sehr verarmt. Ich soll den Jungen auch weiterhin nicht sehen, nur dafür aufkommen, dass er eine gute Zukunft hat. Ich habe erst einmal die Blutprobe gemacht, morgen fahre ich dahin und erfahre die Ergebnisse.«

Gabriel flucht auf. »Was dann, was ist, wenn das wirklich dein Sohn ist, madre mia, ich habe ja mit allem gerechnet, aber damit?« Arturo lacht leise bitter auf. »Was denkst du, wie es mir geht? Ich weiß nicht, was ich tun soll, sie wollen nicht, dass ich den Kleinen sehe, vielleicht ist er ja nicht einmal mein Sohn und selbst wenn, soll ich einfach zu Olivia gehen und sagen, ach übrigens habe ich jetzt noch einen Sohn? Ich verfluche diese Mandy, wieso kommt sie erst nach ihrem Tod damit? Ich kann sie nicht einmal zur Rede stellen.«

Gabriel und Arturo bekreuzigen sich gleichzeitig, man darf so nicht von Toten reden, dass wissen sie, auch wenn Gabriel seinen älteren Bruder verstehen kann. »Niemand weiß davon?« Arturo schüttelt den Kopf und startet den Wagen. »Nein, es ist auch besser so, ich muss abwarten, was morgen herauskommt, dann kann ich weiter entscheiden.« Gabriel ist geschockt, er wusste, dass seinen Bruder etwas belastet, dass es so kompliziert ist, hat er nicht geahnt. »Ich komme morgen mit dir!«

Das Gespräch mit Arturo geht ihm den Rest des Tages nicht mehr aus dem Kopf, er ist aber zufrieden, nun alles zu wissen und dass Arturo nicht alleine dahin muss, sondern das er ihn begleiten kann. Auch während des Essens mit José, Janine und Aylin kommen ihm immer wieder die Gedanken, was sie tun sollen, wenn es wirklich Arturos Sohn ist und somit auch Gabriels Neffe. Aber sein Bruder hat recht, sie müssen die Ergebnisse abwarten, bis sie diese Entscheidungen treffen können.

Aylin sitzt ihm gegenüber und sie sieht zum Anbeißen aus. Sie hat für ihre dunklen Augen und den dunklen Haaren sehr helle Haut, wie Vanillecreme, und bei der Begrüßung konnte Gabriel feststellen, dass sie auch so duftet. Janine erzählt, was sie heute in der Uni erlebt haben und probiert Aylin immer wieder ins Gespräch einzubinden, was ihr nach einer Weile auch gelingt. Sie ist richtig niedlich, wenn sie aufgeregt etwas erzählt und Gabriel hört ihr gerne zu, auch wenn er immer wieder Josés fragenden Blick auf sich spürt.

José kennt ihn am besten und spürt sicherlich, dass Gabriel etwas beschäftigt, doch er wird es noch niemandem sagen und Arturos Wunsch, das alles erst einmal nicht weiterzuerzählen, respektieren. Als sie fertig sind, bietet Gabriel an, Aylin nach Hause zu bringen. Zu seiner Verwunderung stimmt sie zu, auch wenn sie sonst so schüchtern ist. José und Janine verabschieden sich und Gabriel bringt Aylin in die Touristengegend, wo auch die Eltern von Janine leben. Er fragt Aylin über ihre Familie aus und erfährt, dass ihr Vater ein Grundschullehrer ist, der hier einen neuen Job angenommen hat. Aylin ist ein Einzelkind und Gabriel hat keinen Zweifel, dass sie nicht nur die Prinzessin ihrer Eltern ist, sondern auch sehr gut erzogen wurde. Sie verkörpert alles, was er sich immer bei einer Frau gewünscht hat und er versucht alles richtig zu machen.

Deswegen bringt er sie auch bis zu ihrer Haustür und gibt ihr zur Verabschiedung nur einen Kuss auf die Wange, was sie sofort schüchtern lächeln lässt. Aylin ist eine gute Frau und solch eine Frau muss man gut und respektvoll behandeln. Er fragt, ob er sie übermorgen von der Uni abholen darf und beide alleine etwas machen wollen. Als sie ihm ihr Okay dafür gibt, schlägt sein Herz schneller, es scheint so, als hätte nun auch er endlich seinen Engel gefunden.

Glücklich fährt er noch im B.B. vorbei. Auch wenn er zufrieden ist, endlich eine richtige Frau getroffen zu haben, liegt ihm das alles mit Arturo so im Magen, dass er eh keinen Schlaf finden wird. Es ist immer jemand von ihnen da und als er sich neben seinen Bruder Nathan und noch einigen anderen Mitgliedern setzt, atmet er tief aus. Er sieht sich nach der Kellnerin um und Milo klopft ihm lachend auf die Schultern. »Mal sehen, was Gabo von der Neuen hält.« Milo hebt seine Hand, um anzuzeigen, dass sie etwas bestellen wollen.

Gabriel sieht etwas verwundert zu der Frau, die auf sie zukommt, alle Männer in ihrer Runde richten sich auf und beobachten sie. Er sieht auf einen schönen Körper, sie sieht gerade etwas verkrampft auf ihren Notizblock. Wenn sie neu ist, muss sie sich sicherlich hier erst etwas zurechtfinden. Sie ist schmal, man sieht lange braune Beine, die sich gekonnt auf den High Heels auf sie zubewegen. Trotz ihrer schmalen Figur hat sie eine beachtliche Oberweite, die sie in ihrem schwarzen Top auch selbstbewusst zeigt. Etwas genervt richtet sie sich dann vor ihnen auf, streicht sich ihre langen dunkelbraunen Haare aus dem Gesicht und sieht in die Runde.

»Na ihr Süßen, was kann ich jetzt für euch tun?« Gabriels Herz stolpert einen Moment, als er ihr ins Gesicht sieht, sie hat extrem feine Gesichtszüge, eine kleine Nase, schöne Lippen und ein sehr süßes Lächeln. Doch noch nie hat Gabriel so exotische grüne Augen gesehen, wie die, die nun auf ihn gerichtet sind. Es wirkt schon fast verkehrt, bei dieser dunklen Schönheit in solch ein kräftiges Grün zu sehen, sie sieht einfach nur wunderschön aus. Milo lacht. »So haben wir alle reagiert, das ist Maleika, sie ist neu hier, ihr erster Tag.«

Gabriel nickt ihr zu und sie lächelt zuckersüß, er bestellt einen Drink. »Kann ich euch noch etwas bringen?« Milo lehnt sich zurück. »Lass dich schnell auf die Liste setzen Süße, so kannst du uns glücklich machen, oder mach Pause und komm zu uns.« Die Kellnerin lacht. »Ich kann es auch nicht erwarten auf die Liste zu kommen.« Sie zwinkert Milo zu und geht dann in Richtung Bar. Gabriel zieht die Augenbrauen hoch.

Es gibt die Liste und die Kellnerinnen, die man auch für mehr hier buchen kann, doch noch niemals ist eine von ihnen so offen damit umgegangen wie diese Kellnerin eben.

Casper kommt zu ihnen und begrüßt sie. Ihm gehört das B.B. zusammen mit Josy, seiner Freundin und der besten Freundin seiner Schwägerin Lina. »Na, alles gut bei euch?« Nathan nickt. »Alle sind begeistert von der Neuen!« Casper lacht. »Ja, sie kam gestern her und hatte den Job sofort, sie macht sich gut.« Milo ist offenbar ganz fasziniert von ihr. »Wieso ist sie noch nicht auf der Liste?« Casper lacht immer noch.

»So ist die Regel, sie muss erst einen Monat hier arbeiten, vielleicht kann man das auf zwei Wochen runterdrehen, aber mehr geht nicht. Sie war auch schon ganz enttäuscht, habe ich auch noch nie erlebt, aber jeder so wie er es mag.«

Gabriel lehnt sich zurück und sieht noch einmal auf die Kellnerin, die nun einen anderen Tisch bedient, ebenso freundlich wie ihren. Sie setzt sich kurz auf den Schoß von einem der Männer dort, der ihr dabei einen Kuss auf ihren tiefen Brustausschnitt gibt. Sie ist eine Chica, egal wie hübsch sie ist. Gabriel hat nichts gegen diese Art von Frauen, doch er seufzt zufrieden auf beim Gedanken an Aylin und ihre zurückhaltende Art und stimmt Casper zu.

»Jeder wie er es mag!«

Kapitel 3

Gabriel hat schlecht geschlafen. Wenn er sich Arturo ansieht, hat der sicherlich auch kein Auge zugetan. Fast die ganzen zwei Stunden nach Moca schweigen sie. Beide sind angespannt, doch Gabriel kann nur erahnen, wie es Arturo gehen muss. »Was sagt dir dein Gefühl?« Arturo sieht stur auf die Fahrbahn. »Ich weiß es nicht, vielleicht hat sie einfach keinen Ausweg gefunden und wollte die Zukunft ihres Sohnes absichern, dabei hat sie wieder an mich gedacht. Vielleicht dachte sie, das wird nicht getestet, ich kann mir sonst nicht erklären, wieso sie nicht schon vor Jahren zu mir gekommen ist und Geld wollte oder dass ich mich um den Jungen kümmere.«

Gabriel nickt. »Sie wäre nicht die erste Frau, die so etwas probiert, vielleicht ist der echte Vater irgendein armer Schlucker, der nichts auf die Reihe bekommt und Mandy dachte, dass ihr Plan klappen würde.« Gabriel hofft insgeheim genau das, er hat keine Vorstellung, was sie machen sollen, wenn dies nicht der Fall ist. Doch nun haben sie auch keine Zeit mehr darüber nachzudenken, sie fahren in die heruntergekommene Stadt ein.

Auch in San Sebastian gibt es Bezirke, die heruntergekommener sind, doch hier gibt es kein einziges Haus, was nicht kaputt ist. In Moca leben die Ärmsten der Armen, das sieht man überall. Auch das Krankenhaus, vor dem sie jetzt halten, ist abrissreif. Gabriel kann nicht anders, als jedem der ihnen entgegenkommenden Jungen, genau ins Gesicht zu sehen. Als sie mit dem Fahrstuhl die Treppe hochfahren, atmet Arturo noch einmal tief ein.

Sie gehen zu einem Büro, Arturo hat einen Termin und sie werden sofort hereingerufen. Neben einem älteren Arzt sitzt auch ein Padre im Raum, was Arturo nicht zu wundern scheint. Gabriel ist ebenfalls bekannt, dass diese Männer die letzten Worte und Bitten der Sterbenden sehr ernst nehmen und auch ausführen wollen. Sie begrüßen die beiden Herren, der Arzt sucht einen Umschlag heraus, der noch nicht geöffnet ist. Ohne Umschweife öffnet der Arzt den Umschlag und Gabriel hält seinen Atem an. »Sie sind der Vater, es ist nicht wirklich verwunderlich, sie haben den Jungen ja noch nie gesehen, hätten sie es, bräuchten sie den Test nicht. Im Übrigen haben sie beide die eher seltene Blutgruppe B, sie sollten über eine Blutspende nachdenken.«

Er gibt den Zettel an Arturo weiter, Gabriel lehnt sich zu ihm und sieht das Ergebnis. Der Junge heißt Pablo und ist wirklich Arturos Sohn.

Natürlich macht der Arzt solche Sachen ständig, doch die Art, wie er eben mal nebenbei erklärt, Pablo ist der Sohn von Arturo und dass dieser sechs Jahre nichts von ihm wusste, macht Gabriel wütend. Säße sein Bruder nicht blass und ruhig neben ihm, würde er den Arzt einmal über den Tisch ziehen, aber da Arturo keinerlei Reaktion zeigt, muss er nun den klaren Kopf behalten, den sonst sein älterer Bruder immer hat. »Wie geht es jetzt weiter?« Der Padre räuspert sich, wenigstens einer hier im Raum, der etwas Feingefühl hat.

»Das liegt in der Entscheidung ihres Bruders, niemand kann ihn zwingen, doch vielleicht hat er die Möglichkeit, den Jungen wenigstens finanziell etwas zu unterstützen. Es ist ein guter Junge und er sollte eine gute Zukunft haben. Er hat bisher weder den Kindergarten noch eine Schule auch nur aus der Ferne gesehen und er wird bald sieben. Sie können sich das ja ganz in Ruhe überlegen. Sie kennen jetzt das Ergebnis, das ist das, was ich tun sollte und sie darum bitten, sich das mit der Unterstützung zu überlegen, der Rest liegt bei ihnen.«

Gabriel kommt gar nicht dazu, etwas zu sagen. »Wo ist er?« Alle blicken zu Arturo, seine Stimme bebt, noch nie hat Gabriel seinen Bruder so gesehen, er kann nicht einmal einschätzen, ob er wütend ist oder einfach noch zu sehr unter Schock steht. »Das weiß ich nicht, die Familie möchte so viel ich weiß auch nicht, dass sie Kontakt zu ihm haben. Zumindest habe ich es so verstanden.« Arturo steht auf. »Wollen sie mich jetzt komplett verarschen?« Gabriel erhebt sich ebenfalls und legt Arturo den Arm auf die Schultern. Jetzt einen Geistlichen anzugreifen ist keine gute Idee.

»Sie rufen mich hierher, ich erfahre nach sieben Jahren, dass ich einen Sohn habe und darf ihn nicht einmal sehen?« Der Arzt geht etwas in Deckung, der Padre sieht Arturo unerschrocken lange in die Augen. »Es tut mir leid, ich gebe alles nur so weiter. Seit ihrem letzten Besuch hat sich allerdings eh einiges getan. Die Oma, die sich um den Jungen gekümmert hat, liegt nun selbst im Sterben und ich weiß nicht, wo der Junge jetzt ist. Das Einzige, was ich für sie tun kann, ist die Oma noch einmal zu fragen, ob sie mit ihnen reden möchte.«

Arturo nickt, wirkt aber kein bisschen entspannter. »Bringen sie mich zu ihr!« Der Padre steht auf. »Sie liegt hier auf der Sterbestation, folgen sie mir.« Gabriel kommt nicht einmal dazu durchzuatmen. Sie fahren zwei

Stockwerke weiter hinauf und er muss aufpassen, dass Arturo keine Dummheiten macht. Sein großer Bruder war immer derjenige, der auf sie aufpassen musste, er ist immer der Ruhigste von ihnen. Er hat ihn zwar auch schon wütend erlebt, aber noch niemals so wie jetzt.

Der Padre bleibt vor einem Zimmer stehen und bittet sie beide draußen zu warten. Arturo lehnt sich gegen die Wand und Gabriel reibt sich erschöpft die Augen. Er will Arturo fragen, was sie jetzt tun soll, doch er lässt es bleiben, er sieht ihm seine Ratlosigkeit an, also stellt er sich einfach nur neben ihn. Als Arturo zu ihm blickt, fängt er diesen Blick auf, er sieht die Wut in den Augen seines Bruders. Gabriel legt ihm seine Hand auf die Schulter und lässt seinen Blick nicht los. »Hör zu, komm jetzt etwas runter, es ist egal wie, wir finden eine Lösung, ok? Mach dir keinen Kopf, wir sind alle da!« Arturo legt den Kopf in den Nacken und atmet tief ein. »Danke, dass du mitgekommen bist.«

»De nada!«

Als der Padre wieder herauskommt, sieht er sie mahnend an. »Sie will mit ihnen reden, aber bitte bleiben sie ruhig. Diese Frau liegt im Sterben.« Sie nicken beide und gehen in den abgedunkelten Raum. Gabriel hält sich im Hintergrund, während Arturo zu dem Bett geht, auf dem eine alte und sehr schwache Frau mit grauen Haaren liegt. Es ist deutlich zu erkennen, dass sie sicherlich ihr ganzes Leben hart gearbeitet hat und jetzt gerade Schmerzen hat. Trotzdem lächelt sie, als sie in Arturos Gesicht blickt.

»Du siehst aus wie mein geliebter Pablo!«

Arturo seufzt leise auf, doch dann holt er sich einen Stuhl an das Bett und sieht die fremde Frau bittend an. »Ich wusste nie, dass ich einen Sohn habe. Wissen sie, warum ihre Tochter mir das niemals gesagt hat, wieso hat sie mich nicht schon früher um Hilfe gebeten?« Der alten Frau fällt es schwer zu reden, eine Krankenschwester hilft ihr sich etwas aufrecht hin-zusetzen.

»Meine Mandy war schon immer ein sehr liebes Mädchen, sie hatte kein leichtes Leben, keiner von uns hatte das. Sie hat hart gearbeitet und sich dann manchmal amüsiert, sie muss damals erst sehr spät gemerkt haben, dass sie überhaupt schwanger war. Mir hat sie nicht gesagt wer der Vater ist, erst viel später hat sie mir erzählt, dass Sie der Vater sind und dass sie, kurz bevor Pablo geboren wurde, zu Ihnen gefahren ist. Sie wollte es Ihnen sagen, doch sie kam am Tag Ihrer Verlobung in ihre Stadt. Sie hat von Weitem beobachtet, wie glücklich Sie waren mit Ihrer Verlobten und sie wollte sich nicht mit dem Baby dazwischen drängen. So war sie, meine Mandy, das Glück anderer war ihr immer wichtiger als ihr eigenes.«

Arturo sieht der Frau in die Augen, Gabriel kann sich noch gut an die Verlobung erinnern, es muss für diese Mandy sehr schwer gewesen sein, das alles mitanzusehen und das Kind allein großzuziehen. »Mandy wollte Ihr Glück nicht zerstören, sie hat Pablo alleine großgezogen, es war sehr schwer für sie. Sie musste viel arbeiten, ich konnte ihr helfen, habe den Kleinen oft bei mir gehabt, doch dann hat sie diesen neuen Mann kennengelernt. Er war ein Teufel, ich habe Mandy und Pablo zwei Jahre nicht gesehen, er hat sie mir weggenommen. Erst als sie Krebs bekam und er sie und den Jungen vor die Tür gesetzt hat, kam sie wieder zu mir zurück.«

Die alte Frau beginnt zu weinen, Gabriel holt eine Box mit Taschentüchern, reicht sie seinem Bruder und bleibt hinter ihm stehen. Arturo gibt ihr ein Tuch, die Frau redet immer weiter, als würde es sie befreien, sich endlich alles von der Seele zu reden.

»Ich habe sie nicht wiedererkannt, ich will gar nicht wissen, was dieser Mann den beiden alles angetan hat, sie waren grün und blau geschlagen, beide! Mandy war schon so schwach, ich musste mich um sie kümmern, und da hat sie das erste Mal überlegt Sie wenigstens darum zu bitten, finanziell für Pablo aufzukommen. Noch immer wollte sie Ihrem Familienglück nicht schaden, sie wusste, dass Sie bereits selbst Kinder haben und glücklich sind. Ich musste Pablo bei meinem Sohn lassen, ich war selbst schon so schwach, musste mich um Mandy kümmern, doch meine Tochter kennt ihren Bruder. Sie wollte so schnell wie möglich dafür sorgen, dass Pablo da wegkommt. Wissen sie, so lieb meine Mandy war, so böse ist mein einziger Sohn, er kommt ganz nach seinem Vater. Eine Schande ist das alles!

Der Krebs hat sich sehr schnell ausgebreitet, Mandy hat den Padre gebeten Sie zu kontaktieren, ich war selbst schon zu schwach. Es tut mir so leid, wenn wir Ihnen Probleme machen, wir wollen Ihrem Glück nicht im Wege stehen, das wollte Mandy niemals. Doch Pablo muss weg. Er muss von hier weg, er hat jetzt niemanden mehr. Ich habe ihn noch einmal gesehen und mich bereits verabschiedet, er soll mich so nicht sehen, der Junge hat schon genug durchgemacht. Alles worum wir Sie bitten, ist, dass Sie ihm etwas Geld geben, damit er auf ein Internat kann, er muss weg von hier!«

26

Die Schwester kommt, als die Frau langsam panisch wird und bei jedem Wort mehr zu husten beginnt. »Wo lebt Ihr Sohn?« Die Frau beschreibt einen Bauernhof, er muss ganz am Stadtrand sein. Als Arturo sich erhebt, weil die Schwester sie bittet, der Frau nun Ruhe zu gönnen, hält diese seine Hand fest. »Bitte, ich brauche die Gewissheit, dass Pablo nicht hier in der Hölle bleibt. Können Sie ihn finanziell unterstützen? Über den Padre? Er kümmert sich darum. Wir wollen ihr Glück nicht zerstören, es reicht, wenn sie dem Padre das Geld geben und es Pablo besser geht, mehr wollen wir nicht und niemand muss davon erfahren.«

Arturo lächelt. »Keine Sorge, ich werde mich darum kümmern, er ist mein Sohn.« Das Lächeln der Frau lässt auch Gabriel trotz all der heutigen Geschehnisse schmunzeln, Arturo hat ihr ihren inneren Frieden wiedergegeben, sie kann nun zu Gott gehen und muss sich keine Sorgen mehr machen. Als sie hinausgehen, holt sein älterer Bruder einige Scheine hervor und gibt sie der Krankenschwester. »Die Frau soll alles bekommen was sie braucht in ihren letzten Stunden, kümmern Sie sich gut um sie.«

Der Padre ist schon weg, als sie das Krankenhaus wieder verlassen, doch sie wissen ja wo sie ihn finden. Gabriel muss gar nicht nachfragen, als sein Bruder sich sofort auf den Weg zu dem Bauernhof macht, den ihnen die alte Frau beschrieben hat. Es ist langsam Mittag, die Sonne knallt erbarmungslos vom Himmel, doch keiner von ihnen denkt daran, jetzt etwas zu essen, sie holen sich nur etwas zu trinken und tanken, dann fahren sie direkt zu dem alten Bauernhof. Noch nie hat Gabriel etwas Gruseligeres gesehen. Das ist kein Ort, wo ein Kind aufwachsen sollte.

Schon als sie vor den alten, morschen Zäunen halten, sehen sie, wie verkommen hier alles aussieht, nur die Tiere, die überall herumstehen, sehen gepflegt und gut genährt aus, alles andere ist dreckig, dunkel und kaputt. Sie öffnen die morsche Tür und neben zwei Schafen kommt ein junger Mann auf sie zu. Er sieht aus wie 16 und sieht sie gelangweilt an. »Wollen sie ein Schwein zum Braten abholen? Die sind hinten.« Gabriel lacht kurz hart auf. Er sieht wie Arturo wütend auf den Ort blickt, wo sein Sohn lebt. »Wir suchen Pablo, wo ist er?«

Der Mann fragt weder wer sie sind, noch was sie wollen, er deutet zu den Schuppen gleich neben dem Haus. »Der Schwächling arbeitet dort.« Ohne sie weiter zu beachten geht er zurück zum Haus. Sie gehen in Richtung der Schuppen, entdecken aber niemanden. Gabriel geht in einen der offen ist und Arturo folgt ihm. Sie finden dort einige Pferde und auf einem großen Heuhaufen ein kleines Kissen und eine dünne Decke. Es liegen dort noch ein Teddybär, eine Hose, zwei Unterhosen und ein Unterhemd. Arturo greift nach einer Bibel, die noch als einziges dort liegt, dabei fällt ein Bild einer hübschen jungen Frau heraus.

Als Gabriel zu seinem Bruder tritt, erkennt auch er die alte Freundin von Elisa darauf, jetzt weiß er, welche Mandy sein Bruder meint. Er sieht noch einmal auf das Kissen und die Decke und flucht, die Tiere hier leben besser als Pablo. Plötzlich wird die Tür aufgemacht und zwei kleine, viel zu pummelige Mädchen kommen lachend herein, eine trägt zwei Scheiben Brot und die andere eine Schüssel mit Suppe bei sich. Sie stocken, als sie Gabriel und Arturo sehen. »Wer seid ihr und was wollt ihr hier?« Arturo ist kurz davor in die Luft zu gehen, auch Gabriel ist wütend, doch sie können das nicht an den Kindern auslassen. »Wir suchen Pablo!«

Die Mädchen stellen die Sachen auf den Boden vor Pablos Heubett. »Das ist unser Cousin, er ist nicht hier, er darf nur zum Schlafen hier rein und das ist erst, wenn es schon dunkel ist.« Gabriel sieht auf die zwei Brotscheiben und die Suppe, Arturo hebt das Brot auf. »Und ihr bringt ihm sein Frühstück? Mittag?« Die Mädchen lachen. »Das ist sein Essen für heute, er isst das erst abends, wenn er fertig mit der Arbeit ist. Wir sagen unserem Papa, dass ihr da seid.« Fröhlich hüpfen die beiden wieder aus dem Stall, Arturo zerdrückt das Brot in seiner Hand und wirft es zu den Pferden, die es dankbar fressen. »Tut das, sagt eurem Vater, dass ich da bin!«

Sie verlassen den Stall wieder, Gabriel will in Richtung des Hauses, doch Arturo geht um den Stall herum und er folgt ihm. Was er dann sieht, wird er nie wieder vergessen können, das weiß er sofort, als sich die Bilder vor seinen Augen zeigen. In der prallen Mittagssonne steht hinter dem Stall ein dünner kleiner Junge, nur in einer viel zu großen Shorts und hebt schwere Ziegelsteine von einem Haufen zu einem anderen. Im gleichen Moment, in dem sie ihn entdeckt haben, dreht sich auch der Junge um.

Gabriel weiß, dass er beim Tod seiner Eltern geweint hat, er kann sich nicht daran erinnern, noch einmal geweint zu haben, doch als dieser Junge, der sein Fleisch und Blut ist, jetzt neugierig auf sie zukommt, steigen ihm die Tränen in die Augen, während Arturo neben ihm erstarrt. Der Junge ist kaum mehr als Haut und Kochen, er hat überall Schrammen, seine Hände sind blutig und er muss sehr oft geschlagen worden sein, wenn man sich all die blauen Flecken ansieht.

Doch nicht nur das lässt Gabriel schwer schlucken, je näher er kommt, desto mehr begreift er die Worte des Arztes und auch des Padres, dass kein Test nötig gewesen wäre. Cassandra hat einiges von ihrem Vater, Nando sieht Arturo sehr ähnlich, sie alle haben ähnliche Merkmale, doch dieses Kind sieht aus wie Arturo, es sieht haargenau so aus, wie Gabriels ältester Bruder, als er in dem Alter war, nur dass er niemals in solch einem schlechten Zustand war wie er. Gabriel kann diese Ähnlichkeit kaum fassen, er sieht noch einmal zwischen beiden hin und her und erst dann räuspert er sich, während Arturo nur auf den Jungen starrt, der nun genau vor ihnen steht.

Der Junge sagt nichts, kein Wort, er starrt Arturo an wie er ihn, und da erkennt Gabriel auch die Tränen in den Augen seines Bruders, die er selbst wieder heruntergeschluckt hat. »Weißt du wer ich bin, Pablo?« Gabriel hört alles in der Stimme von Arturo, Wut, Trauer, Ungläubigkeit. Er selbst sieht seinem kleinen Neffen ins Gesicht und kann es nicht glauben.

Doch er, der kleine Junge, ist der Einzige von ihnen dreien, der gefasst wirkt, niemals würde man denken, dass er erst sechs ist, als er dann antwortet. »Ja, du bist mein Vater.« Arturo nickt, dann kniet er sich hin, um seinem Sohn noch besser in die Augen zu sehen. »Ich habe gerade erst erfahren, dass es dich gibt, Pablo, das schwöre ich bei meinem Leben. Ich hätte all das sonst niemals zugelassen.«

Der Junge nickt. »Ich weiß, du darfst nicht bei mir sein, du hast schon eine Familie.« Arturo will etwas sagen, doch sie werden scharf unterbrochen. Ein dicker, ungepflegter Mann mit grauem Bart kommt auf sie zu. »Was soll das, du Drecksbengel, geh wieder arbeiten und wer sind sie?« Gabriel greift nach seiner Waffe, die unzähligen Verletzungen des Kindes neben ihm rechtfertigen seine Wut, besonders als er sieht, wie Pablo zusammenschreckt und schnell wieder an die Arbeit gehen will. Arturo ist ruhig, zu ruhig, Gabriel kennt ihn genau und weiß, dass er sich nur wegen des Jungen zusammenreißt.

Er greift nach dem Arm von Pablo, es ist erschreckend, wie klein und schmächtig dieser in der großen Hand seines Vaters wirkt. »Du rührst keinen Finger hier mehr Pablo, du brauchst keine Angst mehr zu haben, ich kläre das. Das ist mein Bruder Gabriel, dein Onkel, geh mit ihm, nimm alle Sachen, die du brauchst und dann kommst du mit uns, niemand wird dich noch einmal anfassen, ok?« Pablo sieht ängstlich und unsicher zwischen ihnen allen hin und her. »Oh jetzt sehe ich es, du bist sein Vater, hast meine verhurte Schwester geschwängert und jetzt tauchst du hier auf und willst euren Sohn? Er hat noch Schulden abzuzahlen, er geht nirgendwo hin.«

Gabriel sieht, dass sich Arturo nicht mehr lange zurückhalten kann und hält Pablo seine Hand hin. »Komm Kleiner, lass uns deine Sachen holen!« Auch wenn er noch Angst hat, reicht ihm Pablo zaghaft die Hand. Er sieht Gabriel unsicher an und der muss lächeln. Egal wie dünn und zerschlagen er aussieht, der Kleine sieht aus wie Arturo, er sieht ihn aus den gleichen Augen an und bringt Gabriel Herz zum Schmelzen. Als sie in den Schuppen hineingehen, hört Gabriel, dass sich sein Bruder um Pablos Onkel kümmert, er wünschte er könnte ihm dabei helfen, doch er muss dafür sorgen, dass Pablo das nicht mitbekommt. Gabriel kniet sich zu ihm hinunter, als er spürt wie der Kleine zittert.

»Pablo, wir wussten nicht, dass es dich gibt, aber jetzt sind wir hier, du bist ein Teil von uns und du brauchst von jetzt an vor nichts und niemandem Angst zu haben.« Zwar nickt Pablo wieder, doch Gabriel glaubt nicht, dass er ihn wirklich erreichen kann. Der Junge ist viel zu mitgenommen von dem Leben was er hier führt, als dass er tatsächlich etwas mitbekommt. Jetzt so nah bei ihm registriert er erst wie dünn er ist und die vielen Verletzungen ... er schämt sich, dass sein eigener Neffe in einem derartigen Zustand ist, ohne dass irgendjemand von ihnen eingreifen konnte.

»Was brauchst du von diesen Sachen noch?« Pablo geht zu seinem Bett auf dem Heu und nimmt sich die Bibel und die paar wenigen dort liegenden Kleidungsstücke. Er trägt nur eine Shorts, die ihm viel zu groß ist und Gabriel hilft ihm, sich das Unterhemd darüber zu ziehen, nachdem er ihm die paar Sachen abgenommen hat, die ihm wichtig sind. Als Pablo die Suppe entdeckt und sich die Schüssel nehmen will, schüttelt Gabriel den Kopf. »Wir essen gleich etwas Richtiges, in Ordnung?« Er nimmt die kleine Hand in seine und als sie den Schuppen verlassen, kommt Arturo zu ihnen. Er wischt sich die Hände an einem Tuch ab und wirft es immer noch wütend auf den Boden, bevor er nach Pablos Hand greift. »Lasst uns hier verschwinden, bevor ich das ganze Grundstück zerstöre!«

Die erste richtige Reaktion von Pablo kommt erst, als sie vor ihrem Wagen stehen. Er sieht mit großen Augen zu dem Auto und auf die Sitze, als Gabriel ihm die Hintertür aufhält. »Ich bin schmutzig.« Gabriel muss lächeln. »Bist du nicht, hüpf rein und mach es dir bequem.« Er hilft dem

Jungen und sieht zu Arturo. »Er hat Hunger, lass uns irgendwo etwas essen.« Sie halten zehn Minuten später an einer Gaststätte. Gabriel und Arturo haben genau beobachtet wie erschöpft der Kleine ist und dass er mit sich kämpfen musste, nicht in das weiche Leder zu sinken und einzuschlafen, doch er muss etwas essen. Gabriel hält es kaum aus, sich seine dünnen Arme anzusehen.

Doch schon wartet das nächste Problem. Nicht nur, dass sie von allen schief angesehen werden wegen Pablo, der mehr als offensichtlich schwer misshandelt wurde, das können sie ignorieren, es würde eh niemals jemand wagen sie anzusprechen, aber Pablo ist nur sehr schwer dazu zu bekommen, einen Essenswunsch zu äußern. Gabriel fragt sich, ob er jemals die Auswahl beim Essen hatte. Als sie dann einfach einen Burger und Pommes für ihn bestellen, da sie von Cassandra wissen, dass Kinder das immer mögen, merken sie sofort, dass Pablo so etwas noch nie gegessen hat.

Er schämt sich, meidet ihren Blickkontakt, hat immer noch große Angst und sagt nur etwas, wenn man ihn anspricht. Gabriel hat keine Vorstellungen davon, wie sie mit ihm umgehen sollen, auch Arturo ist ahnungslos. Zudem sieht Gabriel, dass Arturo das schlechte Gewissen auffrisst, seinen eigenen Sohn so vor sich zu sehen. Als Arturo und Gabriel essen, nimmt auch Pablo einige Bissen von dem Burger und da sehen sie, was für einen Hunger er hat. Trotzdem schafft er den Burger nur zur Hälfte, isst einige Pommes und schläft dann mitten am Tisch im Sitzen ein.

»Sein Magen muss sich erst daran gewöhnen, wieder mehr und richtiges Essen zu bekommen.« Sie bezahlen und Arturo nimmt den Kleinen vorsichtig auf den Arm. Gabriel sieht weg, als er bemerkt, wie geschwächt und klein Pablo auf dem Arm von Arturo wirkt und wie er vorsichtig seine schwarzen Strähnen zur Seite schiebt, um ihm ins Gesicht sehen zu können. Gabriel holt eine Jacke aus dem Kofferraum und legt sie unter Pablos Kopf, als sie ihn auf die Rückbank legen.

Erst als sie auf die Autobahn fahren und das erste Schild die Richtung nach San Sebastian anzeigt, atmet Arturo neben ihm tief ein und auch Gabriel sieht nach hinten. Sie sind heute Morgen hergefahren, ohne dass jemand wusste, was sie hier wollen. Nun kommen sie mit Arturos Sohn zurück, von dem keiner etwas wusste. Er schreibt José eine Nachricht, dass sich alle bei ihm im Haus versammeln sollen, doch nicht das ist es, was Arturo verkrampft das Lenkrad festhalten lässt, Gabriel hat selbst keine Vorstellungen, was Olivia zu all dem sagen wird.

Kapitel 4

»Ich kann es nicht glauben!« Nando hockt sich neben die Couch und streicht über Pablos Haare, er berührt die blauen Flecken auf dem dünnen Oberarm und zieht vorsichtig das Unterhemd des immer noch schlafenden Jungen hoch. Gabriel weiß, dass der Junge darunter nur noch schlimmer aussieht, seine Knochen zeichnen sich ab, und bei all den Verletzungen kann man nicht einmal erahnen, welche davon schon länger existieren und welche frisch sind.

Als Nando dann eine dünne Decke über den geschwächten Körper legt, wendet er sich wieder seinen Brüdern zu. Gabriel hat Pablo schlafend in sein Haus getragen. Seitdem er etwas gegessen hat, war er nicht mehr wachzubekommen, er muss viel zu geschwächt sein, sein Körper braucht den Schlaf. José, Nando und Nathan sind bei ihm und sehen auf ihren Neffen, von dem keiner etwas wusste. Arturo hat sich wortlos auf den Weg zu seinem Haus gemacht, um Olivia alles zu erzählen.

Er ist schon eine Stunde im Haus und niemand weiß, wie seine Frau reagieren wird. Gabriel muss an seine Mutter denken, die ihn großgezogen hat, obwohl er der Sohn einer anderen Frau ist, nicht irgendeiner Frau, der Frau, die sein Vater wirklich geliebt hat. Er will sich nicht vorstellen, was für eine Qual das gewesen sein muss, doch wenn er jetzt darüber nachdenkt, ist diese Situation eine andere.

Arturo wusste nichts von Pablo und hatte auch keinen Kontakt zu dessen Mutter. Er hat sie nie geliebt und das alles ist passiert, bevor Olivia und er ein Paar wurden. Sicherlich ist es nicht einfach für Arturos Frau, doch sie kann seinem Bruder deshalb eigentlich keinen Vorwurf machen, Gabriel hofft es zumindest. Er konnte Arturos schlechtes Gewissen spüren, als er Pablo gesehen hat. Er hat gesehen, dass sein Anblick in Arturo eine verzweifelte Wut verursacht und er kann nur hoffen, dass Olivia das auch bemerkt und es ihm nicht noch schwerer macht. Denn eines ist klar, Pablo bleibt bei ihnen, selbst er würde den Jungen nicht mehr gehen lassen, sie sind seine Familie und sie haben bei ihm einiges wieder gutzumachen.

Nathan geht aus dem Haus und José setzt sich auf die Couch, direkt zu Pablo. »Wie kann es sein, dass unserem eigenen Fleisch und Blut so etwas passiert und wir nichts davon wissen? Wird er uns das jemals verzeihen?

Wenn ich ihn so ansehe, kann ich uns das nicht einmal verzeihen.« Gabriel setzt sich müde auf einen Sessel daneben, er ist müde, der Tag hat ihn fertig gemacht. »Er ist ruhig und sehr höflich, er hat sich für alles mit 'Danke Sir' bedankt, viel mehr sagt er nicht. Ich weiß nicht, wie wir das wieder hinbekommen.«

Alle schweigen und sehen ihren kleinen Neffen an, der in seinen jungen Jahren so viel schon hat miterleben müssen. »Er sieht aus wie Arturo«, lächelt José und in dem Moment kommt Nathan mit zwei Shirts wieder. »Die sind doch letztens beim Waschen eingegangen, vielleicht passen sie ihm.« Er legt sie auf den Tisch, doch Gabriel bezweifelt, dass Pablo in die Sachen hineinpasst. Da bewegt sich ihr kleiner Neffe langsam und alle sehen gespannt zu, wie er müde seine Augen öffnet. Sofort tritt Angst in sein Gesicht, als er auf die vielen für ihn fremden Männer blickt. Gabriel geht zu ihm. »Pablo, keine Angst, das hier sind alles deine Onkel.«

Er setzt sich an die andere Seite der Couch und stellt José, Nando und Nathan vor. Dann bringen sie ihm etwas zu trinken und fragen gleich, ob er Hunger hat. Doch Pablo sieht sich nur um. »Wo ist ...« Nathan setzt sich ihm gegenüber. »Dein Vater? Er kommt gleich, er musste nur etwas klären.« Doch bevor er den Satz richtig beenden konnte, geht die Tür auf und Arturo und Olivia kommen herein.

Olivia hat geweint, das sieht man sofort und als sie jetzt auf Pablo blickt, laufen ihr erneut die Tränen herunter. »Hey du.« Alle atmen erleichtert auf, als Olivia sich zu Pablo setzt und ihm liebevoll über die Haare streichelt. Man sieht Arturo an, dass es nicht leicht war, diese Sache mit Olivia zu klären, doch jetzt lächelt er zufrieden. »Pablo, wie ich sehe, hast du deine Onkel schon kennengelernt. Was hältst du davon, wenn wir jetzt zu uns nach Hause gehen, wir zeigen dir dein Zimmer und du kannst deine Schwester kennenlernen?« Pablo steht auf, er sieht ausdruckslos zu ihnen allen. »Ja Sir!«

Gabriel und José bleiben noch eine Weile alleine bei ihm zuhause, sie setzten sich in den Garten und trinken ein kaltes Bier. Sie können nicht fassen, was mit Pablo passiert ist und sie wissen auch nicht, ob er all das jemals verarbeiten kann. Doch sie hoffen, dass er sich nach einiger Zeit an sie, sein neues Leben und an alles andere gewöhnt.

Das erste, was Gabriel nach dem Aufstehen am nächsten Tag macht, ist zu Arturo zu gehen. Es ist bereits Mittag. Neben seinem Bruder sind auch Olivia und Lina da. Gabriel nimmt Cassandra auf den Arm und kitzelt sie durch. Sie findet es super, plötzlich einen großen Bruder zu haben und setzt sich sofort wieder an den Küchentisch, an dem Pablo sitzt und gerade etwas zum Essen bekommt. Gabriel nimmt Lina Mateo ab und geht dann ganz selbstverständlich zu Pablo und wuschelt über seinen Kopf. Der Kleine sieht ihn aus seinen großen Augen einfach nur an, ohne Reaktion.

Lina und Olivia haben ihn offenbar sofort in ihr Herz geschlossen, sie verwöhnen ihn, und Lina gibt ihm auch ganz selbstverständlich einen Kuss auf die Wange, als sie ihm etwas zu trinken bringt. Gabriel hält Mateo weiter im Arm, als er seinem Bruder in den Flur folgt, wo er ihm erzählt, dass sie heute Morgen gleich beim Arzt waren. Pablo ist unterernährt, er hatte einen Knochenbruch, der niemals richtig verheilt ist und wird in ein paar Wochen am Arm operiert. Zudem hat er zahllose alte Verletzungen feststellen können, doch wenn sie jetzt sehr auf ihn aufpassen und ihm einfach die Liebe geben, die er niemals wirklich bekommen hat, ist sich der Arzt sicher, dass er keine bleibenden Schäden davontragen wird, zumindest körperlich.

»Und wie nimmt es Olivia auf?« Arturo sieht zurück in die Küche. »Sie war eigentlich nur sauer, weil ich es ihr nicht gleich gesagt habe, natürlich ist es nicht leicht für sie, doch sie meinte heute Morgen, wie sollte sie den Kleinen nicht lieben? Jedes Mal wenn sie ihn ansieht, sieht sie mich.« Gabriel lacht. »Die Ähnlichkeit ist schon fast gruselig. Dann hoffen wir, dass er sich an uns gewöhnt und langsam alles vergisst, was ihm passiert ist.« Arturo seufzt laut auf.

»Ich bin heute Nacht wach geworden. Als ich zu ihm ins Zimmer gegangen bin, lag er auf dem Boden, ohne Decke, einfach nur auf dem Teppich eingerollt und war wach. Er hat nichts gesagt, nur als ich ihn in sein Bett zurücklegen wollte, wollte er nicht. Vielleicht hat er einfach zu lange schon nicht mehr in einem Bett gelegen. Ich habe dann eine Decke unter ihn gelegt und noch immer hat er seine Augen nicht zugemacht. Erst als ich mich zu ihm gelegt habe, ist er eingeschlafen.«

Gabriel muss schmunzeln, als er sich seinen Bruder mit seinem kleinen Sohn zusammen auf dem Boden schlafend vorstellt. »Das braucht Zeit, aber es wird schon werden.« Gabriel sieht auf die Uhr. »Ich muss los.«

Arturo bemerkt Gabriels feinere Hose und sein Hemd. »Hast du ein Date mit dieser Aylin?« Gabriel küsst die weichen Wangen von Mateo und gibt ihn Arturo, der ihn an sich drückt. »Hier bleibt nichts geheim!« Arturo zuckt die Schultern. »Hör mal, Augusto hat sich gestern bei Simo gemeldet, angeblich gefallen ihnen die Waffen sehr, und ein Bekannter von ihm will mit uns in Kontakt treten. Ich habe gesagt, du kümmerst dich darum.«

Gabriel nickt. »Da stimmt was nicht, ich kann mir nicht vorstellen, dass sie noch einmal mit uns Geschäfte machen wollen, aber ich kümmere mich darum. Hat Olivia jetzt endlich genug Arbeiter für die Firma gefunden? Morgen beginnt die Produktion, oder?« Arturo lässt seine Schultern kreisen und seine Knochen knacken, die Nacht auf dem Boden macht sich bestimmt bemerkbar. »Nein, es fehlen noch einige, aber ein paar Arbeiter beginnen morgen. Olivia, Lina und Janine werden die erste Zeit dort viel zu tun haben, jetzt auch noch die Sache mit Pablo ...«

Gabriel geht aus der Tür und klopft ihm auf die Schulter. »Haben wir jetzt eben alle mehr zu tun, aber das wird schon alles gut klappen, hab mal etwas mehr Vertrauen in deine Familie.«

Er muss sich jetzt beeilen und rast zur Uni, trotzdem kommt er zu spät. Aylin steht aber noch vor dem Unigebäude, auch wenn sie die Einzige ist. Gabriel flucht leise und steigt dann aus. Da trifft er endlich auf einen perfekten Engel und macht gleich solche Fehler. Er steigt schnell aus. »Tut mir wirklich leid, ich musste noch etwas erledigen.« Gabriel gibt ihr einen Kuss auf die Wange, doch sie lächelt verständnisvoll. »Kein Problem, Janine hat mir heute erzählt, dass in deiner Familie gerade viel los ist.«

Sie gehen zu seinem Wagen und er hält ihr die Tür auf. »Das kann man wohl sagen, ich hoffe, du hast jetzt wenigstens richtig Hunger?« Sie nickt. Als sie einsteigt, rutscht ihr knielanger Rock etwas hoch und Gabriel kann einen Blick auf ihre cremefarbenen Schenkel erhaschen, sie ist wirklich perfekt.

Sie fahren in Richtung Meer, Aylin fragt nicht nach was er vorhat, sie vertraut ihm offenbar und als sie beide jetzt alleine sind, wirkt sie auch nicht mehr ganz so schüchtern und fragt ihn neugierig über seine restliche Familie aus. Sie weiß zwar schon einiges von Janine, doch sie hat offenbar vor, mehr über ihn herauszufinden. Gabriel findet es gut, er hat keine Geheimnisse, er ist stolz auf sein Leben und seine Familie.

Sie halten an dem Restaurant, welches Gabriel extra für heute ausgewählt hat. Aylin ist begeistert, als sie auf die Terrasse geführt werden, auf der sie genau auf das Meer blicken können. Als sie sich setzen und bestellen, kann Gabriel nicht aufhören Aylin anzusehen, sie ist einfach niedlich. Hübsch, klug und etwas zurückhaltend ist sie und hat ein sehr gutes Herz. Ihre dunklen Augen funkeln und er ist sich sicher, seinen Engel gefunden zu haben.

Nachdem sie ihr Essen bekommen haben, fragt Gabriel nach, ob sie genau weiß was sie tun, wer die Los Natos sind. Er will das von vornherein klarstellen und wissen, wie sie dazu steht, alles andere kann böse enden, das hat er bei José und Janine gemerkt, der er nicht sofort gesagt hat, wer er ist. Aylin verspannt sich etwas und sieht auf ihren Teller. »Janine hat mir einiges davon erzählt und ich selbst habe auch schon vieles von eurer Familie gehört.« Gabriel ist klar, dass dies immer ein Thema sein wird, wenn er eine gute Frau kennenlernt, zumindest das hat er von seinen Brüdern gelernt.

Geduldig beantwortet er Aylin schließlich fast zwei Stunden lang alle Fragen, die sie über die Los Natos hat, er erklärt ihr wie sie arbeiten, womit sie handeln und wie sie Firmen und Geschäftsmänner schützen und dafür Geld verlangen. Er sagt ihr offen, was er schon alles für Verletzungen hatte, dass er immer bewaffnet ist und was sie noch alles wissen möchte. Sie fragt ihn auch was passiert, wenn er heiratet und Kinder bekommt und ob er aufhören würde diese Geschäfte zu machen.

Gabriels Magen rumort, doch er hat sich immer darauf eingestellt, dass dies einmal der Fall sein kann. »Ich will heiraten, ich möchte unbedingt viele Kinder haben. Ich kann nur hoffen, dass meine Frau sich mit den Los Natos anfreunden kann und ich mit ihr Kompromisse eingehen kann, mit denen beide leben können. Das ist meine Familie, meine Familia, ich kann da nicht aussteigen und will es auch nicht, doch ich kann sicherlich nicht mehr in den gefährlichen Geschäften mitmischen, wenn meine Frau das zu sehr beunruhigt. Wenn ich die Frau finde, die ich heiraten werde, werde ich alles tun, um sie und meine Familie glücklich zu machen.«

Aylin lächelt und er sieht, dass er ihr ihre größten Bedenken nehmen konnte. Als sie anschließend noch am Strand spazieren gehen und er nach ihrer Hand greift, lässt sie es zu und Gabriels Herz schlägt schneller. Er freut sich, endlich seinen Engel gefunden zu haben, so sehr, dass er sich dann auch nicht mehr zurückhalten kann, als sie lachend stehenbleibt, nachdem er ihr eine Geschichte aus seiner Kindheit erzählt hat.

Ihr Lachen wärmt sein Herz, und als sie seinen Blick auf sich spürt, wird auch sie ernster. »Du hast wunderschöne Augen«, flüstert sie leise, während er seine Hand an ihre Taille legt. »Das Kompliment kann ich nur zurückgeben.« Gabriel küsst sie und es ist, wie er es sich vorgestellt hat. Sie schmeckt süß und unschuldig, auch wenn sie schüchtern ist, erwidert sie seinen Kuss und zeigt ihm, dass sie dabei ist, ihn in ihr Leben zu lassen.

Gabriel ist erleichtert, als er ins B.B. fährt, wo Nathan und Nando sind und sicherlich noch einige andere. Er schreibt Aylin noch eine Nachricht und wünscht ihr eine gute Nacht, als er auf den Parkplatz fährt. Er hatte sie gefragt, ob sie mitkommt, doch sie muss morgen zur Uni und wollte lieber nicht so spät ins Bett. Keine zwei Sekunden später bekommt er eine Nachricht zurück, doch als er sie gerade lesen will, hört er auf einmal eine Frau aufschreien und sieht nach vorne.

Er bremst scharf ab, er war so abgelenkt, dass er die Frau auf dem Mofa nicht gesehen hat. Gabriel konnte gerade noch bremsen, bevor er sie mit voller Wucht getroffen hätte, trotzdem ist sie mit den Mofa umgefallen und liegt nun am Boden. Gabriel flucht und steigt schnell aus. Die Frau setzt sich gerade wieder auf. Als sie ihre langen Haare aus dem Gesicht schiebt, treffen ihn die grünen Augen der neuen Kellnerin mit voller Wucht. »Hast du keine Augen im Kopf, du verdammter Idiot?«

Trotz der Dunkelheit auf dem Parkplatz erkennt Gabriel das wütende Funkeln in ihren Augen. Er hält ihr seine Hand hin, um ihr aufzuhelfen. »Ich habe dich nicht gesehen, ist alles in Ordnung, bist du verletzt?« Die Frau lässt sich aufhelfen und klopft sich Staub von den Beinen. Sie trägt einen sehr kurzen Rock und wie schon beim ersten Mal, als er sie gesehen hat, ein enges Top, also fällt es nicht schwer schnell zu sehen, dass sie zum Glück nichts abbekommen hat. »Nein, es geht schon, aber um ein Haar hättest du mich umgebracht. Denkst du, nur weil du so ein Auto fährst, kannst du dir alles erlauben?«

Gabriel kommt gar nicht dazu etwas zu sagen, da wird sie noch wütender, als sie ihr immer noch liegendes Mofa sieht. »Du hast es kaputt gemacht!« Sie versucht es wieder aufzustellen und Gabriel hilft ihr. Normalerweise würde er sich nicht so von einer fremden Frau anschreien lassen, doch es tut ihm wirklich leid, er hat überhaupt nicht auf den Parkplatz geachtet. »So schlimm ist es nicht, ein paar Dellen, ich kenne eine gute Werkstatt, ich kann dir das wieder reparieren lassen.« Die Frau greift nach ihrer Handtasche, da bemerkt Gabriel, dass sie ihre High Heels, die sie im Club tragen muss, gegen weiße Stoffschuhe eingetauscht hat. »Ich kann das Mofa gleich abholen lassen, du kannst ruhig arbeiten gehen, es sind Freunde von mir und sie machen dir das morgen fertig.«

Die Frau nickt und sieht ihn abwartend an. »Tu das, es ist ja wohl das Mindeste, nachdem du mich fast getötet hast.« Gabriel zieht genervt sein Handy heraus. »Ich habe gebremst, also übertreib es nicht.« Ihre zickige Art nervt ihn, auch wenn sie ein Recht darauf hat, wütend zu sein. Als er sein Handy wieder in die Tasche steckt, sieht er noch einmal genau auf die Frau. »Sie sind in zehn Minuten da und holen es. Soll ich dich sicherheitshalber zum Arzt bringen, nicht dass du doch noch irgendwelche Verletzungen hast.«

Das erste Mal wirkt die Frau wenigstens ein wenig entspannter und sieht ihn fast schon abschätzig an. »Nein, es geht schon, ich weiß nur nicht, wie ich jetzt nach Hause kommen soll. Ich brauche das Mofa, um zur Arbeit und wieder nach Hause zu kommen.« Gabriel sieht zum B.B. »Wie lange musst du arbeiten? Ich kann dich danach nach Hause fahren, und wenn dein Mofa bis dahin nicht repariert ist, kann ich dich morgen zur Arbeit bringen, immerhin ist das meine Schuld.« Jetzt lächelt die Frau. »Ich bin schon fertig, ich bin neu hier und werde erst eingearbeitet, das ist das Mindeste, der Weg wäre zu Fuß zu lang.«

Gabriel erinnert sich, sie ist die Kleine, die es gar nicht erwarten kann, auf die Liste zu kommen und sich als eine der wenigen Kellnerinnen vom B.B. noch für andere Dienste als nur für das Servieren von Getränken buchen zu lassen. Milo und Simo haben sogar noch am nächsten Tag von ihr geschwärmt, Gabriel muss auch zugeben, dass sie sehr hübsch ist, doch für ihn ist sie wie alle anderen Chicas, okay zum Spaß haben, aber nicht für mehr.

»Ok, dann steig ein, ich habe ihnen dein Mofa beschrieben und sie laden es dann ein.« Die Frau lässt sich nicht zweimal bitten, entspannt lehnt sie sich in Gabriels Auto zurück, und er muss sich zwingen, den Blick von ihren fast schon sündig braunen und festen Schenkeln zu nehmen, die sie ihm ungeniert präsentiert. Als er startet, lässt er sich ihre Nummer geben, um sie morgen anzurufen, sobald ihr Mofa repariert ist. Sie nennt ihm die Gegend wo sie wohnt. Gabriel ruft Nando an, um ihm zu sagen, dass er später kommt.

Die Kellnerin wohnt wirklich ein ganzes Stück entfernt, Gabriel kennt die Gegend aber sehr gut, Nandos Frau Lina hat dort früher zusammen mit ihrer Mutter gewohnt. Als er auflegt, spürt er den Blick der Frau auf sich und sieht zu ihr.

»Du solltest dein Handy am Steuer nicht benutzen, du siehst ja, was dann passieren kann.« Gabriel muss grinsen, sie ist frech, doch das passt irgendwie zu ihr. »Hast du deinen Helm verloren oder gehörst du etwa zu den bösen Mädchen, die keinen Helm tragen, um ihre Frisur nicht zu ruinieren?« Nun lehnt sie sich wieder zurück und sieht aus dem Fenster. »1:0 für dich!« Gabriel schmunzelt über sie, während sie sich das Auto genauer ansieht, sie ist eine ganze Weile ruhig, betrachtet das Auto und schmiegt sich in die weichen Ledersitze. Sein Freund von der Werkstatt ruft ihn an, er hat das Mofa und sieht es sich morgen als allererstes an, er wird Gabriel dann anrufen. Als er auflegt, seufzt Gabriel laut auf, er wollte den Abend entspannt ausklingen lassen.

»Bist du öfters im B.B.? Haben wir uns da schon gesehen?« Gabriel zieht die Augenbrauen hoch, er erinnert sich an sie, sie sich nicht an ihn. Eigentlich ist es meistens umgekehrt, deswegen zuckt er die Schultern. »Ich bin oft da, aber ich habe dich noch nicht gesehen, denke ich.« Nun wendet sie sich zu ihm um. »Das ist schade, finde ich.« Gabriel lächelt. Natürlich findet sie das, nachdem sie sein 100.000 Dollar teures Auto begutachtet hat. »Wann musst du morgen zur Arbeit?« Sie fahren in die Gegend und sie deutet ihm jetzt den Weg bis zu ihrem Haus.

Als sie vor einem Haus halten, was eigentlich nur noch abrissreif ist, verwundert es Gabriel nicht wirklich. Wieso sonst sollte sie so scharf darauf sein, auf die Liste zu kommen, wenn nicht, um mehr Geld zu verdienen? Er hält und steigt mit ihr aus. Als er sie zur Haustür bringen will, sieht sie sich schnell um und sagt ihm dann, das sei nicht nötig, sie ist ein großes Mädchen und kann gut auf sich aufpassen.

Gabriel ist sich sicher, dass sie das kann. »Ich muss um 22 Uhr da sein, du kannst mich um 21:30 Uhr abholen, heute hatte ich früher Schicht, morgen später.« Gabriel nickt. Als sie jetzt vor ihm steht und ihn aus diesen grünen Augen mustert, bemerkt er, wie zart sie gebaut ist. Ohne ihre High Heels ist sie fast anderthalb Köpfe kleiner als er. »Okay, ich rufe dich an, falls dein Mofa vorher fertig ist.« Er will sich umdrehen, doch die Kellnerin tritt näher und umarmt ihn. Gabriel ist etwas überrascht. »Danke, dass du mich hergebracht hast, es tut mir leid, dass ich dich vorhin so angeschrien habe, das muss der Schock gewesen sein.«

Sie ist wirklich sehr zart. Als sie ihren Körper an ihn schmiegt, spürt er es genau und muss zugeben, dass sie sehr gut riecht. Vielleicht hat er ihr doch unrecht getan, immerhin war das vorhin seine Schuld. Er legt auch den Arm um sie. »Kein Problem, es war meine Schuld und du hattest jedes Recht wütend zu sein, ich kümmere mich um das Mofa.« So schnell wie sie ihn umarmt hat, lässt sie ihn wieder los, lächelt noch einmal und geht. »Ok, bis morgen.« Gabriel schüttelt kurz den Kopf, die Frau ist merkwürdig.

Als er dann in Richtung B.B. fährt, hat er keine Lust mehr und fährt direkt nach Hause, er ist müde. Erst als er sich das Shirt auszieht, fällt ihm die Nachricht von Aylin ein, die er noch immer nicht gelesen hat. Er zieht sein Handy aus der Tasche und dabei bemerkt er etwas. Er guckt in allen Taschen nach und flucht laut auf.

Gabriel trägt immer Geld bei sich, immer. Er hatte noch mindestens 200 Dollar in seiner Hosentasche, doch sie sind weg. Jetzt weiß er auch, wie es zu dem plötzlichen Sinneswandel und der spontanen Umarmung von der Kellnerin kam. »Na warte, du kleine Hexe!«

Kapitel 5

Gabriel ist sauer, auch am nächsten Morgen hat er sich noch nicht beruhigt. Die kleine Kellnerin hat ihn eiskalt beklaut. Dachte sie wirklich, sie wird damit durchkommen? Er duscht sich und zieht sich eine schwarze Shorts und ein ärmelloses weißes Shirt an. Als er auf seine Haare sieht, flucht er und zieht sich sein Käppi über. Seine Haare sind viel zu durcheinander. Gabriel steckt sein Handy und seine Waffe ein. Als er nach seinem Geld greifen will, fällt ihm wieder die Kellnerin ein, er muss noch einmal zur Bank, dank ihr.

Genervt geht er zu Arturo, doch nur die Haushälterin ist da, dann trifft er Nathan mit José, die gerade losfahren wollen. Sie haben einen Termin, er muss aber zum Frisör, deswegen begleitet er sie nicht. Seine Brüder wissen nicht, wann sie wieder zurück sein werden, deswegen bittet Nathan ihn, später an seiner Stelle zu Motheka zu fahren, dem besten Freund ihres verstorbenen Vaters, der mittlerweile schwer herzkrank ist und bei dem sie regelmäßig nachfragen gehen, ob alles in Ordnung ist. Gabriel allerdings war schon ewig nicht mehr da, er lässt das seine Brüder machen. Motheka ist der Einzige, der seine leibliche Mutter kennt, und Gabriel will um dieses Thema so gut es geht einen Bogen machen. Doch da sie sich nun alles besser aufteilen müssen, wird er heute nicht drum herumkommen.

Der Tag könnte nicht besser starten.

Erst als er endlich bei Simo sitzt, der ihm immer die Haare macht und ihm auch gleich einen feinen Dreitagebart trimmt, entspannt er sich endlich. Simo ist ihr Frisör, keiner kann besser mit Haaren umgehen als er, keiner kann auch im Kampf so geschickt mit einem Messer hantieren. Er erzählt Gabriel, dass Olivia vorhin sehr genervt zur neuen Firma gefahren ist, zwei Arbeiterinnen seien wohl nicht erschienen. Gabriel denkt nicht, dass sie sich mit der Firma einen Gefallen getan haben. Nach dem Besuch bei Simo fühlt er sich schon viel besser, was leider nicht lange anhält.

Er fährt zur Bank, und als er dann auf dem Weg zur Kellnerin ist, um sie wegen gestern zur Rede zu stellen, ruft sein Freund aus der Werkstatt an um ihm mitzuteilen, dass der Motor des Mofas kaputt ist und sie erst die Ersatzteile bestellen müssen, das kann ein paar Tage länger dauern. Gabriel legt genervt auf, als er an der Stelle hält, wo er die Kellnerin gestern herausgelassen hat. Er wählt ihre Nummer und sie hebt auch gleich ab. Gabriel muss sich zusammenreißen und so freundlich wie es nur geht, erklärt er ihr, dass er ihr Mofa hat und sie rauskommen soll.

Gabriel steigt aus und geht in eine Seitengasse, es dauert nur zwei Minuten, da läuft sie an ihm vorbei. Er hätte sie fast nicht erkannt, in ihren gestern noch leicht gelockten Haaren verteilen sich heute unzählige kleine Minilocken. Es sind bestimmt ihre echte Locken, die sie sich extra zur Arbeit bändigt. An Stelle ihres kurzen Rockes und des engen Tops trägt sie heute ein leichtes Sommerkleid und Flip Flops. Gabriel greift blitzschnell nach ihrer Hand, sie kann gar nicht reagieren, so schnell hat er sie zwischen sich und eine Wand gedrückt.

»Hast du kleines Miststück wirklich gedacht, du könntest mich verarschen?« Die Kellnerin atmet tief aus, sie hat sich erschrocken und sieht ihm in die Augen. »Wieso?« Gabriel drückt seine Hände rechts und links von ihrem Gesicht an die Wand und kommt ihr ganz nah. »Wo ist das Geld?« Die Frau überlegt, vielleicht wägt sie ab, ob es schlauer ist zu lügen oder die Wahrheit zu sagen, doch Gabriel lässt sie nicht lange darüber nachdenken. Auch wenn er wütend ist, kann er nicht grob zu ihr sein, als er ihr Kinn festhält. »Wo ist das Geld?«

Er sieht den Moment, als sie nachgibt. »Ich habe es nicht mehr, es ist weg, wieso machst du deshalb so einen Aufstand? Bei deinen Klamotten und deinem Auto sind das sicherlich nur Peanuts für dich und du hast mich gestern angefahren!« Gabriel lässt ihr Kinn los. »Das ist ein Grund mich zu beklauen? Ich lasse dein Mofa reparieren, jetzt allerdings werde ich es verschrotten lassen. Es geht mir nicht um das Geld, es geht mir darum, dass du dachtest, du könntest mich verarschen!«

Gabriel will zum Handy greifen, doch in dem Moment umfasst die Frau seine Hüften, sie schmiegt sich eng an ihn. Er spürt ihre Brüste an seiner Brust und egal wie sauer er ist, es fällt ihm sehr schwer, nicht auf diese Schönheit zu reagieren, deren grüne Augen ihn jetzt lasziv anblicken. »Ich habe eine bessere Idee, ich arbeite das Geld ab, da haben wir beide Spaß bei.« Ihre Hände fassen wie selbstverständlich unter sein T-Shirt und er bekommt eine Gänsehaut, als sie über seine Muskeln streicht. »Oh ja, das wird eine angenehme Arbeit«, flüstert sie an sein Ohr. Gabriel atmet ihren Geruch ein, es ist kein Parfüm, es ist etwas Wildes, was ihn an Erdbeeren erinnert, frisch und wild.

44

Er ist nur ein Mann, doch er ist ein sehr sturer Mann und immer noch wütend, trotzdem fällt es ihm dann nicht so leicht, ihre Hände von seinem Körper zu nehmen und sie am Arm zu packen. »Auf so etwas Billiges stehe ich nicht, aber du hast recht, du wirst das Geld abarbeiten und ich weiß auch schon wie.« Egal wie wütend er ist, er muss sich zusammennehmen nicht loszulachen, als sie ihn daraufhin mehr als beleidigt von der Seite anstarrt. Sie bekommt sicherlich nicht oft eine Abfuhr, aber daran muss sie sich bei ihm gewöhnen.

Gabriel setzt sie auf den Beifahrersitz und fährt direkt zu ihrer neuen Fabrik. »Wie heißt du?« Die Kellnerin ist immer noch beleidigt. »Maleika!« Gabriel schnauft auf, was für ein Chica-Name. »Ich will nicht deinen Namen aus dem B.B. wissen sondern deinen richtigen, hast du irgendwelche Papiere dabei?« Er sieht an ihr herunter, doch außer dem Kleid und dem Handy, das sie in der Hand hält, hat sie nichts dabei. »Wieso willst du das wissen, bist du ein Cop? Dann ist deine Tarnung gut, du sieht selbst nicht so aus, als würdest du täglich Blumen pflücken.«

Gabriel sieht wieder verwundert zu ihr. Die Frau ist wirklich frech, normalerweise würde ihm ihr Humor gefallen, doch er ist nicht in der Stimmung dafür. »Ich gehöre zu den Los Natos und du solltest dich vorher informieren, bevor du beschließt, einen von uns verarschen zu wollen.« Die Frau gähnt leicht und lehnt sich zurück. »Ich habe schon viel von euch gehört, noch ein Grund mehr, dass du nicht so einen Aufstand wegen dem Geld zu machen brauchst.« Die meisten Menschen zeigen eine respektvolle, ängstliche, beeindruckte Reaktion, wenn sie wissen, dass sie es mit jemandem von den Natos zu tun haben. Die Frau neben ihm interessiert das alles überhaupt nicht. »Es geht nicht ums Geld, es geht ums Prinzip! Lern daraus, dass du um uns lieber einen weiten Bogen machen solltest.«

Die Frau lacht leise auf, ihre Hand fährt hoch und streicht Gabriel über das N an seinem Hals. »Also im B.B. habe ich einige von euch getroffen, die sicherlich nicht wollen, dass ich einen weiten Bogen um sie mache.« Gabriel nimmt ihre Hand von seinem Hals. »Das ist nichts, worauf du stolz sein solltest!« Wieder lehnt sie sich zurück und winkt mit ihrer Hand ab. »Ja Mister Moral, sag mir, wie ich das Geld abarbeiten kann und wir sind quitt.« Gabriel hält auf dem Parkplatz, und das erste Mal grinst er sie an. »Mit dem größten Vergnügen.«

Als sie die Firma betreten, hört man eine rege Betriebsamkeit. Gabriel geht in die große Arbeitswerkstatt und sieht einige Arbeiterinnen an ihrem Platz. Er muss lächeln, als er sieht, wie sie sich unterhalten, dass Obst auf den Tischen steht, Wasserflaschen und Kekse. Natürlich erkennt man überall die Handschrift von Olivia und Lina, die immer zu allen fair und nett sein wollen. Die Frauen blicken zu ihm und begrüßen ihn höflich, während die Kellnerin gelangweilt am Türrahmen stehen bleibt. Als er sich ihr wieder zuwendet, um mit ihr in den ersten Stock und ins Büro zu gehen, blicken ihn ihre grünen Augen genervt an. »Nicht dein Ernst, oder?« Die Reaktion befriedigt ihn heute das erste Mal wirklich. »Oh doch!«

Nun ist sie sichtlich eingeschnappt, aber er führt sie wieder am Arm zu Olivia ins Büro. Olivia sitzt über einem Stapel Papieren, auf der Couch sitzt Pablo. Er hat einige Spielsachen bei sich, doch er sieht nur auf die Wand, ohne jede Art von Reaktion. Als sie eintreten, blickt Olivia überrascht auf. »Hey Gabo, was machst du denn hier?« Gabriel gibt seiner Schwägerin einen Kuss und geht zu Pablo hinüber, die Kellnerin bleibt vor dem Schreibtisch stehen und sieht alle unbeteiligt an. Gabriel streichelt Pablo über seine dunklen Haare, die letzten Tage bei ihnen haben ihm schon sichtlich gut getan, auch wenn er noch immer blaue Flecken hat. Er ist noch immer erschreckend dünn, doch es ist auch wieder etwas mehr Leben in Pablos Augen.

Pablo blickt zu seinem Onkel und Gabriel muss lächeln, als Mini-Arturo ihn anblickt, daran wird er sich nie gewöhnen. Dann erst wendet er sich an Olivia. »Ich bringe dir hier eine neue Mitarbeiterin, sie kann morgen anfangen und hat vor, zwei Wochen lang ihre Schulden abzuarbeiten.« Olivia lehnt sich überfordert in ihrem Stuhl zurück und sieht zwischen ihnen hin und her. »Was für Schulden?« Die Kellnerin sieht ihn wütend an. »Das ist eine kleine Sache zwischen uns, aber sie wird gut arbeiten, ansonsten wird Casper erfahren, was für Kellnerinnen er hat.«

Nun geht die Frau näher an Olivia heran. »Ok, du hast gewonnen. Ich arbeite hier gerne meine Schulden ab, wann kann ich anfangen?« Ihr Lächeln in Gabriels Richtung ist tödlich, doch Gabriel reicht das Wissen, dass sie es sicherlich bitter bereut, versucht zu haben ihn zu verarschen. Olivia weiß zwar immer noch nicht was hier los ist, doch sie zieht einen Zettel heraus. »Wie ist Ihr Name?« Wieder blickt die Frau zu Gabriel, der ihr deutet zu antworten. »Aurora Flores.« Olivia nickt und sie machen ab, dass Aurora jeden Tag von 10-13 Uhr arbeitet, sie kann am Nachmittag nicht und abends arbeitet sie im B.B. Gabriel will ihr eine Lektion erteilen und sie nicht quälen.

Als Olivia das geklärt hat, zeigt sie auf Pablo. »Ich war vorhin mit ihm einkaufen, doch was ich ihm auch gezeigt habe, er hat den Kopf geschüttelt. Er braucht neue Anziehsachen. Arturo ist nach Moca gefahren, um mit dem Padre alles soweit zu regeln, dass Pablo jetzt bei uns bleiben kann. Ich habe hier noch viel zu tun, Lina kommt in einer Stunde, könntest du es mal probieren?« Gabriel sieht zu dem kleinen Jungen, der jetzt schuldbewusst die Augen niederschlägt. »Na klar, komm Großer, wir finden schon etwas Passendes.« Olivia ist die Erleichterung anzusehen, als sie mit Pablo das Büro wieder verlassen. Zwar sagt Gabriels kleiner Neffe kein Wort, doch er steigt ins Auto ein und schnallt sich an.

Aurora lässt sich auch ganz selbstverständlich auf dem Beifahrersitz nieder und als Gabriel den Motor startet, lächelt sie ihn an. »Also hoffe ich doch, dass mein Mofa heute wieder da ist, sonst komme ich zu keiner meiner vielen Arbeiten mehr.« Gabriel fährt erst einmal zum großen Einkaufszentrum, das auf halber Strecke liegt. »Das kann noch ein paar Tage dauern, der Motor ist hin, du wirst auch so einen Weg finden zur Arbeit zu kommen, es gibt auch so etwas wie Taxis und Busse.« Sie zuckt die Schultern. »Ich habe kein Geld dafür. Du hast gesagt, du bringst mich zur Arbeit, du bist Schuld, dass ich mein Mofa nicht mehr habe.«

Gabriel war gerade wieder ruhig, da bringt sie ihn innerhalb weniger Sekunden auf 180. »Du hast Geld, mein Geld!« Aurora wird ruhiger. »Ich sage doch, es ist nicht mehr da, ich habe wirklich kein Geld, um irgendwohin zu fahren.« Er sollte kein Mitleid haben, doch er kann sich nicht dagegen wehren, etwas in ihrer Stimme sagt ihm, dass sie die Wahrheit sagt. »Von mir aus, bis das Mofa da ist, fahre ich dich, aber das war's dann!« Sie halten auf dem Parkplatz. »Kommst du mit oder wartest du im Auto … Aurora?« Jetzt muss Gabriel wieder grinsen, immerhin kennt er jetzt ihren richtigen Namen.

Sie kommt mit, und gemeinsam mit dem schweigenden Pablo gehen sie in das große Kindergeschäft, wo Olivia auch immer für Cassandra einkauft. Gabriel steuert sofort die Abteilung für Jungen an und findet einige Klamotten, die ihm selbst gefallen würden. Aurora setzt sich auf eine Couch und Pablo sieht Gabriel nur mit großen Augen an, während er ihm immer wieder etwas zeigt. Nach zehn Minuten, in denen Gabriel Pablo wirklich alles gezeigt hat, reicht es Aurora offensichtlich.

Sie steht auf und kommt zu Gabriel, sieht auf das Preisschild und lässt das Kleidungsstück lieblos fallen. »An seiner Stelle würde ich hier auch nichts wollen, wie lange ist der Kleine bei euch?« Gabriel legt das Shirt zurück. »Zwei Tage.« Aurora kniet sich hin und nimmt die Hand von Gabriels kleinem Neffen. Ihr Gesicht strahlt plötzlich ganz weich und sie ist ein komplett anderer Mensch. »Hi Kleiner, ich bin Aurora, ich kenne einen Laden, da finden wir etwas für dich, versprochen. Jetzt lass uns mal deinen Onkel hier herauslocken und ich zeige dir einen Laden, wo es genau das Richtige für dich gibt.«

Gabriel will ihr gerade sagen, dass es zwecklos ist, da Pablo kaum redet. Doch plötzlich lächelt sein kleiner Neffe und nickt. Gabriel öffnet seinen Mund, will etwas sagen, doch Aurora ist schneller und nimmt Pablo an die Hand. »Na komm Gabo, wir zeigen dir jetzt, wo man shoppen geht!«

Zwanzig Minuten später sind sie in einem kleinen Eckladen, Gabriel kann immer noch nicht fassen, dass Pablo so positiv auf Aurora reagiert, der Laden ist in der Gegend, in der sie lebt. Gabriel kennt den Laden nicht, es gibt hier Kinderklamotten, die nicht ganz so fein sind wie in dem anderen Laden, sondern eher sportlich. Gabriel findet sofort zwei Turnschuhe, die er selbst trägt und Pablo probiert sie auch gleich an. Vielleicht ist es die lockere Atmosphäre im Laden, vielleicht auch Aurora, die zugegebenermaßen gut mit Kindern umgehen kann, doch Pablo ist wirklich offener. Er sagt nicht, dass er etwas Bestimmtes haben möchte. Wenn Gabriel kommt und ihn fragt, ob er das T-Shirt haben will, dann schüttelt er den Kopf, wenn er es aber wie Aurora macht und fragt, ob sich Pablo vorstellen kann dieses T-Shirt zu tragen, dann nickt er schüchtern. Der Junge würde sich nicht trauen, etwas haben zu wollen.

Doch sie schaffen es, mehrere Shirts, ein paar Hosen, zwei paar Schuhe, Shorts, eine dünne Jacke, einen Schlafanzug, Socken und Unterhosen zusammenzusuchen. Gabriel sucht noch ein paar Badehosen heraus, da bemerkt er, dass Aurora sich zwei Shirts und einen kleinen Rock sehr lange ansieht. Er geht zurück zu seinem Neffen, der sich geschwächt auf den Boden gesetzt hat.

Er ist zu dünn und unterernährt, um viel Kraft zu haben, die Blicke der Leute auf Pablo machen Gabriel wütend, doch kann er sie auch nachvollziehen. Wieder einmal fragt er sich, wie der Kleine es geschafft hat, so schwer auf dem Hof seines Onkels zu arbeiten. »Wir sind fertig, das sollte fürs Erste reichen. Lass uns etwas essen gehen.«

Gabriel will zur Kasse, als Aurora ihn aufhält. »Da ich eh meine Schulden abzuarbeiten habe, können wir die Sachen sicher noch mit rauflegen und ich arbeite einen Tag länger.« Sie hält ihm die zwei kleinen T-Shirts und den Rock hin und lächelt ihn an. Sie hat wirklich keinerlei Hemmungen, doch hat sie ihm auch geholfen mit Pablo. Und da es keine Sachen für sie sind, deutet er ihr an die Sachen auch an die Kasse zu legen, wo er alles bezahlt. Aurora hat es plötzlich sehr eilig und geht direkt nach dem Einkaufen los, allerdings nicht ohne Gabriel daran zu erinnern, dass er sie um halb zehn zur Arbeit abholen soll.

Gabriel sieht ihr eine Weile hinterher, er wird aus der Frau nicht schlau. Jetzt, als er diese andere Seite an ihr gesehen hat, noch weniger, Pablo tut es ihm gleich. »Ist das deine Freundin?« Es ist das erste Mal, dass sein kleiner Neffe von allein mit ihm spricht, ohne dass er ihn etwas fragt, und er fragt ihn ausgerechnet nach dieser Chica. Gabriel wuschelt über seinen Kopf und sie gehen zusammen zu einer Pizzeria. »Nein, so eine Freundin habe ich nicht, wenn ich eine Freundin habe, dann einen Engel.«

Nachdem sie gegessen haben, bringt Gabriel Pablo zurück in die Fabrik, wo Olivia schon auf sie gewartet hat, da sie Cassandra von der Kita abholen muss. Seine Schwägerin ist begeistert, dass Gabriel es geschafft hat, so viele Sachen für Pablo zu bekommen. Janine ist da und fragt Gabriel, ob alles in Ordnung sei, Aylin habe sich gewundert, dass er nicht auf ihre Nachricht geantwortet hat. Er unterdrückt ein Fluchen, bei all dem Stress wegen der Kellnerin hat er vergessen sich bei Aylin zu melden, er erklärt Janine, dass er sie gerade anrufen wollte und geht schnell wieder.

Auf der Fahrt zu Motheka ruft er Aylin an. Er entschuldigt sich und sie ist auch nicht sauer, sie zeigt Verständnis, als er ihr erklärt, dass er gerade viel um die Ohren hat. Natürlich verschweigt er, dass es sich dabei um eine Kellnerin handelt, die ihm jetzt schon auf die Nerven geht. Als Aylin ihm von ihrem Tag in der Uni berichtet, muss Gabriel daran denken, wie hemmungslos und ohne Scham diese Frau ist, er könnte sich bei Frauen wie Aylin, Janine, Olivia oder Lina niemals vorstellen, dass sie so dreist und frech sind wie Aurora. Deshalb will er Aylin auch so schnell wie nur möglich wiedersehen, er sollte solch einen Engel nicht wieder gehen lassen.

Sie schreibt bald ihre erste Prüfung und hat auch eine Menge zu tun. Doch als sie erwähnt, dass sie morgen Vormittag einen Freiblock hat, bietet er ihr an, sie dann zum Frühstück abzuholen. Er kann die Kellnerin zur Arbeit bringen und dann direkt kommen, so steht er wenigstens nicht nur wegen Aurora so früh auf. Dann müssen sie auflegen, da Gabriel an der Apotheke ankommt, wo er die Medikamente für Motheka besorgt. Normalerweise machen das Nathan oder Arturo, Gabriel bekommt sofort wieder Schuldgefühle, als er danach in das Haus des Mannes tritt, der der beste Freund ihres Vaters war.

Motheka ist sehr gealtert, seit Gabriel ihn das letzte Mal gesehen hat. Er freut sich Gabriel mal wiederzusehen und der weiß, dass seine Ausreden, er habe soviel zu tun, nicht glaubwürdig sind. Sie beide wissen, warum er es meidet mit Motheka alleine zu sein und trotzdem kann sich der alte Mann nicht zurückhalten, als sich Gabriel mit ihm an den Küchentisch setzt und ihm die Medikamente überreicht. Der Mann, den sie alle schon von klein auf kennen, sieht ihn streng an.

»Deine Mutter meldet sich immer wieder und fragt wie es dir geht. Seit dein Vater nicht mehr bei uns ist, fällt es mir schwer ihr darauf zu antworten, da ich nichts mehr von dir weiß.«

Gabriel würde am liebsten aufspringen und weggehen, doch er zuckt nur die Schultern. »Meine Mutter ist gestorben Motheka, alles andere interessiert mich nicht.« Der Mann zieht die Augenbrauen hoch. »Als ich dir und José damals alles erzählt habe, dachte ich, du würdest nach einer gewissen Zeit noch einmal kommen, und auch wenn ich dir nicht mehr Antworten geben kann, nach der Adresse deiner Mutter fragen würdest, damit du dir bei ihr Antworten holen kannst.« Gabriel lacht bitter auf. »Ich kenne schon alle Antworten, die ich brauche, ich verstehe nicht, wieso es sie interessiert wie es mir geht, sie hat mich damals weggegeben, was interessiert es sie?«

Der alte Mann lächelt mild. »Sie hat dich nicht weggegeben, sie hat dich deinem Vater gegeben, sie wusste, dass du es dort gut hast ...« Zu Gabriels Glück klingelt es, die Pflegerin tritt ein, die sich um Motheka kümmert. Gabriel erhebt sich und verabschiedet sich schnell, doch der alte Mann bittet ihn kurz zu warten. Er schreibt etwas auf einen Zettel, faltet ihn und drückt ihn Gabriel in die Hand. »Wer weiß, wann ich dich wiedersehe, behalte das, nur für den Fall, dass du eines Tages doch Antworten haben möchtest, du weißt nie, was die Zukunft bringt.« Gabriel nimmt den Zettel und verabschiedet sich.

Er bringt es nicht übers Herz ihn gleich in den Müll zu werfen, sondern steckt ihn im Auto hinter die klappbare Sonnenblende, wo er ihn nicht mehr sehen muss.

Er weiß genau, dass er ihn niemals brauchen wird, denn im Gegensatz zu vielen anderen weiß er, was seine Zukunft bringen wird. Er wird einen Engel wie Aylin heiraten und glücklich sein und keiner seiner Brüder wird die Wahrheit erfahren, die sie alle entzweien würde. Er spürt, was seine Zukunft bringen wird und wird nicht zulassen, dass sich irgendetwas dem in den Weg stellt.

Zufrieden fährt er in Richtung Nato-Gebiet, bis er auf die Uhr sieht und flucht. Es lohnt sich nicht mehr nach Hause zu fahren, die Zeit ist so schnell vergangen und er muss Aurora abholen. Genervt wendet er den Wagen. Es wundert Gabriel überhaupt nicht, dass Aurora, als er sie abholt, wieder die größeren Locken hat, einen Minirock und eine weit ausgeschnittene Bluse. Sie sagt nichts weiter, tippt auf ihrem Handy herum und steigt einfach zu ihm ein. Gabriel gibt Gas und wird erneut wütend, er kommt sich vor wie ein Chauffeur, er kann nur hoffen, dass ihr Mofa so schnell wie möglich repariert wird. Als sie immer weiter tippt, greift Gabriel nach ihrem Handy und schmeißt es auf den Rücksitz. »Hey, was soll das?«

»Madame, hat Ihnen ihre Mutter keine Manieren beigebracht? Man sagt wenigstens hallo!« Aurora funkelt ihn wütend an. Ob er sie nun mag oder nicht, er kann nicht abstreiten, dass sie wunderschön ist, es ist eine Schande, dass ihr Äußeres so gar nicht zu ihrem Inneren passt. »Meine Mutter hat mir gar nichts beigebracht und hallo!« Sie will sich nach hinten lehnen, doch Gabriel versperrt ihr mit seinen Armen den Weg. Wenn sie ihn wütend macht, hat er auch das Recht, ihre Laune zu verderben.

Als sie sauer aufschnauft und sich wieder gerade hinsetzt, ist er befriedigt und grinst sie an. »Wo sind deine Locken hin?« Aurora greift in ihre Haare. »So mögen es die Männer lieber.« Gabriel fährt auf den Parkplatz des B.B. Auch mitten in der Woche ist es hier voll. »Ich bin ein Mann und ich finde die Haare, wie sie heute früh waren besser, natürlicher.« Aurora lacht auf, als er hält. »Das glaub ich nicht, aber warte, bist du wirklich ein Mann …?« Sie lehnt sich zu ihm hinüber, Gabriel hat jetzt mehr Einblick in ihr

Dekolleté als er sollte, und noch immer kann er nicht glauben, dass die sonst so zarte Frau oben herum so gut gebaut ist.

Ihre Finger fahren seine Schenkel hinauf und ohne Scheu fasst sie sein empfindliches Teil an, was leider sofort reagiert. »Oh doch, du bist ein Mann.« Gabriel lächelt sie zuckersüß an, er kann es nicht lassen, vorsichtig nähert er sich ihrem Hals und ihr Griff verstärkt sich. Gabriel muss die Zähne zusammenbeißen. Sie weiß, was sie tut. Aurora gefällt es, er fährt mit seiner Nase ihren Hals entlang und sie bekommt eine Gänsehaut. Sie riecht gut, allerdings nicht mehr nach ihrem natürlichen Duft, den er heute Morgen gerochen hat und der ihm besser gefallen hat. Als er an ihrem Ohr ankommt, hört er ihren Atem schneller gehen.

»Ich bin ein Mann, aber ich stehe nicht auf Sachen, die jeder haben kann, ich habe einen ganz besonderen Geschmack!« Mit diesen Worten lächelt er noch einmal und steigt aus. »Los, ab zur Arbeit und streng dich nicht zu sehr an, du hast morgen früh wieder zu tun.« Aurora sagt kein Wort mehr, aber er sieht wie sie innerlich kocht, als sie wortlos in der Garderobe verschwindet. Zwar sind einige aus seiner Familia da, aber keiner seiner Brüder und Gabriel ist müde. Er fragt den Barmann Joe, wann er Feierabend hat und da er wie Aurora arbeitet, hat er nichts dagegen, sie danach nach Hause zu fahren.

Er trifft die eingeschnappte Frau auf der Treppe, als er zurück zum Auto möchte, sie will einfach an ihm vorbei, doch er hält sie zurück und sagt ihr, dass Joe sie nachher bringen wird. Aurora macht sich von ihm los und geht an die Arbeit.

Einen Moment denkt Gabriel darüber nach ihr zu sagen, dass sie auf sich aufpassen soll, doch er kann über diesen albernen Gedanken fast selbst lachen, die Frau ist frecher als so mancher Mann, sie ist ein Profi, das spürt man sofort, also, warum sollte er sich überhaupt um sie Gedanken machen?

Kapitel 6

Dass der Besuch bei Motheka ihm nicht gut getan hat, merkt Gabriel am nächsten Morgen, wieder hat ihn in der Nacht der Traum von der blonden Frau und seinem Vater verfolgt. Da gestern Nathan, José und Nando noch zum Zocken zu ihm gekommen sind, hat er dementsprechend wenig Schlaf, keinen guten Schlaf und sehr schlechte Laune. Das Einzige, was ihn davon abhält sein Handy zu zerschmettern, als es ihn weckt, ist die Aussicht, dass er Aylin trifft, also schleppt er sich unter die Dusche.

Er zieht sich statt eines einfachen Shirts ein Hemd an und lässt sein Käppi weg, er will Fortschritte machen mit dem süßen Engel. Bei Aurora muss er einige Minuten warten. Gerade will er zum Handy greifen und sie aus dem Bett klingeln, da erscheint sie an seinem Auto. Er hat immer noch nicht herausgefunden, aus welcher Haustür sie kommt. Wieder ist sie ein komplett anderer Mensch als gestern Nacht. Sie trägt ihre wilden Locken zu einen Zopf nach hinten, hat keinerlei Schminke im Gesicht und nur ein weißes Shirt und eine Trainingshose an, dazu wieder die weißen Leinenschuhe.

Als sie einsteigt und so etwas wie guten Morgen vor sich her muffelt, fällt ihm wieder ein, dass er sie gestern sauer gemacht hat. Es hebt seine Laune etwas, als er sie während der Fahrt von der Seite betrachtet, sie ist eingeschnappt. Er sieht auf ihr Gesicht, die feine Nase, die dunkle Haut, ihre vollen Lippen sind fest geschlossen und ihre grünen Augen starren auf die Straße vor ihnen. Vielleicht war er gestern zu hart, er reicht ihr eines der Brötchen, die er sich vorher beim Bäcker gekauft hat, doch wie Aurora nun mal ist, lächelt sie zuckersüß, nimmt sich auch noch den Kaffeebecher, den er in der Getränkeablage hat, und genießt sein Frühstück.

Gabriel schüttelt den Kopf über die Frau, lässt sie aber essen und trinken, er hat bemerkt wie müde sie ist. »Wann warst du gestern zuhause?« Aurora lehnt sich müde zurück. »Um vier!« In Gabriel macht sich ein schlechtes Gewissen breit, doch er erinnert sich selbst daran, dass sie auch keines hatte, als sie so frech war ihn zu beklauen. Dass sie noch immer eingeschnappt ist, merkt er spätestens daran, wie sie wortlos aus dem Auto steigt und die Tür zuknallt, als er vor der Fabrik hält.

Gabriel sieht ihr hinterher, kämpft gegen sein schlechtes Gewissen an und fährt dann zu seiner Verabredung mit Aylin, die ihn schon vor der

Uni erwartet. Es tut gut seinen kleinen Engel wiederzusehen. Als er sie mit einem Kuss begrüßt, lächelt sie ihn glücklich an. Er fährt mit ihr in ein Frühstückscafé. Aylin staunt, als er die besten Sachen bestellt und ihr Tisch vollgestellt wird mit Obstsalat, Shrimps, Kaviar, Pfannkuchen und den besten Omeletts, die man in ganz San Sebastian bekommen kann. Da Aurora sein Frühstück für sich in Anspruch genommen hat, ist Gabriel immer noch hungrig. Er und Aylin lassen es sich schmecken, auch wenn sie nicht zu viel isst, da sie nach eigener Aussage gerade etwas auf Diät ist.

Gabriel versichert ihr, dass sie das nicht nötig hat. Sie erkundigt sich nach Pablo, Janine hat ihr davon erzählt und Gabriel berichtet ihr, dass er gestern schon ein paar Fortschritte gemacht hat. Aylin fragt ihn, ob sie seinen Neffen einmal kennenlernen kann, sie würde sich freuen. Er schlägt vor, dass sie am Wochenende zusammen zu ihm fahren können. Er wird dann dafür sorgen, dass seine Familie einen gemütlichen Grillnachmittag macht und er kann allen seinen Engel vorstellen. Da Janine da sein wird, stimmt Aylin aufgeregt zu.

Sie setzt sich neben ihn und er legt seinen Arm um sie, als sie fertig sind und noch ein paar Minuten Zeit haben, bevor sie wieder zur Uni muss. Als Aylin ihn aus ihren dunklen Augen anstrahlt, bekommt er zum zweiten Mal heute ein schlechtes Gewissen, doch zu seiner Verwunderung nicht wegen Aylin, sondern wegen Aurora, die müde seinetwegen arbeiten muss, während er hier gemütlich sitzt und weil er gestern so harte Worte für sie gefunden hat.

Als er merkt, dass seine Gedanken immer wieder zu der Kellnerin und ihren grünen Augen wandern, flucht er innerlich und küsst Aylin. Er ist hier mit seinem Engel und er sollte dabei nicht an eine Frau wie Aurora denken. Aylin schmiegt sich an ihn, als er sie zärtlich küsst, doch es fühlt sich zu normal an, es war ganz anders, als sich Aurora an ihn geschmiegt hat. Gabriel würde am liebsten laut losfluchen, wieder wandern seine Gedanken, er küsst Aylin fordernder und als er den Kuss beendet, sieht sie ihn mit rot gefärbten Wangen an. So muss eine Frau reagieren und sich nicht einem Mann an den Hals werfen.

Gabriel bezahlt, hält Aylins Hand und sie gehen gemeinsam zu seinem Auto. In dem Moment sieht Gabriel einige Personen in einen Laden gehen, der eigentlich wegen Renovierung geschlossen ist. Sein Herz schlägt sofort schneller, als er erkennt, dass diese Männer bei seinem Treffen mit José und Augustos Leuten dabei waren, es sind Augustos Männer.

Gabriel fragt sich, was sie hier, ohne ihr Wissen, zu tun haben. Zu gern würde er direkt nachfragen, aber er hat Aylin bei sich.

Angespannt fährt er Aylin schnell zurück zur Uni, setzt sie ab und verabschiedet sich mit einem Kuss. Ohne zu zögern rast er zu dem Geschäft zurück. Er ruft niemanden an, alle haben genug zu tun, er wird nur nachsehen was sie hier wollen. Gabriel parkt sein Auto genau vor dem Geschäft, von außen kann man nicht hineingucken, alles ist mit braunem Papier zugeklebt, worauf groß 'Wegen Renovierung geschlossen' steht.

Gabriel versucht die Tür zu öffnen. Sobald er merkt, dass sie offen steht, zieht er seine Waffe. Der erste Raum ist leer, doch er hört Stimmen aus dem hinteren Teil, plötzlich trifft ihn etwas hart am Kopf. Gabriel hat Glück, dass ihn der Schlag mit einer Waffe nicht ganz ausgeschaltet hat und seine Reflexe gut genug sind, um den Angreifer in der nächsten Sekunde zurückzuschlagen. Jemand muss an der Tür Wache gehalten und ihn überrumpelt haben. Zwar blutet er an der linken Augenbraue, doch der Angreifer liegt nun am Boden. Gabriel richtet seine Waffe auf ihn, und im selben Moment kommen mehrere Männer aus dem Hinterzimmer.

»Was zur Hölle ist hier los?« Gabriel erkennt alle Männer, die sich jetzt bei ihm versammeln, es sind vier Männer von Augusto, die dabei waren, als er einem von ihnen ins Bein geschossen hat und zwei Drogenhändler, die er und José schon länger im Auge behalten, bisher nur noch nichts gemacht haben, weil einer von ihnen mit Janines Freundin Shannon zusammen ist.

»Was wird das hier? Was sucht ihr hier?« Gabriel sieht zwischen den Männern hin und her, er wischt sich das Blut ab, er kocht innerlich. Einer der Männer von Augusto lacht gehässig auf. »Du stehst alleine vor uns und hast so einen Mut?« Gabriel hat keine Geduld mehr, er steckt seine Waffe ein und schnappt sich den Kerl. Es ist ihm egal, ob er mehrere Waffen klicken hört, der Mann schlägt ihm ins Gesicht und Gabriel schlägt so hart zurück, dass er zu Boden geht, doch das lässt Gabriel nicht zu.

Mit voller Wucht, schlägt er den Mann gegen die Fensterscheibe. »Hör zu du kleiner Pisser, wir haben euch schon einmal gesagt, dass ihr euren Respekt vor uns behalten solltet, das war jetzt euer zweiter und letzter Fehler, hast du das verstanden?« Er weiß, der einzige Grund, dass noch niemand auf ihn gezielt hat, ist, dass er zu den Los Natos gehört und dass jeder, der auf ihn schießen würde, ein toter Mann wäre. So mutig ist dann doch niemand von den hier Anwesenden. »Das wird Augusto nicht gefallen, er lässt sich nichts sagen, auch nicht von euch.«

Gabriel schlägt den Mann noch einmal gegen die Scheibe, die klirrend zerbricht und der Mann unter großem Lärm und erschrockenem Aufschreien der vorbeilaufenden Passanten auf die Straße fällt. Gabriel bleibt im Schaufenster stehen. »Wir werden sehen, wer hier wem Respekt zeigen wird.« Er wendet sich an die anderen Männer, die ihn ebenso sauer ansehen, auch wenn keiner mehr etwas sagt. Gabriel sieht bei einem der Männer, die Janine und Shannon kennen, eine Tasche und reißt sie ihm aus der Hand.

»Verschwindet hier, alle! Bestellt Augusto schöne Grüße. Den nächsten Mann von ihm, den ich hier sehe, verpasse ich direkt eine Kugel, vielleicht hat er ja auch mal den Arsch in der Hose sich selbst zu zeigen und zu euch beiden … Ihr hört noch von uns!« Er sieht die beiden Drogendealer wütend an, dann wartet er, bis alle das Restaurant verlassen, sich auf verschiedene Autos verteilen und wegfahren.

Gabriel ist wütend, dieser Augusto nervt ihn, seine Männer und er haben keinerlei Respekt, zwar noch genug, um nicht ganz so dumm zu sein – sie hätten ihm auch ohne Probleme eine Kugel verpassen können – doch immerhin so wenig, dass sie versuchen, hier ihre Geschäfte zu machen. Es verwundert Gabriel überhaupt nicht, als er im Auto sitzt, die Tasche öffnet und mehrere Tüten mit weißem Pulver findet. Ohne sich auch nur etwas zu beruhigen, ruft er Arturo an, der gerade in der Fabrik ist. Gabriel sagt ihm knapp, dass er gleich da ist und alle dorthin kommen sollen, dann gibt er Gas.

Es ist viel Verkehr und er braucht ziemlich lange bis zur Fabrik. Als er da ist, sieht er Aurora im Arbeitsbereich an einer Nähmaschine, sie unterhält sich gerade mit einer älteren Frau, blickt zu ihm und zieht die Augenbrauen hoch. Seine Platzwunde hat zwar aufgehört zu bluten, doch er will nicht wissen, wie er gerade aussieht, er hat gerade ganz andere Probleme und geht direkt ins Büro, wo neben Olivia und Pablo Arturo, Nando und José sitzen.

Als Gabriel hereinkommt und wütend die Tasche auf den Tisch knallt, zieht Olivia scharf die Luft ein. »Gabo, was ist passiert?« Arturo sagt ihr aber, sie solle lieber mit Pablo hinausgehen, dann kommt er zu Gabriel und sieht sich seine Augenbraue an, doch Gabriel ist viel zu aufgebracht, um sich jetzt verarzten zu lassen und öffnet die Tasche. »Augusto lacht sich über uns schlapp und diese kleinen Drogendealer genauso, wir hatten alle so viel zu tun, dass wir nicht einmal bemerkt haben, dass wir langsam die Kontrolle verlieren.« Es ist ihm egal wie laut er wird und dass in dem Moment auch Nathan dazukommt.

Er erzählt seinen Brüdern, was gerade vorgefallen ist, auch sie werden daraufhin wütend. Als er dann aber endet, überrascht ihn der Älteste von ihnen. »Gabriel, mach das nie wieder. Du hättest einen von uns anrufen müssen, wir können von Glück reden, dass du nur eine Verletzung hast und keine Kugel im Kopf, du hast es schon immer gemocht, Rambo zu spielen!« Gabriel setzt sich neben Nando, der sich nun auch seine Augenbraue ansieht. Egal wie alt er ist, wenn Arturo so mit ihm redet, gibt er immer nach, das scheint tief in ihm verwurzelt zu sein.

Arturo beginnt nun im Raum auf- und abzugehen, während Nathan die Päckchen mit den Drogen aus der Tasche holt. »Gabriel hat recht, es wird Zeit, dass wir wieder richtig mitmischen und denen zeigen, wer wir sind.« José lehnt sich zurück. »Wir machen das schon, Nando und du ...« Arturo unterbricht ihn. »Wir alle! Genau das wird zu unserer Schwäche und das merken alle anderen.« Nando nickt und steht auf. »Es wird Zeit, dass die Natos wieder aktiver werden.« Nathan holt zwei Umschläge heraus, in denen noch einige kleine Beutel sind. »Hier ist einmal die Adresse von dem Büro dieses Diegos und dieses Javiers und einmal die Adresse von dem Kinderheim, ganz am Ende von San Sebastian.«

Arturo holt sein Handy heraus und ruft Simo, Alonzo und Milo an, sie alle sollen zu ihnen kommen und Männer mitbringen. Als er auflegt, sieht er zu ihnen. »José, Gabriel, ihr beide fahrt in das Kinderheim und prüft nach was da los ist, danach schnappt ihr euch die beiden Dealer, ab heute ist deren Geschäft hier vorbei, schmeißt sie aus der Stadt!« Gabriel nickt und sieht zu José. Er weiß, es wird Probleme geben mit Janine, deren Freundin mit diesem Javier zusammen ist und die José darum gebeten hat, Javier und Diego in Ruhe zu lassen, nur das ist der Grund, weshalb sie noch da sind und ihren Handel hier betreiben dürfen. »Braucht ihr noch Männer?«

Gabriel schüttelt den Kopf, steht auf und prüft, ob seine Waffe geladen ist. »Wir kommen schon klar!« Arturo zeigt auf Nathan. »Du fährst gleich mit Simo, Milo und den anderen durch die ganze beschissene Stadt, verteilt euch, seht was euch noch auffällt und wer glaubt, er kann sich hinter unserem Rücken irgendetwas erlauben. Nando und ich nehmen Alonzo und ein paar andere Männer und fahren nach Las Marias. Ich habe gehört, dieser Augusto soll sich dort in der Nähe öfter aufhalten, dann werden wir ihm mal einen Besuch abstatten. Wenn ihr fertig seid, könnt ihr nachkommen!«

Alle wissen was zu tun ist. José und er gehen schon vor, da sie nicht mehr auf die anderen warten müssen. Als er an den Arbeitsräumen vorbeigeht, fällt ihm Aurora ein und er winkt sie heraus. José sieht ihn verwundert an. »Ich kann dich später nicht bringen, aber du hast eh bald Schluss, also komm, ich setzte dich jetzt schon zuhause ab.« Er gibt schnell Olivia Bescheid, die nervös zu ihnen kommt. Sie weiß, dass etwas Ernstes passieren wird, doch Gabriel sagt ihr dazu nichts, das muss Arturo mit seiner Frau ausmachen.

José betrachtet Aurora auf dem Weg zum Auto genauer, Gabriel hat sie nicht vorgestellt, da er es für unwichtig hält, sie wird eh keine große Rolle bei ihnen einnehmen. »Bist du nicht eine Kellnerin aus dem B.B.?« Gabriel öffnet die Tür zu seinem Auto und befördert die Tasche mit den Drogen hinten hinein. »Ja ist sie und sie arbeitet gerade Schulden ab. Aurora, das ist mein Bruder José.«

Aurora nickt nur, setzt sich nach hinten und sieht aus dem Fenster, sie sagt immer noch kein Wort, Gabriel hat ganz vergessen, dass sie sauer auf ihn ist. José lacht leise und setzt sich auf den Beifahrersitz. »Okay!« Gabriel kennt seinen Brüder und würde ihm am liebsten sagen, er kann sich sein Okay sonst wohin stecken, doch er sagt nichts, sondern gibt Gas. Er kann es nicht erwarten, diesen ganzen Mist, der hier läuft, zu beenden.

Sie halten vor dem Haus von Janines Mutter, bevor sie Aurora nach Hause bringen, da Janine gerade ihre Mutter besucht und José ihr selbst sagen will, dass er Javier und Diego jetzt nicht mehr verschonen wird. Als sein Bruder ins Haus geht, ahnt er schon, dass es nicht leicht für José wird. Janine ist ein Engel und viel zu friedlich um nachzugeben und Javier und Diego einfach José zu überlassen. Gabriel klappt den Spiegel herunter, wo ihm gleich wieder die Adresse seiner Mutter ins Auge fällt und sieht sich das erste Mal selbst seine Stirn an. Es ist alles voller Blut, auch sein Shirt, doch es scheint keine zu tiefe Wunde zu sein.

Als er sich das Shirt auszieht und es mit Wasser anfeuchtet, um sich das Blut aus dem Gesicht zu wischen, steigt Aurora aus. Er hat sie ganz vergessen und sieht nun verwundert, wie sie nach hinten an den Kofferraum geht und eine Minute später mit einem Verbandskasten neben ihn auf den

Beifahrersitz kommt. »Zeig mal her!« Gabriel traut ihr zumindest genug um sich helfen zu lassen. Als sie einige Kompressen herausholt und sein Blut abwischt, spürt er, dass sie ganz vorsichtig ist und sieht in ihr Gesicht. »Willst du gar nicht wissen wieso ich blute, vielleicht habe ich jemanden getötet?« Aurora hält kurz in ihrer Bewegung ein, sieht ihm genau in die Augen und lächelt dann. Gabriels Herz beginnt schneller zu schlagen, sie sind sich verdammt nah und er kann nicht mal mehr so tun, als wäre es ihm unangenehm.

»Du bist zwar ein Gangster aber ich habe, so denke ich, genug von dir kennengelernt um zu wissen, dass wenn du es getan hast, er es verdient hat!« Unbekümmert säubert sie weiter seine Wunden und schmiert dann etwas darauf, was auf seiner Haut brennt. Gabriel ist erst einmal sprachlos, noch nie hat eine Frau so gelassen auf all das reagiert, keine einzige Frau die er kennt, aber solche Frauen wie Aurora lernt er auch nie besonders gut kennen, er hat seinen Spaß, und das war es dann auch wieder. Doch schon als er das denkt, macht sich wieder sein schlechtes Gewissen wegen gestern Nacht breit. »Danke und wegen gestern, ich meinte das nicht so ...« Aurora schließt den Verbandskasten und sieht ihm in die Augen.

»Natürlich meintest du das so, ich bin nicht naiv, ich weiß, dass eine Frau wie ich keine hohe Meinung von irgendjemandem zu erwarten hat und es ist mir egal. Ich schlafe mit Männern für Geld, da lässt sich nichts schönreden, mir ist die Meinung von anderen egal.« Sie will aussteigen, doch Gabriel hält sie am Arm zurück. »Ich meine es ernst, es tut mir leid, ich habe deine andere Seite gesehen und ich hätte dich nicht so behandeln dürfen und vielleicht ist es dir egal was andere denken, aber erzähle mit nicht, dass dir meine Meinung egal ist, sonst wärst du heute nicht so sauer und traurig deswegen gewesen.«

José kommt aus dem Haus zurück und es sieht nicht so aus, als wäre sein Gespräch glücklich verlaufen, doch Gabriel lässt Auroras Arm immer noch nicht los und sie fixiert ihn mit ihren grünen Augen. Egal wie abgebrüht sie tut, Gabriel konnte sehen wie etwas in ihren Augen aufgeblitzt hat, als er bemerkt hat, dass ihr seine Meinung nicht gleichgültig ist. Doch es war nur kurz, jetzt sieht sie ihn wieder entspannt an.

»Mach dir nichts vor, es gibt keine andere Seite, ich bin eine Hure, eine Chica feiner ausgedrückt, versuch erst gar nicht, dir etwas anderes einzubilden.« Mit diesen Worten macht sie ihren Arm los, legt den Verbands-kasten zurück und setzt sich nach hinten.

José sagt kein Wort, er kocht und Gabriel ebenfalls. Wenn er Aurora vor-hält, dass ihr seine Meinung nicht egal ist, muss er sich auch eingestehen, dass ihre Worte ihm auch etwas bedeuten. Es hat ihn getroffen aus ihrem Mund zu hören, was sie ist und wie leicht sie das über die Lippen bringt. Als sie Aurora an ihrer Ecke herauslassen, murmelt sie ein Ciao und steigt aus. Gabriel bleibt kurz stehen, sieht im Rückspiegel auf die zarte Gestalt, ihr schönes, natürliches Gesicht und ihre wilden Locken. Falls er es schafft und sie heute Abend ins B.B. bringt, wird davon nichts mehr übrig sein, dann ist sie wieder Maleika die Chica.

Gabriel gibt Gas. »Verfluchte Frauen!« In Josés Gesicht sieht er die stum-me Zustimmung.

Kapitel 7

Sie fahren erst zu dem Kinderheim, um zu überprüfen, warum diese Adresse auf einem Päckchen in der Drogenlieferung zu finden war. Janine hat zwar verstanden, dass sie nun nicht mehr zugucken können was Javier und Diego treiben, trotzdem hat sie angefangen zu weinen. Sie macht sich Sorgen um sie und um ihre Freundschaft zu Shannon. José konnte nicht bei ihr bleiben, um sie weiter davon zu überzeugen, dass sie keine andere Wahl mehr haben und ist nun noch wütender auf die beiden Drogendealer. Gabriel bekommt eine Nachricht von Aylin, ob er heute Abend Zeit hat, Gabriel schreibt zurück, dass er sich noch einmal melden werde.

Auf dem Hof des Kinderheimes spielen mehrere jüngere Kinder, die Älteren sind vielleicht noch in der Schule. Sie gehen in das Gebäude und fragen eine Erzieherin, die bei ihrem Anblick zwei kleine Mädchen hinter sich versteckt, nach dem Büro der Leitung. Als sie davorstehen, klopfen sie nicht an, sondern treten einfach ein. Eine ältere, füllige dunkle Dame sitzt an einem Schreibtisch und legt gerade das Telefon weg, als Gabriel und José sich vor ihr auf Stühle setzen.

Die Frau sieht sie zwar verwundert aber nicht ängstlich an, bis Gabriel die kleinen Beutel mit Kokain auf ihren Schreibtisch legt. »Was haben sie damit zu tun?« Die Frau will ihn offensichtlich gerade anlügen, da zeigt Gabriel auf die Adresse, die sie zu dem Kinderheim geführt hat und sie hebt ihre Hände. »Wir haben eigentlich nichts damit zu tun, die Ware wird hier nur aufbewahrt.« José beugt sich vor. »Von wem?«

Die Frau erzählt ihnen, dass vor ungefähr einem Jahr drei Männer zu ihnen kamen, sie sagten ihnen, dass sie ihre Waren hier aufbewahren möchten, da hier sicherlich am allerwenigsten ein Verdacht besteht und sie auffliegen könnten. Sie haben ihr klar gemacht, sie würden ansonsten dafür sorgen, dass dieses Kinderheim geschlossen wird, und die Leitung hatte keine andere Wahl, als jedes Mal seitdem die Ware ankommt, diese zu verstecken, bis sie abgeholt wird. »Haben sie dafür Geld bekommen?« Gabriel kann nicht fassen, was alles hinter ihrem Rücken in ihrer Stadt passiert. »Nein, es wurde nur nicht unser Heim geschlossen, was sollten wir tun? Diese Kinder haben doch niemand anders außer uns und das Kinderheim.« Dann beschreibt sie Javier, Diego und noch einen Mann.

José steht auf. »Keiner schließt das Heim hier, sie brauchen sich um diese Ware nicht mehr zu kümmern, zeigen sie uns wo die Ware ist, die noch hier ist. Wir sorgen dafür, dass keine neue mehr kommt.« Die Frau führt sie den Flur entlang, immer wieder rennt ein lachendes Kind an ihnen vorbei, auch wenn sie hier nicht viel haben, sind diese Kinder glücklich. Die Leiterin führt sie in einen Schlafraum, wo mehrere kleine Mädchen sitzen und mit Puppen spielen. Sie werden hinausgeschickt, die Frau nimmt die Kopfkissen der Kinder und holt die Kissen heraus. Sie schneidet ein Loch hinein und holt drei kleine Päckchen Kokain heraus.

Gabriel ist fassungslos. »Die Kinder schlafen auf dem Zeug?« Die Leiterin nickt. »So sollten wir es machen, am Anfang hatten wir sie in den Zimmern der größeren Kinder, aber zwei von ihnen haben die Päckchen entdeckt und sind mitten in der Nacht daran gestorben. Sie wussten nicht was es ist und haben es zu sich genommen, dann haben wir sie hier bei den Kleineren versteckt, die noch zu klein sind und nichts bemerken.«

José flucht, auch Gabriel wird schlecht. Zusammen mit einer Erzieherin schlitzen sie alle Kissen auf und holen so über 20 Tüten heraus. Gabriel zieht einige Scheine aus den Taschen auch José legt sein Geld dazu. »Kaufen sie all das neu für die Kinder, ich werde veranlassen, dass sie noch einen Scheck bekommen. Hier ist meine Nummer, sollte sich noch jemals wieder einer bei ihnen melden, rufen sie mich sofort an, in Ordnung?« Die Frau sieht auf das viele Geld und beginnt erleichtert zu weinen. Sie bekreuzigt sich und hört nicht auf sich zu bedanken, sie winkt ihnen sogar noch zu, als sie schon wieder vom Hof fahren.

Mit noch mehr Wut im Bauch halten sie direkt vor der Scheinfirma, die sich diese Männer halten. Es ist ein kleines einstöckiges Gebäude. Im Eingangsbereich ist eine Empfangsfrau, die sie freundlich anlächelt und fragt was sie für sie tun kann. Gabriel geht zu ihr hinter den Tresen, nimmt ihre Jacke und Tasche, drückt sie ihr in die Hand und sagt ihr, sie solle verschwinden, die Firma ist ab sofort geschlossen. Während die Frau hinauseilt, verschüttet José einiges aus dem Benzinkanister, den er extra aus dem Auto geholt hat, bevor sie in eines der offenen Büros gehen.

Sie treffen dort auf Diego, der nicht sehr überrascht scheint sie zu sehen, schnell füllt sich der Raum mit drei weiteren Männern. »Das vorhin war ein Missverständnis, niemand hier möchte euch hintergehen, wir hatten gerade eine Besprechung und wollten euch kontaktieren, um ab jetzt unsere Geschäfte mit euch zu machen.« Javier setzt sich auf einen der Schreibtische und sieht lächelnd zu ihnen. Er hebt die Arme. »Wir haben ja einiges gemeinsam, unsere Freundinnen gehen zusammen zur Uni und sind befreundet, wir sollten ...«

Weiter kommt er nicht. José packt ihn sich und schmettert seinen Kopf an die Wand. »Nimm noch einmal meine Freundin in deinen Mund und du wirst nie wieder reden können, ihr habt zwei Minuten Zeit das Gebäude zu räumen und zwanzig Minuten, die Stadt zu verlassen. Wir kommen gerade aus dem Kinderheim, wo Kinder auf euren Drecksdrogen geschlafen haben. Wagt es nie wieder dort aufzutauchen und komm nicht einmal mehr in die Nähe von Janine, oder die nächsten fünf Generationen deiner Sippschaft werden darunter leiden, und jetzt verschwindet hier!«

Einer der Männer will vortreten und etwas sagen, doch Gabriel schießt vor ihm in den Boden, was ihn zum Schweigen bringt. Während José dafür sorgt, dass die Männer verschwinden, sieht Gabriel im Rest des Gebäudes nach, ob noch jemand da ist. Dabei findet er mehrere Tausend Dollar Bargeld und weitere Tüten mit Stoff, die er in zwei weitere Reisetaschen verpackt, bevor er in jeden Raum Benzin schüttet.

Als sie dann das Gebäude nach den schnell weglaufenden Männern verlassen, stehen viele herum und sehen gespannt zu, wie José beim Verlassen ein Feuerzeug in das Gebäude zurückwirft. Innerhalb weniger Sekunden steht es in Flammen. Es ist gut, dass sie so viele dabei gesehen haben, es soll sich herumsprechen was passiert, wenn man sie nicht respektiert.

Sie schmeißen die Taschen in das Auto, sehen, wie Javier und Diego schnell davonfahren und setzen sich zufrieden zurück in ihr Auto. Damit ist die Geschichte von Javier und Diego in San Sebastian beendet.

Sie treffen auf Nathan, sie konnten nichts Ungewöhnliches in der Stadt entdecken. Als sie dann Nando und Arturo anrufen, erfahren sie, dass Augusto wohl schon seit einigen Tagen nicht mehr in Las Marias war. Sie haben aber drei seiner Männer gefunden und ein Zeichen gesetzt, dass sie da waren. Sie wollen nur noch einen alten Freund von Nando treffen in der Hoffnung, er kann ihnen etwas mehr zu Augusto sagen, dann machen sie sich auf den Weg zurück. Somit müssen sie nicht dorthin fahren. Während José seine Freundin bei ihren Eltern abholt, fährt Gabriel schon einmal nach Hause, er muss endlich eine Dusche nehmen.

Nachdem er bei Lina war, ihr alles erzählt hat und etwas gegessen hat, geht er zu Nathan, wo auch Simo und die anderen sind. Sie häufen die

Drogen auf den Tisch, bevor sich drei der Männer aufmachen, um sie weit weg von San Sebastian zu verkaufen. Das Bargeld zahlt Gabriel auf ihr gemeinsames Konto ein, als er auf dem Weg ist Aylin zu treffen. Sie hat zwar viel zu tun, nimmt sich aber am Abend etwas Zeit um ihn zu sehen. Er holt sie von zuhause ab, und sie fahren wieder zu dem Strandrestaurant.

Aylin ist schockiert, als sie seine Wunde sieht. Gabriel ist sehr ehrlich zu ihr, ihm ist es wichtig, dass sie von Anfang an alles weiß. Natürlich merkt er, dass es sie ängstigt was alles passiert ist, aber sie sagt ihm auch, dass sie es gut findet, dass er sie an allem teilhaben lässt. Sie streicht vorsichtig über seine Wunde, und genau in dem Moment blitzen vor seinen Augen die Bilder von Aurora auf.

Wie sie ihn verarztet hat, ihr zartes Gesicht und ihre gleichgültigen Augen. Er küsst Aylin, um die Kellnerin ganz aus seinen Gedanken zu verdrängen, doch es geht nicht. Je näher er Aylin kommt, umso mehr beherrscht Aurora seine Gedanken. Und als er das ganz bewusst merkt, wird er wütend.

Das darf nicht sein, er trifft einen Engel wie Aylin und muss an eine Frau wie Aurora denken. Gabriel schiebt es darauf, dass er in den letzten Tagen zu viel Kontakt zu ihr und zuviel Stress hatte. Er bemüht sich, Aylin nichts davon merken zu lassen. Als sie aber zur Toilette geht, kann er es nicht lassen und schreibt Aurora eine Nachricht, dass er sie später abholen kommt, dann ruft er seinen Freund in der Werkstatt an und erfährt, dass das Mofa schon morgen Abend abgeholt werden kann. Als er von Aurora nur ein 'Ok' zurückbekommt, steckt er sein Handy weg.

Aylin kommt und sie bezahlen. Gabriel kann sein Bauchgrummeln nicht einordnen, als er Aylin verabschiedet und sich auf den Weg zu Aurora macht. Er ist etwas zu früh, er schreibt Aurora eine Nachricht und steigt aus. Er weiß gar nichts über diese Frau, außer, dass sie wie sie es selbst sagt eine Chica ist. Die Gegend verrät, dass sie das Geld sicherlich braucht, er sieht sich die Straßen an und sieht dann, wie Aurora aus einem Hauseingang kommt.

Sie sieht wieder aus wie Maleika. Er kann nicht behaupten, dass sie nicht wunderschön ist, doch ihm gefällt sie am Vormittag und ohne all das drumherum viel besser. Gabriel pfeift und als sie ihn entdeckt, sieht sie sich panisch um, doch kommt zu ihm auf die Straßenseite. »Was tust du hier? Wo ist dein Auto?« Gabriel zeigt zu seinem Wagen. »Wir haben noch

Zeit, wir sind früh dran.« Aurora sieht auf die Uhr und nickt, trotzdem läuft sie schnell in Richtung Auto. Gabriel hält sie am Arm zurück. »Mit wem wohnst du hier? Wann bist du hergezogen und wieso arbeitest du im B.B.?«

Aurora bleibt stehen und lacht los. Noch nie hat Gabriel sie so frei lachen gesehen und er muss schmunzeln. »Ich verweigere die Aussage, Cop!« Nun nimmt sie seinen Arm, den sie mit zwei Händen umfassen muss und zieht ihn zum Auto. »Nun komm schon endlich weg hier.« Gabriel will nicht, er muss mehr über die Frau erfahren, damit er sie ganz aus den Gedanken verbannen kann und sich wieder komplett auf Aylin konzentrieren kann, doch da klingelt sein Handy. Es ist der Autohändler mit der Nachricht, dass er endlich sein neues Baby abholen kann.

Gabriel steigt nun doch schnell ein und legt beim Gasgeben seine Hand besitzergreifend auf Auroras schmale aber doch feste Schenkel. »Hast du noch Lust, mein neues Spielzeug mit mir zu testen?« Aurora ist sonst immer gleichgültig, vielleicht dadurch, dass er heute das erste Mal offener auf sie zugeht, lächelt sie abenteuerlustig und nickt. »Okay!«

Sie fahren zum Autohändler, und da steht sein fertiges Baby. Gabriel ist mehr als zufrieden, er stellt einen Scheck aus, packt das Wichtigste in den neuen Kofferraum und lässt sich sein anderes Auto nach Hause bringen, bevor er Aurora, die sprachlos auf das neue Auto schaut, die Beifahrertür aufhält. »Na los Aurora, testen wir das Baby mal.« Er fährt zu einem abge-legenen Parkplatz, der um diese Zeit ganz leer ist. Auf dem riesigen Gelände kann er ungehemmt Gas geben. Als Aurora neben ihm auf-jauchzt, muss er lachen, er dachte, es würde sie erschrecken, aber die klei-ne Kellnerin steht offensichtlich auf Adrenalin.

Nachdem er alles aus dem Auto herausgeholt hat, hält er und sieht in die wirklich schönsten Augen, die er jemals gesehen hat. »Jetzt du.« Sie lacht, es macht ihr offenbar Spaß. »Ich hab keinen Führerschein, ich habe erst einmal hinterm Steuer gesessen.« Gabriel zieht die Augenbrauen hoch. »Aber du fährst Mofa?« Aurora beißt sich auf die untere Lippe. »Ja, aber das hier ist ja wohl etwas anderes.« Gabriel deutet ihr an zu ihm zu rut-schen, was sie auch sofort macht. Sie streift ihre High Heels ab und setzt sich auf seinen Schoß. Da sie so zu klein ist, rutscht sie zwischen seine Beine.

Ihre Hände sind zu zart für das riesige Lenkrad, trotzdem hält sie es fest in der Hand. Gabriel legt seine Hände auf ihre und sie wendet sich für einen Moment um. Er lächelt und stupst mit seiner Nase ihr Gesicht wieder in Fahrtrichtung. »Gib Gas!« Und wie sie das tut, Aurora holt aus dem Wagen noch einmal alles heraus und genießt es. Gabriel hilft ihr zu lenken. Lachend halten sie nach einigen Minuten und Gabriel lehnt sich zurück, Aurora ist noch vollkommen fasziniert und wendet sich zu ihm um. »Danke, das hat wirklich Spaß gemacht.« Gabriel sieht ihr in die Augen. »Kein Problem, können wir gerne nochmal machen, aber so langsam müssen wir zum B.B. fahren.«

Aurora trennt ihren Blickkontakt nicht. »Du hast sehr schöne Augen und du bist viel heller als dein Bruder vorhin. Seid ihr richtige Brüder?« Gabriel ist erstaunlicherweise so entspannt wie schon lange nicht mehr, er könnte die ganze restliche Nacht so vertraut mit Aurora hier sein, auch wenn sie sich eigentlich kaum kennen. »Willst du mir etwas von deinem Leben verraten, bevor ich dir etwas erzähle?« Er will unbedingt mehr von ihr wissen. Doch Aurora sieht ihn verträumt an, ihre Finger zeichnen seinen feinen Dreitagebart nach. »Mein Leben ist nichts was jeder Mensch verkraften kann. Du bist ein guter Mensch und solltest dich nicht mit dem Wissen, was ich in mir trage, vergiften.«

Gabriel lacht bitter auf. »Du schätzt mich falsch ein, ich habe heute ein Gebäude in die Luft gesprengt, mich wird schon nichts umhauen.« Ein Lachen bildet sich erneut in ihrem Gesicht. Gabriel fasst eine der gestreckten Locken an, er versteht immer noch nicht, warum sie das jeden Abend macht. »Du warst das? Ich habe davon gehört, aber das meine ich nicht. Die Abgründe, in die ich geschaut habe, das was mich zu dem gemacht hat, was ich jetzt bin, ist eine andere Sache, als das was du tust.« Sie zeigt auf sein Herz. »Du bist trotzdem ein guter Kerl und hast eine Familie, die dich liebt, kümmere dich nicht um solche Sachen.«

Gabriel will etwas dazu sagen, da bekommt er eine Nachricht von Aylin. Aurora sieht es und lächelt. »Ist das deine Freundin?« Gabriel steckt das Handy weg ohne zu antworten. »Ich weiß nicht, ob man es schon so nennen kann, sie ist eine gute Frau und ich mag sie.« Aurora nickt. »Siehst du, kümmere dich um so etwas und belaste dich nicht mit anderem.« Sie rutscht auf den Beifahrersitz zurück und Gabriel gibt Gas. »Ich werde meine Antworten schon bekommen, früher oder später.«

Als sie dann im B.B. sind, ist nichts mehr von ihrer Vertrautheit zu spüren. Sie arbeitet und Gabriel sieht sich erst lange mit José und Nathan das neue Auto an, dann bleibt er noch mit Nathan und den anderen Jungs im

B.B. Nathan hat ein paar neue Frauen dabei, doch Gabriel ignoriert sie. Er hat kein Interesse mehr an so einer Art von Frauen, das weiß er jetzt mehr denn je. Keine von ihnen schafft es seine Aufmerksamkeit zu bekommen, er weiß, dass er eine Frau wie Aylin will. Doch wieso wandert sein Blick dann immer wieder zu einer Frau, die wahrscheinlich sogar schlimmer als jede Frau hier neben ihm ist?

Die ganze Nacht behält Gabriel Aurora im Auge, schreibt dabei Aylin und versucht sich darauf zu konzentrieren. Doch es klappt nicht, jedes Mal wenn einer der Männer, die bei ihnen sind, von der neuen Kellnerin schwärmen, spürt er Wut in sich aufsteigen, was total schwachsinnig ist. Jedes Mal wenn sie bei Männern stehen bleibt, diese ihr an den Po fassen und sie es hemmungslos genießt, sieht er weg. Sie ignoriert ihn vollkommen und er versteht sich selbst nicht mehr.

Als er sie dann einige Stunden später nach Hause fährt, ist Aurora so erschöpft, dass sie im Auto einschläft. Er hält an der Ecke, wo sie sich immer treffen und sieht in ihr schlafendes Gesicht. Auch wenn sie noch aufgetakelt ist wie Maleika aus dem B.B., erkennt er die hübsche natürlichen Frau vom Vormittag. Er fühlt sich zu ihr hingezogen, es wäre dumm das zu leugnen, doch gleichzeitig, wer weiß wie viele Männer sie allein heute begrabscht haben, das kann er nicht zulassen. Er will solch eine Frau nicht, auch wenn er noch so von ihr angezogen wird.

Gabriel macht sie sachte wach und sie sieht ihn müde an. Als plötzlich Lärm auf der Straße ist und ein Mann aus dem Haus kommt, aus dem er sie heute hat herauskommen sehen, ist sie plötzlich hellwach. »Scheiße!« Sie geht schnell aus dem Auto und der Mann kommt schon auf sie zu. Gabriel steigt ebenfalls aus, doch sie dreht sich schnell zu ihm um. »Geh Gabriel, bitte, mach es nicht noch schlimmer.« Sie läuft dem Mann entgegen und er zieht sie in das Haus. Gabriel sieht ihnen hinterher und flucht dann laut.

Aurora hatte keine Angst, er sollte sich da nicht einmischen, diese Frau geht ihn nichts an. Er setzt sich wieder in das Auto. Gabriel gibt Gas. Morgen Abend bringt er ihr Mofa zurück, dann wird er Abstand zu ihr halten und sich voll und ganz auf Aylin konzentrieren, er darf diesen Engel nicht aufgeben, weil er gerade etwas verwirrt ist. Gabriel ist fest entschlossen, seine Gefühle wieder in den Griff zu bekommen.

Kapitel 8

Doch er kann nicht einschlafen, als er dann endlich im Bett liegt. Es fühlt sich beschissen an, alles fühlt sich merkwürdig an. Er schreibt Aurora eine Nachricht, ob alles in Ordnung ist und sie antwortet mit einem knappen 'Ja'. Als er dann am nächsten Vormittag wieder bei ihr wartet, ist er müde und angespannt. Aurora kommt und er sieht, dass die restliche Nacht für sie genauso kurz war wie für ihn. Er lässt seinen Blick über sie schweifen, sie trägt eine kurze Shorts und ein einfaches rotes Shirt, er entdeckt keine Kratzer oder blaue Flecken. Als sie sich setzt, gibt er sofort Gas. »Wer ist der Typ, dein Freund?« Aurora seufzt leise auf.

»Er kümmert sich um mich, ich habe keinen Freund, ich glaube nicht an Liebe und all den Schwachsinn.« Gabriel ermahnt sich immer wieder in Gedanken, dass ihn all das nichts angeht. »Aber du lebst mit ihm zusammen? Was heißt das, er kümmert sich? Willst du mir wirklich erzählen, es stört dich nicht all das zu tun, dass alle Männer dich anfassen ...?«

Aurora unterbricht ihn und dieses Mal ist sie sauer. »Ja, genau das will ich, Gabriel, ab hier ...«, sie deutet unter ihren Hals, »ist mir mein Körper egal, verstehst du. Ich habe auch meine Prinzipien, ob du es glaubst oder nicht. Ich habe noch niemals einen Mann mich küssen lassen, was sie ansonsten mit meinem Körper anstellen, interessiert mich nicht. Was für manche ihr Werkzeug ist, ist der Körper für mich. So kann ich am schnellsten Geld verdienen, was ich dringend brauche. Tu jetzt nicht einen auf moralisch, wie viele Frauen öffnen schon nach einem Date ihre Beine völlig umsonst, nur weil ich so schlau bin und dafür Geld verlange, muss ich mich nicht schämen. Es ist mir egal was du von mir hältst, ich habe dir gesagt, fange nicht an, mich als etwas anderes zu sehen als das was ich bin.«

Sie halten vor der Fabrik und Aurora steigt aus. »Fahr zu deiner Freundin, sie ist sicher ein Engel und du musst dir keine Gedanken darüber machen, ob sie ein anderer Mann anfasst, ich wette, sie ist die heilige Jungfrau Maria höchstpersönlich.« Sie will die Tür zuknallen, doch Gabriel ist schneller. »Gläubig bist du natürlich auch nicht.« Aurora funkelt ihn wütend an. »Ich will ja deine kleine Traumwelt nicht zerstören, aber wie kannst du denken, dass es so etwas wie einen Gott gibt, wenn du auf dieser beschissenen Erde lebst? In meinem Leben war noch nie etwas Gutes, also nein, es gibt keinen Gott. Alles was ich bisher gesehen habe, entstammt direkt der Hölle und das ist alles, woran ich glaube!«

Sie knallt die Tür zu und Gabriel fährt weg. Er hat keine Worte mehr dafür, diese Frau treibt ihn in den Wahnsinn. Er fährt direkt in die Werkstatt, besteht darauf, dass das Mofa sofort fertiggestellt wird und bringt es dann vor die Fabrik. Ohne ein weiteres Wort knallt er Aurora den Schlüssel vor ihren Arbeitsplatz und verlässt die Fabrik. Er geht die nächsten Tage nicht ins B.B., kümmert sich um die Geschäfte, meldet sich bei Aylin und schiebt Aurora weit weg aus seinen Gedanken. Zumindest probiert er es. Er will nicht weiter an diese Frau denken.

Sie alle sind noch aufgebracht wegen Augusto, der Freund von Nando hat erzählt, dass er unberechenbar ist. Er hat gehört, dass Augusto angeblich eine Racheaktion gegen die Los Natos plant, doch leider weiß er nichts Genaues. Gabriel ist es egal, soll er kommen, er ist bereit. Javier und Diego sind aus der Stadt verschwunden. Es war ein Schock für Shannon, Janines Freundin, doch ein noch größerer Schock war es, als sie von dem Kinderheim erfahren hat.

Ihnen allen wird der Grillnachmittag heute gut tun, Aylin kommt und es wird ansonsten nur die engste Familie da sein. Er geht schon früher hinüber zu Arturo, Pablo sitzt alleine auf einem Gartenstuhl, während Cassandra immer wieder in den Pool springt. Die Haushälterinnen helfen Olivia alles vorzubereiten, und Arturo ist mit Nathan noch ein paar Sachen einkaufen gefahren. Gabriel setzt sich zu Pablo. Seine Arme sind nicht mehr ganz so dünn, auch wenn Olivia sagt, er muss sich immer noch an die regelmäßigen Mahlzeiten gewöhnen. Die blauen Flecken verschwinden auch langsam, aber sie alle wissen, dass die Wunden auf seiner Seele nicht so leicht verblassen werden. »Hey, Großer, alles in Ordnung?« Pablo nickt und sieht zu Gabriel. »Warum gehst du nicht auch in den Pool, es ist warm.« Pablo sieht zu Cassandra, die gerade wieder aus dem Wasser kommt und schüttelt den Kopf.

Die letzten Tage ist Pablo zwar etwas zugänglicher geworden, doch trotzdem lässt er noch niemanden richtig an sich heran, auch Arturo nicht und Gabriel weiß, dass das seinen älteren Bruder belastet. »Du kannst nicht schwimmen, stimmt's?« Pablos Augen werden etwas größer, als er nichts sagt, nimmt er ihn einfach hoch und stellt ihn hin. »Hol deine Badehose, ich nehme eine von deinem Vater. Wir treffen uns in fünf Minuten am Pool.« Er lächelt, als der Kleine losstürmt und lässt sich von Olivia eine Shorts geben.

Es wird anstrengender als er gedacht hat. Während Cassandra sich an seinen Schultern festklammert, hilft er Pablo dabei die Schwimmbewegungen zu lernen, die er auch ganz schnell kann, doch Gabriel muss seine Badehose festhalten, ansonsten traut sich Pablo nicht zu schwimmen. Er bemerkt, wie Arturo und Nathan wiederkommen und sie beobachten, irgendwann kommt Nando lachend an den Pool, doch Gabriel konzentriert sich voll und ganz auf Pablo und die Prinzessin, die ihn nie wieder loslässt, wie sie es ihm immer wieder ins Ohr flüstert. Sie quietscht wenn er abtaucht und sie mit unter Wasser nimmt, doch sie lässt ihn nicht los.

Dann wendet Gabriel den Trick an, wie sie alle das Schwimmen von ihrem Vater beigebracht bekommen haben. Er lässt Pablo hin und her schwimmen und hält seine Badehose immer lockerer fest. Dann lässt er plötzlich los, Pablo bemerkt es nicht einmal und schwimmt alleine. Erst nach einer halben Runde klatscht Gabriel und Pablo wendet sich um und bemerkt, dass er alleine geschwommen ist. Nando und José kommen an den Poolrand und pfeifen, während Olivia auch stolz klatscht. Das Gesicht von Pablo, als er dann alleine losschwimmt und stolz seine Bahnen zieht, ist Gold wert. Gabriel kommt nun endlich aus dem Pool.

Er hat nicht bemerkt, dass inzwischen alle da sind, auch Janine und Aylin. Arturo klopft ihm auf die Schulter. »Ab jetzt bist du der offizielle Schwimmlehrer der Kinder der Familie. Aber so wie es aussieht, kann es ja auch gut sein, dass du selbst nachziehst.« Er blickt zu Aylin, die auf sie zukommt. Lina bringt ihm ein Handtuch. »Sie ist süß und eine gute Frau.« Arturo zwinkert ihm zu und lässt ihn mit Aylin allein. Gabriel begrüßt sie mit einem Kuss, was sie vor seiner Familie etwas erröten lässt.

»Das war so lieb, wie du dich um Pablo kümmerst.« Gabriel bemerkt ihren Blick auf seinem Oberkörper und lächelt. »Er ist mein Neffe, das ist doch ganz normal. Hast du schon alle kennengelernt?« Aylin nickt und Gabriel zieht sich sein Shirt über. »Sie sind alle sehr nett, ich mag deine Familie.« Olivia holt sie zum Tisch und endlich gibt es etwas zu essen. Da Pablo und Cassandra immer noch nicht aus dem Pool zu bekommen sind, ist Mateo das einzige Kind bei ihnen, und nachdem Gabriel ihn auf dem Arm hatte, nimmt auch Aylin ihn ganz vorsichtig auf den Arm.

Gabriel merkt schnell, dass seine Familie Aylin mag. Alles ist entspannt, und er genießt den Tag bis zum späten Abend mit seiner Familie und

Aylin. Doch egal wie richtig sich das alles anfühlt, mit einem Teil seiner Gedanken ist Gabriel die ganze Zeit bei der dunklen Schönheit mit den grünen Augen, die ihn so in den Wahnsinn treibt, er kämpft dagegen an, doch er kann es einfach nicht verhindern. Olivia ist es, die sie alle am Abend daran erinnert, dass in ihrer Familie doch nicht alles so gut ist, wie sie es sich gerne einreden. Schon als sie den Namen seiner Schwester sagt, zieht sich alles in Gabriel zusammen. Wie oft sie auch aneinandergeraten, er vermisst sie.

»Wir werden am Montag nach Italien fliegen, es geht so nicht weiter, wir haben keine Möglichkeit mehr, überhaupt irgendetwas von Elisa zu erfahren.« Arturo schwenkt den Wein in seinem Glas hin und her. »Olivia hat recht, wir nehmen Nathan und die Kinder mit und sehen nach, ob alles in Ordnung ist.« Gabriel sieht auf Cassandra, die auf Nandos Arm eingeschlafen ist nach den vielen Stunden im Pool und den Hamburgern, die sie und Pablo danach verdrückt haben und dann zu Pablo, der müde neben Arturo auf dem Stuhl sitzt. »Wollt ihr sie wirklich mitnehmen? Sie können auch bei uns bleiben, wer weiß, wie Elisa reagieren wird.« In dem Moment bemerkt auch Arturo Pablos Müdigkeit, er greift nach ihm und nimmt ihn auf seinen Schoß.

Arturo und Pablo hatten noch nicht viel Möglichkeit, vertrauter miteinander zu werden, doch als Pablo dann, zwar etwas unsicher aber trotzdem doch sehr erleichtert, seinen Kopf an Arturos breite Schultern legt, dauert es keine Minute und seine Augen fallen zu. »Nein, Cassandra will unbedingt mit und ich möchte Pablo noch nicht zurücklassen, er muss erst merken, dass er jetzt ganz zu unserer Familie gehört, bevor das geht. Wenn Elisa nicht will, können wir auch so ein paar Tage in Italien verbringen und einfach Urlaub machen.« Janine nickt. »Ich habe nächste Woche Ferien und kümmere mich mit Lina um die Fabrik, genießt ihr mal eine Auszeit nach dem ganzen Stress.«

Gabriel ist sich nicht sicher, ob das nicht nur noch mehr Stress bringen wird, doch er sagt nichts dazu. Aylin, Janine, Lina und Olivia verschwinden eine ganze Weile in die Küche und sie reden noch weiter über Augusto. Gabriel will noch ein paar Tage warten und ihn dann erneut suchen gehen. Auch wenn er keine Angst vor einer Racheaktion hat, will er das alles nicht auf sich beruhen lassen. José und Nando stimmen sofort zu, sie werden das auch ohne Arturo und Nathan durchziehen können. Als die

Frauen dann wieder aus der Küche kommen, fragen Janine und Aylin, ob sie noch ins B.B. wollen, sie haben Lust zu tanzen.

Gabriels Magen rumort sofort, doch José und Nathan stimmen zu, also ist er auch dabei. Ob er die Kellnerin von hier oder vom B.B. aus ignoriert und seine Gedanken nicht mehr an sie verschwendet, wird keinen Unterschied machen. Er geht sich nur eine feinere Hose und ein schwarzes Shirt anziehen. Als er sich dann im Spiegel ansieht, hält er ein. Einen Moment denkt er sich, dass er aufhören sollte sich etwas vorzumachen, so zu tun, als wäre Aurora ihm egal, doch als ihm ihre Worte wieder ins Gedächtnis kommen, mit wie vielen Männern sie garantiert schon geschlafen hat und wie viele Männer sie allein heute anfassen werden, zerschlägt er diesen Gedanken gleich wieder.

Sie müssen ein wenig auf die Frauen warten, als Janine und Aylin dann aber aus Josés Haus kommen, hat es sich gelohnt. Beide sehen umwerfend aus, Gabriel winkt Aylin zu sich ins Auto. Nathan sitzt hinten und Aylin bestaunt das neue Auto von Gabriel, während José und Janine in seinem hinter ihnen zum B.B. fahren. Da es schon spät ist, ist es dementsprechend voll. Sobald sie in den VIP-Bereich kommen und zum Tisch gehen, wo schon einige ihrer Männer sitzen, entdeckt Gabriel Aurora, die einen Tisch weiter gerade Getränke serviert.

Sie trägt wieder einen kurzen Rock und ein weißes Top, doch heute hat sie nicht viel Make-up aufgelegt, einzig ein knallroter Kussmund steht im Kontrast zu ihren grünen Augen. Gabriel sieht weg und legt den Arm um Aylin. »Na dann lasst uns Spaß haben.« Sie setzten sich, keine Minute später kommt Aurora an den Tisch und hebt die Augenbrauen, als sie zu Gabriel und Aylin sieht, der er noch immer seinen Arm umgelegt hat.

»Hast du heute deinen Engel mitgebracht?« Alle sehen von Aurora zu ihm, nur José kennt sie ja bereits und nickt ihr zu. Gabriel muss sich zusammenreißen nicht zu lachen, als er trotz ihrer gespielten Teilnahmslosigkeit das Bissige heraushört. »Natürlich, hier gibt es ja schon genug Leute, die Hand in Hand mit dem Teufel stehen.«

Plötzlich lässt Aurora das erste Mal ihre Maske fallen, Gabriel hat sich keine Gedanken gemacht, was sie von ihm hält. Er war zu beschäftigt damit, gegen seine Gefühle für sie anzukämpfen, doch jetzt sieht sie ihm in die Augen. Aurora interessiert es nicht im Geringsten, dass alle sie beobachten, sie ist ganz auf ihn fixiert. Er sieht, dass sie verletzt ist, ihre Augen zeigen ihm das deutlich, auch wenn ihre restliche Haltung etwas anderes sagt. Sie klopft mit dem Stift auf ihren Notizblock, dann wendet sie sich ab. »Ich gebe euren Tisch ab, ihr werdet gleich bedient.«

Es ist zwei Sekunden vollkommen still um ihn herum, während er Aurora wütend hinterher starrt. »Wer ist das? Kennt ihr euch?« Aylin bricht das Schweigen. Gabriel merkt, dass sich José ein Lachen verkneifen muss. »Ja, sie arbeitet hier und in unserer Fabrik, wir verstehen uns nicht besonders gut.« Janine lacht leise. »Das hat man gemerkt, los, gehen wir tanzen?« Er ist Josés Freundin dankbar, als sie mit Aylin zur Tanzfläche geht, Gabriel lehnt sich zurück. Sie bestellen bei einer anderen Kellnerin und er beobachtet jeden Schritt von Aurora genau, sie ist wie immer sehr freundlich zu allen, sicherlich setzt sie sich ganz bewusst bei mehreren Männern länger auf den Schoß, als diese sie angetrunken auf sich ziehen.

Erst als Aylin wiederkommt, lässt er es und widmet sich ihr, doch jetzt wo Aurora bei ihnen im Raum ist, kann er es noch weniger. Aylin ist der Engel, den er immer gesucht hat, doch es ist nicht das, was es sein sollte, er spürt es immer deutlicher. Auch Aylin geht auf Abstand und tuschelt mit Janine.

Sie verbringen trotz allem einen lustigen Abend, allerdings täuscht Gabriel seine Anwesenheit nur vor. Er kann beim besten Willen seinen Blick nicht von Aurora lassen. Sie flirtet, trotzdem sieht auch sie immer wieder zu ihm. Als ein Mann ihr Geld in den Ausschnitt steckt und dabei zudrückt, sieht Gabriel weg. Aylin und Janine gehen noch einmal zur Toilette, bevor sie gehen wollen. José, der neben Gabriel sitzt, legt den Arm um ihn. »Selbst ein Blinder merkt, dass du auf die Kleine stehst.« Er nickt in Auroras Richtung. »Sie ist eine Chica ... und was für eine.« José nickt. »Dann vergiss sie und konzentriere dich auf Aylin!« Als würde Gabriel nicht genau das die ganze Zeit probieren. »Lasst uns gehen.«

Gabriel fährt Aylin alleine nach Hause, die ganze Fahrt schweigt sie. Erst als er sie zur Haustür bringt, wendet sie sich zu ihm um. »Ich mag dich Gabriel und ich kann mir auch sehr gut eine Beziehung mit dir vorstellen, aber ich habe keine Lust, einfach nur ein Ersatz für jemand zu sein, verstehst du das?« Er wusste, dass es so kommen würde und kann dem nicht einmal wirklich etwas entgegenbringen, nicht ohne Aylin zu belügen, aber das hat sie nicht verdient.

»Ich bin mit der Frau nicht zusammen, sie ist keine Frau, mit der ich eine Beziehung führen würde. Ich weiß selbst nicht, was im Moment mit mir los ist, es tut mir leid, ich wünschte, es wäre anders.« Aylin lächelt und küsst ihn auf die Wange. »Vielleicht musst du dir erst über deine Gefühle klar werden. Ich habe das Gefühl, diese Frau bedeutet dir mehr, auch wenn du das vielleicht nicht willst.« Mit diesen Worten geht Aylin ins Haus.

Gabriel fährt direkt nach Hause, er hatte sich immer einen Plan zurechtgelegt, alles lief gut, er war glücklich. Aylin ist genau das, was in seinem Leben gefehlt hat, sie hat genau in seinen Lebensplan gepasst. Und dann kam Aurora mit ihren grünen Augen und diesem beschissenen Mofa und hat alle seine Pläne über den Haufen geworfen.

Am liebsten würde er sich sofort in sein Bett fallen lassen, doch sobald er aus seinem Auto steigt und auf sein Haus zugeht, öffnet sich Josés Haustür und Janine kommt zu ihm herüber geschlendert. Sie hat zwei Dosen kalte Cola in der Hand und lächelt ihn an. Er hat die Freundin seines jüngeren Bruders tief in sein Herz geschlossen. Als sie sich jetzt auf seine Veranda setzt und neben sich auf den Marmor klopft, um ihm zu zeigen, er soll sich auch setzen, tut er das.

Nachdem sie ihm die Cola gereicht hat, nehmen sie beide einen Schluck. »Hat dich dein Freund noch zu einem anderen Mann gelassen, Engelchen?« Janine lacht und lehnt sich an Gabriel. »Niemals, aber zu meinem Lieblingsbruder darf ich immer, denn ich mache mir Sorgen um dich.« Gabriel sieht zu Boden. »Es ist alles bestens, du brauchst dir keine Gedanken zu machen, das kannst du auch José sagen, ich weiß, dass er auch dahintersteckt.« Janine lächelt. »Er liebt dich sehr, und es ist lange her, dass ich dein berühmtes Grinsen gesehen habe.«

Gabriel gibt sich alle Mühe und grinst sie an. »Das bildest du dir nur ein.« Janine schüttelt den Kopf. »Nein, du lachst aber nicht aus dem Herzen, du bist bedrückt und das weiß jeder, der dich gut kennt. Also es ist nicht Aylin, die dir den Kopf verdreht hat. Die Frau aus dem B.B., wie heißt sie?« Gabriel würde am liebsten aufstehen und gehen, doch es ist Janine, die hier neben ihm sitzt. Es erinnert ihn an das Gespräch, das er mit ihr wegen José hatte. »Aurora. Ich habe nichts mit ihr, sie ist nicht so eine Frau wie du, Aylin, Lina oder die anderen.« Gabriel trinkt die Dose aus und zerdrückt sie.

»Aber das muss ja nicht unbedingt schlecht sein, jeder Mensch ist anders. Ich muss zugeben, sie ist unglaublich hübsch und man hat gemerkt, dass es sie stört, dass du mit Aylin da warst. Kennst du sie gut?« Gabriel muss bitter auflachen. Was bringt es, diese ganze Geschichte schönzureden?

»Sie schläft mit Männern für Geld, und ich habe sie kennengelernt, als sie mir Geld geklaut hat, deswegen arbeitet sie das jetzt in der Fabrik ab. Dadurch habe ich sie öfter gesehen, aber kennen? Nicht wirklich, ich weiß ansonsten fast nichts von ihr und was ich weiß, ist alles nicht das, was ich mir von einer Frau wünsche.«

Janine ist ruhig, wahrscheinlich hatte sie das nicht erwartet. Es dauert, bis sie sich wieder etwas fängt. »Deswegen kämpfst du jetzt also dagegen an, etwas für sie zu empfinden? Wie es aussieht aber nicht sehr erfolgreich.« Ein mildes Lächeln zeigt sich auf Janines Lippen. »Weißt du noch, unser Gespräch wegen José? Du hast ihm gesagt, dass es nichts bringen wird gegen sein Herz zu kämpfen und dass es ihn zerstören wird. Du hast gesagt, dass wenn dein Engel kommt, du niemals dagegen ankämpfen wirst und jetzt tust du genau das.«

Hat sie ihm nicht zugehört? »Janine, sie ist eine Nutte, eine Chica, sie ist kein Engel.« Die Freundin von José zuckt die Schultern. »Warum tut sie das? Hast du sie schon mal gefragt? Kennst du ihre ganze Geschichte? Man sollte über niemanden urteilen, bevor man nicht die ganze Geschichte kennt.« Er muss an Auroras abgeklärte Worte denken. »Sie macht es, weil sie Spaß daran hat.«

Janine steht auf. »Glaub mir eine Sache, keine Frau auf dieser Welt verkauft ihren Körper ohne Grund oder weil sie Spaß daran hat, niemals. Du solltest versuchen ihre Geschichte zu erfahren, erst dann kannst du sagen, du kennst sie. Morgen ist zwar Sonntag, aber wir haben alle Mitarbeiterinnen gebeten, morgen früh zu kommen, da wir am Montag eine wichtige Lieferung rausschicken müssen. Ich bin morgen selbst in der Fabrik und bin gespannt, sie mal näher kennenzulernen. Sei nicht so streng, Gabriel, nur weil sie nicht ganz den Vorstellungen deiner Traumfrau entspricht.« Sie gibt ihm einen Kuss auf die Wange und geht dann zurück zu ihrem und Josés Haus.

Gabriel kann nicht schlafen, nicht nach alldem was passiert ist und nicht mit dem Gefühlschaos, was in ihm steckt. Er trainiert die restliche Nacht und lässt dort seine allerletzte Kraft, bis er ins Bett fällt. Er schläft so tief, dass er erst wach wird, als sein Handy immer und immer wieder klingelt. Janine hat ihn den ganzen Morgen probiert anzurufen und auch jetzt ist sie es. Es ist mittlerweile fast mittags. Nur ein Grummeln kommt über seine Lippen. Josés Freundin ist dafür umso wacher, sie sagt, er solle unbedingt zur Fabrik kommen, es gibt dort etwas, was er sich ansehen muss. Dringend!

Natürlich weiß er, dass es nach ihrem gestrigen Gespräch mit Aurora zu tun haben muss. Er bleibt im Bett liegen, so wird es nichts damit sie sich aus dem Kopf zu schlagen, vielleicht hat Janine recht, vielleicht muss Gabriel mehr von Aurora erfahren, um sich dann nicht mehr von ihr angezogen zu fühlen. Vielleicht bringt ihn die Wahrheit wieder auf den Boden zurück, öffnet seine Augen, verschließt sein Herz für sie und er kann sich auf die Suche nach der richtigen Frau machen.

Eine Stunde später hält er vor der Fabrik, einige Mitarbeiterinnen gehen bereits und nicken ihm freundlich zu. Gabriel sieht in den Arbeitsbereich, wo Aurora sitzt und vertieft an einem Shirt näht, noch zwei weitere Frauen sitzen bei ihr. Es ist wieder Aurora, ihre Locken hat sie zu einen Pferdeschwanz nach oben gebunden, sie trägt kein Make-up, nur einen langen schwarzen Rock und ein weißes Top, sie hat sogar die Flip Flops von den Füßen gestreift.

Vielleicht ist es das, was ihn verwirrt, sie sieht so hübsch aus, so unschuldig, doch er weiß, dass es Maleika in ihr gibt, er muss diese zwei Seiten an ihr einfach zu einer zusammenfügen und mit ihr abschließen. Ohne etwas zu sagen geht er zu Janine ins Büro, die über einigen Papieren sitzt. »Was soll ich sehen?« Janine lächelt und begrüßt ihn, dann sieht sie ihn fragend an. »Warst du im Arbeitsbereich?« Gabriel nickt, vielleicht sind Janine auch nur die zwei Seiten an ihr aufgefallen. »Ich kenne sie so bereits, Janine, doch das täuscht, du hast sie auch im B.B. gesehen.«

Janine verdreht die Augen und steht auf. »Das meine ich nicht, du Sturkopf, sieh richtig hin!« Sie schiebt ihn wieder zur Tür. »Und Gabo, sie hat wirklich Talent zum Nähen, ich habe sie gerade noch gebeten, etwas von einer anderen Arbeiterin zu überarbeiten, sie ist wirklich gut.« Gabriel ist genervt, als Janine ihn wieder aus dem Büro schiebt und er zurück zum Arbeitsbereich geht, wo Aurora das Shirt hochhält, um es noch einmal zu prüfen. Er sieht sich alles genau an, was soll ihm auffallen? Sie sieht aus wie immer, die zwei anderen Arbeiterinnen entdecken ihn und nicken ihm zu, da erst sieht er, dass hinter ihnen eine Decke ausgebreitet ist, auf der ein kleines Mädchen sitzt.

Gabriel geht in den Raum hinein, das Mädchen hat genau die gleichen wilden Locken wie Aurora, nur dass sie ihr bis zu den Schultern reichen und Aurora bis tief in den Rücken fallen. Die Kleine sitzt auf einer Decke und hat eine Puppe im Arm, der sie gerade die Haare kämmt. Nun hat auch Aurora ihn entdeckt. Sie sagt aber nichts, gleichgültig legt sie das Shirt zusammen, während Gabriel zu dem Mädchen geht. Es ist noch jünger als Cassandra, vielleicht drei Jahre alt. »Elena komm, ich bin fertig.« Gabriel bleibt neben Aurora stehen und das Mädchen wendet sich um, sie lächelt zu ihnen. Sie hat die gleichen Augen wie Aurora. Gabriel sieht von der Kleinen zu Aurora und versteht nun, was Janine wollte.

Es wird Zeit, dass er Auroras Geschichte hört.

Kapitel 9

Das Mädchen steht auf und kommt zu ihnen herüber, dabei lässt sie ihre Puppe nicht los. Sie sieht Aurora sehr ähnlich. Gabriel bemerkt sofort, dass sie eines der Shirts trägt, die sie zusammen gekauft haben, als er für Pablo Kleidung gekauft hat. »Ist das deine Tochter?« Er wendet sich an Aurora, die ihre Tasche zusammenpackt, die Kleine auf ihren Arm nimmt und dann auch die Decke und Spielsachen bei sich in die Tasche stopft.

»Ja, das ist meine Tochter.« Aurora will an Gabriel vorbei, doch er stellt sich ihr in den Weg. Er muss an gestern Nacht denken, wie zickig sie wegen Aylin reagiert hat und dass sie gerade wirklich nicht gut aufeinander zu sprechen sind. »Was macht ihr jetzt? Wollen wir etwas essen gehen? Ich denke, wir haben noch einiges zu klären.« Aurora verzieht überrascht ihr Gesicht. »Was haben wir noch zu klären? Wird deine Freundin dann nicht sauer?« Er wird jetzt auf sie zugehen um alles herauszubekommen. So zu tun, als wäre sie ihm egal, scheint jetzt mittlerweile mehr als unsinnig.

»Ich habe keine Freundin, ich bin jetzt hier und sonst nirgendwo, also komm schon, zick nicht so, Aurora.« Er muss grinsen, als er an einer ihrer langen Locken zieht und sie schnauft leicht auf, doch ihre kleine Tochter mischt sich jetzt ein. »Ich hab aber Hunger, Mamita.« Wenn Aurora sich stur stellt, kann Gabriel es auch anders machen. »Auf was hast du Hunger? Du hast die freie Wahl.« Das lässt das Mädchen große Augen bekommen und laut »Pizza!« rufen, und nun muss Aurora lachen. »Na gut, wir haben heute eh nichts weiter vor, da hast du dann ja wohl Glück gehabt.«

Gabriel verstaut das Mofa im Kofferraum, bevor er mit den beiden zu den Sandhügeln fährt. Unterwegs holt er drei Pizzen, Getränke und noch einige Knabbersachen. Aurora kennt das Hügelgebiet noch nicht, sie breiten eine Decke an einem schattigen Platz aus und Elena tobt sofort begeistert zwischen den Hügeln. Gabriel wusste, dass es ihr hier gefallen wird, zudem ist es hier immer menschenleer und sie sind ganz für sich allein.

»Elena, komm her, iss etwas, du musst deine Tabletten nehmen.« Gabriel legt seine Waffe weg und setzt sich zu Aurora, die es sich auf der Decke gemütlich macht, ihre Schuhe abstreift und die Pizzen öffnet. Elena kommt auch sofort angerannt, setzt sich brav vor sie und isst. »Es ist schön hier, ich kannte das noch nicht, wir müssen öfter herkommen, oder?« Elena kaut ungeduldig auf ihrer Pizza herum und nickt begeistert, sie möchte sicherlich am liebsten sofort weiter toben. »Woher kommt ihr eigentlich?« Gabriel reicht Aurora etwas zu trinken und öffnet auch eine Limonade für die Kleine, die ihn zuckersüß anlächelt.

»Wir waren schon überall, ich bin in Fajardo geboren, dann habe ich mal hier mal dort gelebt. Elena kam in Ponce auf die Welt, da haben wir gelebt, bevor wir nach San Sebastian kamen.« Als Elena nach zwei Stücken Pizza aufspringen will, holt Aurora mehrere Packungen Tabletten heraus und gibt Elena vier verschiedene, die sie schnell herunterschluckt, nur um wieder spielen zu gehen, dabei nimmt sie ihre Puppe fest unter ihren Arm. »Was hat sie, wozu die ganzen Tabletten?«

Aurora steckt die Tabletten weg und sieht ihn lange an. »Wozu diese ganzen Fragen und das plötzliche Interesse Gabriel, was ist los?« Gabriel zuckt die Schultern. »Ich will doch nur wissen, was die Kleine hat, was ist daran so schlimm?« Aurora lacht leise und lehnt sich zurück. »Nein, das willst du nicht, du willst versuchen zu verstehen, warum ich bin wie ich bin. Du willst in mein Inneres sehen, Gabriel und du hoffst etwas darin zu finden, was es nicht gibt.« Auch wenn sie mit ihm redet, sieht sie jede Sekunde auf ihre kleine Tochter, die vergnügt versucht einen Berg herunterzurutschen.

»Erzähle es mir, ob ich dann etwas finde oder nicht, bleibt mir überlassen.« Aurora seufzt aufgebend. »Elena ist seit ihrer Geburt krank, sie braucht eine neue Niere. Deswegen sind wir hergekommen, hier werden solche Operationen gemacht, und sie ist schon auf der Liste. Ricky hilft uns dabei. Ich hoffe, dass sie bald eine neue Niere bekommt, solange muss sie diese Tabletten nehmen und zur Dialyse gehen. In Ponce hat sie noch andere Medikamente bekommen, da war sie viel schwächer und musste öfter im Krankenhaus bleiben, jetzt mit denen geht es besser, sie kann sogar in den Kindergarten gehen. Ich hoffe, es bleibt so.«

Gabriel beginnt zu verstehen, er weiß wie teuer Medikamente, der Kindergarten und alles andere hier ist. »Was ist mit dem Vater? Kümmert er sich um sie?« Aurora lacht bitter auf und setzt sich wieder auf. »Ich weiß nicht, welcher der drei Typen es war, die mir eine Waffe an den Kopf gehalten haben und dabei ihren Spaß mit mir hatten, doch ich bezweifle, dass es einen von ihnen interessieren würde. Und falls du denkst, das ist der Grund, wieso ich so bin, nein, nicht mal annähernd, also versuche nicht mich zu analysieren!«

Diese Informationen lassen Gabriels Blut schon hochkochen, doch er sieht auch, dass dies noch nicht der einzige Horror ist, den sie alles mitgemacht hat. Aurora will kein Mitleid, also versucht er sich zusammenzureißen. »Ich analysiere dich nicht, doch ich beginne etwas zu verstehen.« Aurora sieht zu ihrer Tochter, dann kommt sie näher zu ihm. Sie waren sich schon nahe, im Auto sind sie sich noch näher gekommen, doch Gabriel Herz schlägt sofort schneller, als Aurora sich genau vor ihn setzt und sich ihre Nasen fast berühren.

»Jetzt zu dir. Du verwirrst mich, du scheinst mich und alles wofür ich stehe zu hassen, doch du lässt auch nicht locker und verschwindest einfach. Ich habe dir schon gesagt, dass alles was ich dir geben kann Sex ist, was du ja offenbar auch nicht willst. Andere Männer würden das nehmen und gehen, also was willst du? Wieso bist du jetzt nicht bei dieser perfekten Frau, sondern sitzt hier mit mir und meiner Tochter?« Gabriel muss lächeln, auch wenn sie jedes Wort ernst gemeint hat.

»Wieso hat es dich so gestört, mich mit dieser Frau zu sehen, wenn du doch wie du sagst nur Sex geben kannst? Du sagst, du hast noch niemals einen Mann geküsst, sicherlich auch niemals einem dein Herz geschenkt, ich sollte dir doch genauso egal sein, wieso bin ich das nicht?« Nun wird sie wirklich sauer. »Ich meinte das auch so, ich habe Sex, das hat nichts mit Liebe zu tun, ich glaube nicht an diesen ganzen Liebesschwachsinn!« Gabriel genießt dieses Spiel mit ihr, seine Hand legt sich auf ihre Taille. So nah ist sie zu schön und zu verführerisch, um einen klaren Abstand zu wahren.

»Du hast meine Frage nicht beantwortet!« Er spürt sofort, dass sie auf seine Nähe und seine Berührungen reagiert. Ihre Stimme wird etwas unsicherer. »Du auch nicht meine.« Gabriel wird ernst, er legt seine Hand an ihre Wange und hält somit die Locken aus ihrem Gesicht, die sich aus dem Zopf gelöst haben. »Ganz ehrlich, Aurora, ich weiß es nicht, ich weiß nicht, wieso ich dich nicht lassen kann und wohin das ganze führen soll.« Er beugt sich vor und küsst ihre Lippen, er hat sich ihre Worte zu Herzen genommen, dass sie noch nie einen Mann geküsst hat und ist ganz vorsichtig.

Behutsam küsst er sie, Aurora zuckt nicht zurück und schließt die Augen, es ist nur ganz kurz, doch es ist so süß, dass es Gabriel durch den ganzen Körper fährt. Als er sich dann von ihrem Gesicht entfernt und sie die Augen öffnet, legt sie ihre Hand an ihre Lippen. »Das darfst du nicht, ich küsse niemals einen Mann.« Noch immer ist ihre Stimme zittrig und Gabriel lacht, dann gibt er ihr erneut einen Kuss auf den Mund. Wieder verhindert sie es nicht, doch ihre Augen zeigen ihre Empörung, aber sie zeigen ihm auch die Angst, die darin steht. »Merk dir eins, ich bin nicht wie die anderen Männer!«

Leider wird ihr Gespräch von Elena unterbrochen, die müde von den Bergen wieder zu ihnen kommt. Sie sind eine knappe Stunde hier und Elena ist extrem geschafft. Gabriel sieht sofort die Sorgen in Auroras Gesicht, als sie langsam alles zusammenpacken und zum Auto zurückkehren. Natürlichen weiß er, es ist nicht normal, dass ein kleines Mädchen so schnell erschöpft ist und nimmt Aurora ihre Tochter vom Arm, als sie darauf einschläft.

Er legt sie auf seinen Rücksitz. »Muss sie zum Arzt?« Als sie losfahren, redet er extra leise. Aurora sieht nach hinten und schüttelt dann den Kopf. »Nein, es ist alles gut, früher hätte sie nur fünf Minuten spielen können, die neuen Medikamente helfen ihr sehr gut.« Gabriel ist unruhig, er wollte alles von Aurora erfahren, er hat sicherlich nur einen kleinen Einblick aus ihrem Leben bekommen, doch das hat ihn schon tief getroffen.

Er weiß nicht, was er tun soll, wie er sich verhalten soll. Kann er damit leben, was sie tut um ihr Geld zu verdienen? Niemals, doch jetzt wo er immer mehr diese andere Seite an ihr sieht, fällt es ihm so schwer, auf genau diese Seite zu verzichten, auch wenn er weiß, dass er mit dem was sie sonst verkörpert niemals leben kann. Er ist noch verwirrter als vorher, als sie bei ihr in die Gegend einfahren. »Wir müssen aufpassen wegen Ricky, wenn er uns sieht, rastet er aus, das letzte Mal gab es schon eine Menge Ärger.«

Das Thema hatte er vollkommen vergessen, sofort kommt in ihm die Wut wieder hoch. »Wieso? Ich denke, er ist nicht dein Freund?« Aurora sieht ihn von der Seite an, sie scheint ihn auch immer besser einschätzen zu können. »Ist er auch nicht, aber er kümmert sich um uns und ich soll keinen Mann näher an mich heranlassen, das ist schlecht für das Geschäft. Ich will ihn nicht sauer machen, wir brauchen ihn.« Er will etwas sagen, doch sie halten bereits und sie steigt aus. Gabriel holt das Mofa und stellt es auf die Straße, während Aurora Elena auf den Arm nimmt und zu ihren Haus guckt. »Mist, es war klar, dass er bereits wartet, ich muss los Gabriel, danke für den schönen Nachmittag.«

»Arbeitest du heute?« Aurora schüttelt den Kopf. »Nein, ich habe drei Nächte frei, ich muss los, entschuldige.« Gabriel kommt nicht dazu noch etwas zu sagen, da ist sie auch schon wieder weg. Frustriert fährt er zu sich nach Hause, doch anstatt zu sich geht er zu Arturo, wo Olivia gerade die Koffer für ihre Abreise heute Nacht packt. Cassandra hilft ihr eifrig. Als Gabriel seine Nichte mit ihren gesunden roten Wangen sieht, die so schnell nichts aus der Puste bringt, muss er an Elena denken. Er weiß, dass wenn sie keine Spenderniere bekommt, sie keine hohe Lebenserwartung hat. Er kann sich gar nicht vorstellen, wie Aurora damit zurechtkommt.

Um all das zu vergessen, geht er zu Arturo und Pablo, die gerade zusammen noch ein paar Dinge besorgen waren. Er wirft seinem Bruder einen Fußball zu und hebt seinen kleinen Neffen auf seine Schultern. »Los, ich muss Dampf ablassen, etwas Bewegung wird dir auch gut tun.« Sicherlich hat Arturo anderes zu tun, doch er kommt mit ihm auf die Straße, die all ihre Häuser verbindet. Es dauert keine fünf Minuten und Nathan und Nando sind dabei, auch José erscheint etwas später mit Milo, und sie spielen, bis es zu dämmern anfängt. Janine und Lina haben es sich irgendwann mit Mateo auf der Veranda vor dem Haus gemütlich gemacht und sehen ihnen lachend zu. Als dann auch noch Cassandra kommt, die sie alle aufgeregt anfeuert, geht es Gabriel langsam besser. Pablo macht es richtig Spaß, er kann sich gut bei seinen Onkeln durchsetzen und lacht laut los, als Nando ihn irgendwann durchkitzelt, damit Nathan es mal schafft ein Tor zu schießen.

Alles ist gut, bis auf einmal das Handy von Lina klingelt und sie Gabriel ruft. »Gabriel, hier ist der Sicherheitsmann, der nachts auf den Grundstücken der Firmen ist.« Verwundert unterbricht er das Spiel und nimmt das Handy entgegen. Auf dem Gelände der Fabrik von Janines Vater und jetzt auch auf ihrem ist jeden Abend und die Nacht über jemand, um dafür zu sorgen, dass sich dort niemand herumtreibt. Der Mann sagt ihm jetzt, dass er hier eine Frau und ein Kind in der Firma vorgefunden hat. Sie haben sich einen Platz zum Schlafen bereit gemacht. Als er die Polizei rufen wollte, hat die Frau ihm gesagt, dass sie hier arbeitet und dass er dafür sein Einverständnis gegeben hat.

Gabriel seufzt leise auf und sagt, dass er gleich da ist. Als er auflegt und zum Auto geht, will José ihn begleiten, doch er möchte das lieber allein machen. Es können ja nur Aurora und Elena sein, stellt sich die Frage, was sie so spät am Abend noch in der Firma wollen. Da die Straßen bereits leer sind, ist er schnell an der Fabrik, er hat sich unterwegs sein nasses T-Shirt ausgezogen. Es ist immer noch heiß und er hat lange Fußball gespielt, er hat nicht damit gerechnet, schon wieder wegen Aurora und ihrer komischen Geschichten unterwegs zu sein.

Der Wachmann wartet am Eingang der Fabrik auf ihn, zusammen gehen sie zu dem dunklen Arbeitsbereich, wo nur eine kleine Schreibtischlampe brennt. Wie er es vermutet hat, sitzt Aurora auf einer Decke, die auf dem Boden ausgelegt ist, es liegen Getränke und eine Packung Kekse herum. Elena sitzt auf ihrem Schoß und beide sehen ihm fast schon trotzig entgegen. Er seufzt erneut leise auf, er hat immer noch keine Vorstellungen davon, was er wegen Aurora machen will. Fest steht, als er sie beide anguckt, ändert sich etwas in ihm. Beide haben ihre Haare offen und sehen sich so ähnlich, dass er sich ein Lächeln verkneifen muss und es fühlt sich auf eine eigentümliche Art gut und vertraut an sie zu sehen.

»Was macht ihr beide hier?« Gabriel wollte strenger klingen, aber Elena schien Angst gehabt zu haben vor dem Wachmann. Als er jetzt zu ihnen tritt, springt sie vom Schoß ihrer Mutter und kommt zu Gabriel. Er kann nicht anders, geht in die Hocke und nimmt sie auf seinen Arm. Sie wirkt schon wieder sehr erschöpft. »Wir schlafen hier!« Elena streicht sich die Locken aus dem Gesicht und sieht ihn an. Gabriel sieht zu ihrer Mutter.

»Ricky ist sauer, er hat uns vor die Tür gesetzt. Das ist nichts Neues, das passiert manchmal, in ein bis zwei Tagen hat er sich wieder beruhigt. Ich bin sonst immer zu einer Freundin gegangen, aber hier kenne ich ja noch niemanden. Eigentlich habe ich morgen auch in der Fabrik frei, weil ich heute eingesprungen bin, aber ich dachte, wir schlafen hier und ich helfe morgen mit. Ich denke nicht, dass jemand von den Frauen etwas dagegen hat.«

Gabriel hasst diesen Ricky immer mehr, er versteht immer noch nicht, was genau er mit Aurora zu tun hat. »Dir ist schon klar, dass diese Fabrik mir und meinen Brüdern gehört und die Frauen alle meine Schwägerinnen sind. Die würden garantiert nicht wollen, dass ein Kind hier auf dem Boden schläft, also komm und pack eure Sachen zusammen.« Aurora flucht leise vor sich hin, während sie alles in eine Reisetasche stopft, die neben der Decke steht. »Verdammt, ich … verstehst du nicht, ich weiß sonst nicht wohin, es ist doch besser, als mit ihr irgendwo auf einer Bank zu schlafen. Es tut mir leid wegen dem Geld damals, ich werde hier nichts mitnehmen oder anfassen Gabriel, das schwöre ich.«

Gabriel, der schon hinaus gehen wollte, dreht sich um. Aurora hat ihn gerade förmlich angebettelt, die sonst so stolze Frau sieht flehend zu ihm und hat Tränen in den Augen. »Was ist bloß los mit dir, Aurora? Dachtest du gerade im Ernst, dass ich euch einfach rausschmeißen wollte? Ich würde euch nicht einmal hier schlafen lassen, ihr kommt mit zu mir, dort könnt ihr schlafen. Das nächste Mal wenn so etwas ist, rufst du mich direkt an.« Aurora wischt sich eine Träne weg und Gabriel sieht zu Boden, er will sie so nicht sehen. »Das brauchst du wirklich nicht, wir können hier bleiben, es ist in Ord ...« Gabriel geht zu ihr, nimmt ihr die Reisetasche aus der Hand, behält Elena weiter auf seinem Arm und schüttelt den Kopf. »Manchmal bist du wirklich zum falschen Zeitpunkt stur, und jetzt komm.«

Elena findet die Idee toll, sie hat vorhin mitbekommen, wie Aurora und er über sein neues Auto gesprochen haben und dass er es sein Baby nennt. »Fahren wir mit dem Baby?« Gabriel muss lächeln und nickt, er bedankt sich beim Wachmann und setzt Elena auf den Rücksitz. Als er die Reisetasche in den Kofferraum legt, taucht auch Aurora neben ihm auf, ihr scheint ihr kurzer, schwacher Moment gerade unangenehm zu sein, denn sie sieht ihn nicht einmal an, als sie in das Auto steigt. Kein frecher Spruch, keine spitze Bemerkung, wie er es von ihr gewohnt ist. Gabriel lässt sie in Ruhe vor sich hingrübeln, während er zu sich fährt.

Ihm fällt ein, dass er absolut nichts zum Essen im Kühlschrank hat, vielleicht noch ein paar Colas und eine Milch, ansonsten füttern ihn die Frauen seiner Brüder durch. Also hält er vor einem großen Supermarkt, kurz bevor sie in ihr Gebiet einfahren. »Ich muss noch ein paar Sachen besorgen, bleibt im Auto.« Elena schnallt sich ab und springt auf der Rückbank herum. »Ich will mit, ich liebe Einkaufen.« Aurora zeigt auf seinen nackten Oberkörper. »So?« Gabriel zieht die Augenbrauen hoch. »Kommt auf einmal deine Moral durch? Das war nicht geplant, ich habe gerade Sport gemacht.« Er sieht, dass sie das getroffen hat, doch auch, dass sie noch zu angeschlagen ist, um etwas auf ihre gewohnte Art zu erwidern. Sofort macht sich ein schlechtes Gewissen breit, er sollte nicht immer so hart zu ihr sein, nicht nachdem er jetzt schon mehr von ihr weiß.

Er kann sich aber auch nicht dafür entschuldigen. »Warte hier, ich bin gleich wieder da.« Elena setzt sich enttäuscht hin, als Gabriel die Tür hinter sich schließt, er sieht einmal in den Himmel, was zum Teufel tut er hier? Dann öffnet er Elenas Tür und nimmt sie auf seinen Arm, vielleicht kann sie ihm beim Aussuchen helfen. Gabriel hat schon eingekauft, Pizza, vielleicht mal ein paar Steaks, doch was soll er mitnehmen, wenn er plötzlich eine Frau und ein Kind bei sich hat?

Da erweist es sich als hilfreich, Elena mit ins Geschäft genommen zu haben. Sie sagt ihm immer ganz unauffällig, wie gerne sie die rosa Prinzessinen-Joghurts mag, sie verrät ihm, welches Obst und Gemüse sie gerne essen, er holt ein paar Nudeln, Getränke, etwas Fleisch, Milch, Eier, Brot und noch so einiges, was man in einem normalen Haushalt sicherlich haben sollte. Als er dann mit drei Einkaufstüten und Elena mit einem großen Eis in der Hand wieder aus dem Laden kommt, steigt Aurora aus und öffnet den Kofferraum. Es ist bereits nach neun Uhr abends und sicher nicht die richtige Zeit, um ein Eis zu essen, doch sie sagt nichts dazu, als sie weiterfahren.

Auch ansonsten schweigt sie, während Elena alles interessant findet. Sie fragt, wieso die Wachen am Straßenrand sitzen und Gabriel erklärt ihr, dass sie aufpassen, damit niemand hier hineinkommt, der hier nichts zu suchen hat. Sie zeigt auf alle Häuser und fragt, warum hier alle Menschen so reich sind und Gabriel erklärt, dass hier seine ganze Familie wohnt und sie viele sind und ganz viel arbeiten. Aurora neben ihm schmunzelt, unterlässt aber einen Kommentar.

Gabriel hält vor seinem Haus und sie steigen alle aus. Arturo und Nathan füllen gerade die Autos mit Koffern. Gabriel seufzt auf, als nicht nur José aus seinem Haus kommt und auf ihn, die Frau neben ihm, das kleine Mädchen und die Einkaufstüten sehen, sondern auch alle anderen ihn verwundert begutachten, als wären sie gerade live Zeugen eines neuen Weltwunders.

Es bleibt Gabriel nicht anderes übrig, sie gehen zu Arturo und den anderen, Nando und José kommen natürlich auch sofort, Janine und Olivia stehen auch am Auto. Gabriel stellt Aurora und Elena vor und tötet jeden seiner Brüder mit seinen Blicken, damit sie keine blöden Fragen stellen, auf die er eh keine Antworten hat. Janine und Olivia begrüßen Aurora freundlich, sie kennen sie ja bereits aus der Fabrik, und beide sind ganz fasziniert von Elena. Gabriel sagt, dass er die beiden ins Haus bringt und dann noch einmal kommt um sich zu verabschieden.

Während Elena durch das Haus rennt, stellt er die Sachen in den Kühl-schrank, er zeigt Aurora das Gästezimmer, wo sie duschen und schlafen können, da er sieht, dass auch trotz Elenas Aufregung beide erschöpft sind. Als er sich dann von Arturo, Nathan und den anderen verabschiedet, stellen sie keine Fragen, auch wenn er sicher ist, sie werden kommen. Als er ihnen aber viel Spaß wünscht, klopft ihm sein ältester Bruder auf die Schulter und grinst ihn frech an. »Spaß wirst, denke ich, du mehr haben.«

Er sieht, dass Janine tausend Fragen in den Augen hat, doch er geht dann schnell zurück in sein Haus, da er noch keine Antwort hat. Er hört die Dusche im Gästezimmer und geht sich selbst endlich abduschen. Als er dann in den Flur geht, ist alles still im Haus. Sie werden bereits schlafen. Gabriel legt sich auch hin, doch er ist viel zu durcheinander, es fühlt sich nicht real an, dass Aurora zwei Räume weiter in seinem Bett liegt mit ihrer Tochter, von der er erst seit heute Kenntnis hat, und nicht nur das, es fühlt sich auch falsch an, dass sie zwei Räume weiter liegt und nicht bei ihm.

Das lässt ihn an seinem Verstand zweifeln und ihn die halbe Nacht wach liegen.

Kapitel 10

Selten wacht Aurora in einer derartigen friedlichen Atmosphäre auf wie heute. Sie kann sich nicht daran erinnern, schon einmal in solch einem weichen Bett gelegen zu haben, nur um zu schlafen. Als sie auf die Uhr sieht, ist es bereits nach elf Uhr am Vormittag, sie hat den Schlaf wirklich gebraucht. In der letzten Zeit, mit der Arbeit im B.B. und mit dem Nähen in der Fabrik kann sie von Glück reden, wenn sie fünf Stunden schlafen konnte.

Sie rollt sich zur Seite und küsst die Stirn von Elena, die noch tief in ihren Träumen steckt. Wie immer hört Aurora genau auf ihre Atmung. Seit sie geboren wurde, macht sie das fast schon automatisch. Elena ist das Einzige, was auf dieser Welt zählt. Für sie ist Aurora bereit alles zu tun, also holt sie ihr Handy aus der Tasche und überprüft, ob sie eine Nachricht von Ricky bekommen hat. Als der immer noch nicht antwortet, schreibt sie ihm erneut. Sie brauchen ihn, das ist der einzige Grund, weshalb sie immer wieder bei diesem Kerl angekrochen kommt, egal wie es sie anekelt, für Elena wird sie es auch noch tausend Mal tun.

Aurora steht auf und hört, ob Gabriel schon wach ist. Seit sie gestern hier ins Zimmer gegangen sind, haben sie es nicht wieder verlassen, doch sie hört keinen Ton im Haus. Leise, um ihre Tochter nicht zu wecken, läuft sie durch das Zimmer. Die Wunden unter ihren Fußsohlen tun nicht mehr so weh wie gestern und sie kann wieder richtig auftreten. Vorsichtig fasst sie die teuren Möbel an, sieht in den Schränken nach, doch da das hier ein Gästezimmer ist, ist alles leer.

Jedes einzelne Möbelstück ist teuer, Aurora erkennt es, wenn Sachen einen gewissen Wert haben, sie wurde darauf trainiert. Sie sieht eine Vase an, die ihr sicherlich 100 Dollar einbringen würde, doch sie kann das nicht, auch wenn sie das Geld mehr als gut gebrauchen könnte. Gabriel hilft ihr, sie kann das nicht ausnutzen, sie hatte noch nie ein sonderlich großes Gewissen, doch wenigstens soviel ist noch übrig geblieben. Gestern hat sie sogar überlegt Gabriel zu sagen, dass sie ihm die 200 Dollar nur geklaut hat, weil sie die neuen Medikamente für Elena brauchte, sie muss noch warten, bis ihr erstes Gehalt vom B.B. kommt, solange muss sie die neuen aber noch teureren Tabletten bezahlen.

Zwei der Packungen neigen sich jetzt schon dem Ende zu und sie muss wieder neue besorgen. Da sich jetzt plötzlich ihr Gewissen zeigt und sie Gabriel nicht beklauen will, das Gehalt im B.B. aber noch auf sich warten lässt, muss sich Ricky etwas einfallen lassen, was er immer tut. Doch dafür muss er sich erst einmal wieder beruhigen und sie zurück in die Wohnung kommen lassen.

Die Vorhänge hier im Zimmer sind schwer und edel, wie fast alles in diesem Haus. Es ist nicht so, als wäre Aurora noch nie in solchen Häusern gewesen, früher sind sie und Monja oft auf Partys gegangen, in Häusern, die genauso teuer wie dieses hier waren. Sie hatten Spaß, haben gefeiert, getrunken und ab und zu haben sie sich den Männern hingegeben. Es ist aber das erste Mal, dass Aurora einfach so in solch einem Haus geschlafen hat, ohne Sex als Bezahlung.

Gabriel verwirrt sie von Anfang an und dass das nicht gut ist, weiß sie spätestens, seit Ricky sie deswegen rausgeworfen hat. Sie darf sich auf keinen Mann einlassen, das ist ihre wichtigste Regel, wobei bei Gabriel von Einlassen nicht einmal die Rede ist, sie weiß überhaupt nicht, was dieser Mann von ihr will. Hätte er mit ihr geschlafen und wäre dann einfach weitergegangen wie alle anderen, stände sie jetzt nicht hier und hätte nicht diese Wunden an den Füßen, doch Gabriel will keinen Sex, im Gegenteil, er hat sie geküsst.

Automatisch fasst sie sich an die Lippen, als sie an diesen Kuss denkt. Garantiert glaubt Gabriel nicht, dass sie noch nie einen Mann geküsst hat, wieso sollte er ihr das auch glauben, wo sie sonst doch alles von sich hergibt? Es war schön, sie kann nicht behaupten, dass sie sich nicht von Gabriel angezogen fühlt, er sieht sehr gut aus und hat ein gutes Herz, doch er muss kapieren, dass mehr als Sex bei ihr nicht zu haben ist.

Aurora sieht auf die Straße, auf die Autos, die vor den Garagen parken. Sie alle hier sind Gangster, vielleicht fühlt es sich deshalb nicht ganz so falsch an, hier zu sein. Eine Tür von einem der anderen Häuser geht auf und die blonde Frau aus der Fabrik kommt heraus. Sie ist hübsch, sie trägt Klamotten, die Aurora nie tragen wird und sie hat diese gewisse Eleganz, die sie nie haben wird. Gestern war sie sehr nett zu Aurora und hat mit Elena gespielt, es ist diese Art von Freundlichkeit die sie schon zu oft erlebt hat, dieses 'ich weiß, dass du eine Chica bist, doch ich respektiere dich trotzdem'-Getue, was Aurora mehr hasst, als wenn man ihr einfach zeigt, wie man sie wirklich findet, womit sie gut leben kann.

Aurora macht sich kein falsches Bild von sich selbst und wie beschissen ihr Leben ist, doch sie hat sich damals dafür entschieden, also muss sie das jetzt durchziehen, zumindest bis Elena groß genug ist und einen anderen Weg geht, das ist ihr einziges Ziel. Elena wird anders, sie wird noch viel besser als alle Frauen, die hier wohnen. Sie wird elegant und stolz werden. Auch wenn Aurora dafür alles geben muss, wird sie das tun.

Hinter der Frau erscheint dieser José, einer von Gabriels vielen Brüdern. Er zieht die blonde Frau noch einmal in seine Arme und sie kuschelt sich an ihn. Die beiden sind glücklich, man erkennt ihre Vertrautheit zueinander, und in Aurora kommt dieses beklemmende Gefühl hoch, wie sie es in letzter Zeit, besonders in der Nähe von Gabriel, oft verspürt hat. Als die Frau sich dann losmacht und davonfährt, bleibt José vor seinem Haus stehen und sieht zu dem Haus hinüber, in dem sie jetzt ist. Er sieht besorgt aus, als er Gabriels Haus mustert. Aurora sieht die Ähnlichkeit zwischen den Brüdern, auch wenn Gabriel etwas hellere Augen und Haare hat als die anderen.

Sie stehen sich alle offenbar nah und vertrauen sich zu 100%. Es ist eben eine richtige Familie. Aurora kennt das nicht, sie hatte nie etwas Vergleichbares, bis sie Elena zur Welt gebracht hat. Das ist auch der einzige Grund, warum sie sich Gabriel zumindest schon ein wenig geöffnet hat, er wird es sicherlich verstehen, dass sie alles für ihren kleinen Engel tun wird.

Als José zurück in sein Haus geht, nimmt sich Aurora eine Shorts und ein langes weißes Shirt aus der Tasche. Ricky ist so ausgerastet, dass sie nicht alles was sie brauchen einpacken konnte. Sie hat kein Make-up dabei, also kann sie nur ihre wilden Locken etwas durchkämmen und sich das Gesicht waschen. Als sie dann zurück ins Zimmer geht, sieht ihr Elena schon munter entgegen. »Ich habe so einen bergischen Hunger!«

Aurora lacht und küsst ihren kleinen Engel. »Es heißt riesigen Hunger nicht bergischen Hunger.« Elena hat ihre Sachen von gestern schmutzig gemacht, also kramt sie ein Top von sich hervor und zieht es ihr als Sommerkleid über. »Aber Berge sind doch riesig, also ist es richtig.« Aurora lacht und räumt ihre Wäsche zusammen. »Lass uns gucken, ob wir irgendwo Seife zum Wäschewaschen finden, ok?«

Es ist immer noch ruhig und Aurora deutet ihrer Tochter leise zu sein um Gabriel nicht aufzuwecken. Sie gehen nach unten. Elena muss etwas essen, um ihre Tabletten zu nehmen, doch so richtig traut sich Aurora nicht an den Kühlschrank heran. Ihre Tochter hat damit allerdings keine

Probleme, sie holt sich ein Joghurt, ein Glas Milch und ein paar Kekse heraus, während Aurora beginnt, ihre Wäsche im Spülbecken zu waschen. Nachdem Elena ihre Tabletten geschluckt hat, gehen sie in den Garten.

Aurora findet einen Wäscheständer, sie hat auch zwei Shirts von Gabriel mitgewaschen, die auf dem Boden herumlagen, wenigstens etwas was sie tun kann, wenn sie hier schon sein Haus übernehmen. Gerade als sie beginnt die Wäsche aufzuhängen und Elena auf dem Gras mit ihrer Puppe spielt, kommt Gabriel zu ihnen. Er sieht zerknittert aus, als hätte er nicht viel Schlaf bekommen. Elena hüpft gleich zu ihm, ihre Tochter mag ihn, Aurora wirft ihm ein 'guten Morgen' zu und widmet sich wieder der Wäsche.

Sie hat ihn jetzt schon einige Male ohne Shirt gesehen, er ist wirklich gut gebaut, seine Haut ist goldbraun, genau wie seine helleren Haare, die auch einen Goldton in sich tragen. Sie mag seine Augen, sie wirken hellbraun, doch haben auch einige grüne Funken darin. Egal wie oft er lacht, er sieht immer gefährlich aus, gleichzeitig hat er auch etwas ganz Feines, Engelhaftes an sich, was wiederum im totalen Kontrast zu seinem Tattoo am Hals und dem großen Kreuz auf seinem Rücken steht. Ricky hatte absolut recht auszuflippen, sie fühlt sich viel zu sehr von Gabriel angezogen, und so langsam bekommt auch sie Panik.

»Ich habe eine Waschmaschine.« Aurora war so in ihren Gedanken vertieft, dass sie Gabriel nicht bemerkt hat, der zu ihr gekommen ist. Jetzt spürt sie seine Präsenz in ihrem Rücken und erhascht einen Hauch seines würzigen Duftes. Einfach nicht ablenken lassen und ja nicht umdrehen, ermahnt sie sich selbst. »So wird die Wäsche sauberer, ich wusste nicht, ob ich die Maschine benutzen darf.« Sie hört sein Lächeln quasi und dreht sich nun doch zu ihm um. »Du kannst hier alles benutzen, fühl dich ganz wie zuhause, hast du schon gefrühstückt?« Wieder ist da dieses Sunnyboy-Lächeln, zwei kleine Grübchen bilden sich auf seinen Wangen. »Nein, Elena hat etwas gegessen.«

Gabriel geht zurück in die Küche. Aurora muss sich zusammenreißen, sie gehört hier nicht her, sie darf sich nicht auf einen Mann einlassen, wenn ihr Magen in seiner Anwesenheit jetzt schon verrückt spielt. Sie riskiert viel zu viel, es fühlt sich viel zu einfach an, sich bei Gabriel fallen zu lassen, sie muss einen kühlen Kopf bewahren.

Als sie die Wäsche aufgehängt hat, hilft sie Gabriel den Tisch zu decken, sie macht Toast, während er ein paar Eier brät. Als sie sich dann setzen und er ihr Kaffee hinstellt, kommt auch Elena noch einmal an den Tisch und isst ein zweites Mal.

»Ich denke, dass wir heute Abend oder morgen spätestens hier weg sind.« Gabriel sieht Elena zu, wie sie Eier auf eine Toastscheibe zu häufen versucht. »Ich habe nicht gesagt, dass es mich stört, dass ihr hier seid, also brauchst du dir deswegen keine Gedanken zu machen.« Aurora zuckt die Schultern. »Ricky wird uns morgen wieder aufnehmen, er spinnt ab und zu, das legt sich schnell wieder.«

Sie weiß wie Gabriel reagiert, wenn sie diesen Namen erwähnt, er soll nicht vergessen, wer und was sie ist. Je öfter sie ihn daran erinnert, umso weniger Gefahr besteht darin, dass sich einer von ihnen in etwas verrennt, wo sie am Ende nicht mehr herauskommen.

»Ich will nicht zurück zu Ricky, hier ist es viel schöner und Ricky tut dir weh, wenn er wütend wird!« Elena verschränkt ihre Arme vor der Brust und Gabriel zieht die Augenbrauen hoch. »Ricky hilft uns sehr, ich habe dir schon einmal gesagt, du sollst nicht so undankbar sein.« Aurora versucht streng zu klingen, doch es gelingt ihr nicht, sie versteht Elena ja, doch sie haben keine Wahl. »Tut Ricky dir auch weh, Elena?« Natürlich beißt Gabriel sofort an, Aurora deutet ihm mit den Augen, das sein zu lassen, doch er denkt nicht daran aufzuhören. »Nein, aber er meckert immer mit mir, wenn er auf mich aufpasst, weil Mama arbeiten muss.«

Gabriel zieht Elena auf seinen Schoß, sie grinst ihn an, er hat sie bereits vollkommen um den Finger gewickelt. »Wo tut er Mama weh?« Elena flüstert ihm etwas ins Ohr und rennt dann lachend in den Garten zurück, Aurora steht auf und räumt den Tisch ab. Sie kann ihr nicht böse sein, sie ist ein unschuldiges Kind, das den Ernst der Lage, in der sie sich befinden, noch nicht versteht. Erst bleibt Gabriel einfach sitzen, dann ist er so schnell bei ihr und hebt sie auf die Küchenanrichte, dass sie gar nicht reagieren kann.

»Lass das!« Gabriel hebt ihre Füße hoch und sieht auf ihre Sohlen. Er scheint nicht sehr verwundert zu sein, flucht und sieht ihr in die Augen, bevor er weggeht und mit einem Verbandskasten zurückkommt. Gabriel hat sie schon in kurzen Sachen gesehen, doch jetzt in dem Moment fühlt sie sich eigenartigerweise nackt. Er sieht mit seinen eigenen Augen einen Teil des perversen Spiels, welches Ricky mit ihr treibt. Ohne etwas zu sagen schmiert er ihr eine Salbe auf die Sohlen und verbindet sie. »Das ist nicht so schlimm, du brauchst das nicht ...«

Gabriel hört ihr nicht zu. »Ich kenne diese Verletzungen, Huren werden von ihrem Zuhälter so bestraft, ihre Fußsohlen werden ausgepeitscht, damit sie keine Wunden an ihrem Körper haben, mit dem sie Geld verdienen. Ist er das, Aurora, dein Zuhälter?« Das Wort Hure und Zuhälter lassen sie zusammenzucken, doch wem will sie etwas vormachen und wozu? »Nein, ist er nicht, Ricky kümmert sich um mich und Elena. Es ist alles viel komplizierter und man kann das nicht so einfach erklären.« Nachdem er die Verbände umgelegt hat, geht Aurora in den Garten, für sie ist das Gespräch beendet, sie hätten gar nicht erst wieder davon anfangen sollen.

Elena fragt sie, ob sie in Unterhosen in den Pool darf und Aurora ruft ihr zu, dass sie nur auf den Treppen bleiben soll, da das Wasser danach tief wird. Als sie sich auf eine Liege setzt, um ihre Tochter im Auge zu behalten, kommt Gabriel ihr hinterher. »Wir sind noch nicht fertig, du bist hier, du hast nichts vor, also erzähle mir jetzt endlich alles! Und ich meine wirklich alles.«

Langsam wird sie wütend, wieso ist dieser Kerl so hartnäckig? »Wozu sollte das gut sein?« Gabriel setzt sich zu ihr auf die Liege und sieht sie genauso wütend an, wie sie sich fühlt. »Ich will einfach nur wissen, wieso das alles so gekommen ist, mehr nicht. Du bist doch sonst nicht so schüchtern, wieso kannst du es mir nicht einfach erzählen und gut ist.« Aurora bezweifelt, dass Gabriel Ruhe geben wird, möglicherweise ist es das, was er braucht um zu verstehen, dass sie beide sich nicht noch näher kommen dürfen, als sie es sich jetzt schon sind. Vielleicht ist es das, was er braucht um zu begreifen, wie kaputt sie ist.

Sie sieht zu ihrer Tochter und geht weit zurück, an einen Ort, an dem sie nur noch selten im Traum ist, wenn sie keine Kontrolle über ihre Gefühle hat und beginnt zu erzählen.

»Meine Mutter war ein einfaches Mädchen vom Land, sie hatte damals einen Mann aus Fajardo kennengelernt, er hatte die Leitung einer Baustelle in der Nähe ihres Hauses, und die beiden sind sich nähergekommen. Als die Bauarbeiten aber vorbei waren, war auch der Mann weg. Meine Mutter bemerkte erst später, dass sie schwanger war. Sie war noch Jungfrau, hatte keine Ahnung vom Leben und war gerade mal siebzehn Jahre alt.

Meine Großeltern sollen sehr streng und schon sehr alt gewesen sein, meine Mutter war ihre einzige Tochter, und sie hätten sie wahrscheinlich in ein Kloster gesteckt, wo sie ohne Schande heimlich das Kind zur Welt hätte bringen müssen.« Aurora muss einhalten, als sie daran denkt und bitter auflachen. »Wenn ich jetzt daran denke, wäre es so das Beste gewesen, aber meine Mutter wollte das nicht. Sie hat ihr bisschen Geld genommen und ist eines Nachts nach Fajardo geflohen, um den Mann zu suchen. Sie hat mir immer erzählt, wie sicher sie war, dass er sie liebt und sich freuen würde, von dem Kind zu erfahren. Sie hat sich schon vorgestellt, wie es sein wird ihn zu heiraten und in einem schönen, großen Haus zu leben.

Na ja, sie hat ihn dann auch gefunden, sie kannte ja den Namen der Baufirma. Der Mann allerdings hat sich entgegen ihrer Hoffnung nicht gefreut, er war bereits verheiratet, meine Mutter war für ihn nur ein kleiner Zeitvertreib auf der Baustelle. Er hat ihr ein paar Dollar in die Hand gedrückt, damit sie das Baby abtreiben kann oder sie sollte sich einen anderen Dummen suchen. Dann hat er sie vom Sicherheitspersonal aus der Firma schmeißen lassen. Soviel zu meinem leiblichen Vater.

Meine Mutter stand dann da, ohne Geld, ohne Wohnung, schwanger. Ein Mann hat sie aufgenommen, er war zwanzig Jahre älter und ein Alkoholiker, meine Mutter hat fast jeden zweiten Tag von ihm Schläge kassiert, er wurde mein Stiefvater. Ich erinnere mich nicht an meine ersten Jahre, wahrscheinlich war ich ein ganz normales Baby, allerdings habe ich schnell gespürt, dass meine Mutter mich gehasst hat. Ich war der Grund, weswegen sie nun so ein Leben führen musste und sie hat mir immer gesagt, dass jedes Mal, wenn sie mich angesehen hat, sie meinen Vater gesehen hat.

Wir wohnten in einem sehr armen Viertel, ich habe immer auf der Straße gespielt mit meiner besten Freundin Monja. Wir sind auch nie richtig zur Schule gegangen. Ich glaube, ich war neun oder zehn Jahre alt, als mein Stiefvater das erste Mal nachts an mein Bett gekommen ist. Die ersten Male haben so weh getan. Ich weiß noch, wie ich das ganze Haus zusammengeschrien habe, doch niemanden hat es gestört. Meine Mutter hat mir am nächsten Tag gesagt, ich solle mich nicht so anstellen, so würde ich sie entlasten.

Nach ein paar Tagen habe ich gelernt, wie ich meinen Körper abstelle, es ist, als würde er nicht zu mir gehören. Da hat alles angefangen, mit dreizehn bin ich das erste Mal mit Monja zu den Partys von reichen Männern gegangen. Es war lustig die Zeit, wir haben teure Geschenke bekommen, hatten Drogen, konnten essen und trinken was wir wollten, wir mussten nur mit unseren Körpern bezahlen. Und da ich schon gelernt hatte, in meinem Körper nichts zu fühlen, war es für mich kein Problem.« Aurora muss lächeln, als sie an die Zeit zurückdenkt.

»Mit fünfzehn sind wir abgehauen, wir sind durch die Städte gereist, waren auf Partys, haben uns von reichen Männern verwöhnen lassen, es hat uns Spaß gemacht. Das ging drei bis vier Jahre gut. Hin und wieder gab es Probleme, weil Monja das nicht so gut konnte. Sie hat sich manchmal in einen der Männer verliebt, was nie gut ausging. Ich habe ihr beigebracht, wie sie ihren Körper einfach nur benutzt, um zu bekommen was sie möchte und ohne dabei etwas zu empfinden. Als wir nach Ponce kamen, lief es die erste Zeit gut, wir haben uns eine kleine Wohnung genommen und die ganze Zeit gefeiert.

Irgendwann waren wir auf einer Yacht, es waren keine Puertoricaner, es waren Geschäftsmänner aus Mexiko an Bord. Wir hatten unseren Spaß und die meisten waren schon gegangen, also wollten auch Monja und ich gehen. Doch es waren noch die fünf Mexikaner da und wollten uns nicht gehen lassen. Wir standen schon etwas unter Drogen und konnten nicht so schnell reagieren, als wir immer noch gehen wollten, ging alles ganz schnell. Ich hatte eine Waffe am Kopf und sah, wie auch Monja am Boden lag. Zwei Männer machten sich an ihr zu schaffen, während bei mir drei Männer waren.

Ich habe keinen Mucks von mir gegeben, ich konnte meinen Körper ja komplett abschalten, doch Monja hat geschrien. Irgendwann war sie dann ruhig. Ich weiß nur noch, wie kalt die Waffe an meiner Schläfe war. Als die Männer fertig waren, rappelte ich mich auf und wollte Monja da wegbringen, doch sie war tot. Sie hat sich nicht mehr bewegt. Ich habe geschrien und an ihr gerüttelt, dann kam einer der Männer, hat Monja ins Meer geschmissen, mich vom Boot und sie sind weggefahren.«

Kapitel 11

Während sie erzählt, ist es fast so, als würde Aurora alles noch einmal mitmachen. Sie sieht zu Elena, sie hat noch nicht zu Gabriel geschaut um seine Reaktion abzuschätzen, aber das braucht sie auch nicht. Seine Reaktion ist egal, es ändert nichts, was passiert ist, ist passiert. »Ich war die erste Zeit ohne Monja wie gelähmt, dann habe ich gemerkt, dass ich schwanger bin. Wir haben uns immer geschützt, immer, es kann nur auf der Yacht passiert sein. Ich wollte das Baby abtreiben, sie sollte nicht das Gleiche wie ich mitmachen. Ich hatte nichts was ich ihr bieten konnte, um es anders zu machen.

Ich war sogar schon bei einer Frau, deren Adresse ich zufällig herausbekommen hatte. Ich hatte kein Geld für eine richtige Abtreibung, sie hat zuhause ganz billig diesen Eingriff angeboten. Als ich da war, wurde gerade eine andere Frau behandelt. Als ich ihre Schreie hörte, bekam ich schon Angst, dann kam plötzlich ein Mann aus dem Raum, mit ganz viel Blut und etwas Kleinem in Handtüchern und ich bin wieder gegangen. Ich habe es nur nicht gemacht, weil ich zuviel Angst hatte, verstehst du?

Doch mein Geld war bald alle, ich habe Möbel verkauft und letztlich mich wieder mit jemandem getroffen, um an Geld zu kommen. Doch dann ... konnte ich nicht mehr, ich habe den Mann einfach stehen gelassen und den Entschluss gefasst alles zu ändern, für das Baby. Ich konnte sie nicht abtreiben, mein Leben war nichts wert. Ich stand zweimal auf einer Brücke und wollte uns all das ersparen, doch ich habe es mir anders überlegt. Ich wollte wenigstens alles dafür geben, dass sie ein besseres Leben hat. Ich habe aufgehört zu rauchen und feiern zu gehen, ich habe sogar einen Job in einem kleinen Geschäft gefunden.« Aurora lächelt, es war wirklich die friedlichste Zeit in ihrem Leben.

Die Besitzerin mochte mich gerne, sie hat mir eine alte Nähmaschine geschenkt und mir gezeigt, wie ich richtig nähe. Es ging mir wirklich gut, die Zeit war schön, ich hatte genug Geld, um die Wohnung zu bezahlen und zum Leben. Nachts habe ich Sachen für mein Baby genäht. Ich hätte auch gleich nach der Geburt weiterarbeiten können, das Baby hätte bei mir sein können, es sah alles zum ersten Mal in meinem Leben richtig gut aus.«

Eigentlich hatte sich Aurora mit ihrem Leben abgefunden, doch diese Erinnerungen machen sie traurig. »Was ist dann passiert?« Sie sieht immer noch nicht zu ihm, doch sie weiß, Gabriel ist da und hört genau zu. »Dann hat das Schicksal wieder zugeschlagen, vielleicht auch dieser Gott, an den du so glaubst, ich weiß es nicht. Die Geburt war schwer, Elena und ich wären beinahe gestorben, doch als ich sie dann in meinen Armen hielt, war alles vergessen. Ich habe sie sofort geliebt, ich habe nie verstanden, wie ich jemals daran zweifeln konnte. Doch nach ein paar Untersuchungen haben mir die Ärzte sofort gesagt, ihre Nieren würden nicht richtig funktionieren. Es ging am ersten Tag los, sie lag fast ein halbes Jahr in der Klinik, die Ärzte haben sie aufgepäppelt, es war aber schnell klar, dass sie eine Transplantation braucht.

Als ich das Krankenhaus verlassen habe, hatte ich Elena im Arm, eine zu hohe Krankenhausrechnung und Rezepte für Medikamente, die ich mir nicht leisten konnte. Ich habe es versucht, ich wollte versuchen zu kämpfen, aber es ging nicht. Das Geld, was ich in dem Laden verdient habe, hat vorn und hinten nicht gereicht. Als ich neue Medikamente brauchte, habe ich die Leute, die mir so geholfen haben, beklaut. Somit habe ich den Job verloren, bald konnte ich keine Rechnungen mehr zahlen.

Ricky habe ich schon länger gekannt, er hatte Monja und mir oft geholfen. Er ist impotent, er kann keinen Sex haben, doch er hat Fantasien. Wenn wir ihm etwas Spaß beschert haben, war er immer sehr großzügig und hat uns auch in anderen Sachen geholfen. Er war mein letzter Ausweg und hat mir auch sofort geholfen. Ich bin mit Elena zu ihm gezogen, er selbst arbeitet nicht, bekommt aber eine Rente und hat viele Kontakte. Ich wollte nie wieder meinen Körper einsetzen, dass hatte ich mir vor Elenas Geburt geschworen, doch ich musste mich darum kümmern, dass sie ihre Medikamente bekam, die Krankenhausrechnungen bezahlen, ich hatte nicht viel Wahl. Kein anderer Job hätte das alles gedeckt.

Ricky hat uns viel geholfen, er hat sich um Partys gekümmert, wo ich hingehen konnte, in der Zeit hat er sich um Elena gekümmert. Er hat mir gezeigt, welche Sachen gut zu verkaufen sind und wie ich klaue, ich musste nicht mal mehr oft meinen Körper einsetzen, das ganze ging bis zu Elenas 3. Geburtstag gut. Aber es ging ihr immer schlechter, ihre Werte waren immer mehr am Sinken, ich war wirklich verzweifelt zu dieser Zeit. Sie ist von Geburt an auf der Liste für eine neue Niere, doch sie steht ganz unten. Ich bin verrückt geworden, als ich gesehen habe, wie viele Kinder vor ihr drauf sind.

In San Sebastian werden die Transplantationen durchgeführt, Ricky war es wieder, der uns geholfen hat. Er kennt hier einige Leute, er hat uns eine Wohnung besorgt und mir den Job im B.B. besorgt, wo ich kellnere und auch extra Geld verdienen kann. Das ist auch nötig, Elena ist hier auf andere Medikamente umgestellt worden. Sie wird öfter behandelt, es geht ihr so viel besser, als noch vor einigen Monaten, aber das alles kostet sehr viel Geld.

Das Wichtigste ist aber, dass Ricky hier jemanden kennt, der Elenas Namen weiter nach oben auf die Liste setzt. Immer mal wieder ein paar Stufen höher und wenn alles gut geht, haben wir es bald geschafft. Verstehst du, wieso ich auf Ricky angewiesen bin? Ich würde alles für sie tun, alles. Mein Leben ist schon immer beschissen gewesen, doch ihres kann ich noch retten.«

Jetzt blickt sie das erste Mal zu Gabriel, der ruhig dasitzt und sie ansieht. Sie kann nichts in seinem Gesicht ablesen. »Wie alt bist du, Aurora?« Sie sagt ihm, dass sie 23 ist. Als sie ihm sein Geld geklaut hat, hatte sie auch kurz seinen Ausweis in der Hand, hat ihn dann aber zurückgesteckt. Sie weiß, dass er 25 ist. »Wie kannst du dann so etwas sagen? Rede nicht so, als wäre dein Leben bereits vorbei, es ist nie zu spät neu anzufangen. Danke, dass du mir alles erzählt hast.«

Aurora schüttelt den Kopf. »Ich muss sie retten, nichts anderes zählt. Mein Leben ist nichts wert, mein Körper ist alles was ich habe und er ist tot ...« Gabriel gibt ihr einen Kuss. Es kam so unerwartet, sie konnte nicht verhindern, wie sehr ihr Magen zu kribbeln beginnt, als er ihre Lippen zärtlich mit seinen liebkost, es ist kurz, zu kurz und das darf nicht sein, sie darf so etwas nicht empfinden. »Denk was du willst, aber erzähle mir nicht, du würdest dabei nichts empfinden!« Er will noch etwas sagen, aber da kommt einer von Gabriels Brüdern in den Garten, wenn Aurora nicht alles täuscht, heißt er Nando. Er begrüßt sie und sagt zu Gabriel, dass sie los müssen.

Als er zu Elena geht und ihr ein kleines Paket gibt, muss Aurora lächeln. Während Elena freudig das Paket öffnet, in dem eine neue Puppe und mehrere Puppenkleider drin liegen, erklärt Nando, dass seine Frau Celina das herausgesucht hätte, sie hatte es für Cassandra gekauft und wollte es jetzt aber unbedingt Elena schenken. Aurora bedankt sich, sie bemerkt den Blick, den Nando zwischen Gabriel und ihr hin und her wirft. Ist es schon so offensichtlich, dass hier etwas passiert was nicht sein darf? Ricky wird das nicht dulden, niemals!

Gabriel steht auf, sie müssen etwas erledigen gehen. Er wird sich zwischendurch melden, sie können im Haus machen was sie wollen. Er erklärt ihr noch, wie sie das Kino benutzt, was sie bisher noch nicht einmal gesehen hat. Als Gabriel dann mit seinem Bruder geht, lehnt sich Aurora zurück und berührt ihre Lippen. Das darf nicht sein, sie darf sich nicht verlieben, es würde niemals gut gehen. Sie spürt, dass Gabriel es verdrängt, doch sie ist eine Chica, und sie kennt die Bedeutung des Namens.

Sie ist keine Hure, so werden die Frauen genannt, die auf der Straße stehen und sich verkaufen. Chicas werden die Frauen genannt, die sich auf Partys amüsieren, sich mit reichen Männern treffen, deren Geld genießen und Spaß haben, mit denen man aber nichts Festes anfängt. Eigentlich bedeutet Chica einfach nur Mädchen, doch mit der Zeit hat es etwas Negatives bekommen. Irgendjemand muss die Bedeutung dieses Begriffes geändert haben. Wenn heute jemand sagt 'da kommen die Chicas', weiß jeder Bescheid, dass jetzt nicht die lieben kleinen Mädchen von nebenan kommen.

Aurora kann damit leben, jemand wie Gabriel wird niemals damit umgehen können, sie kann all diese zusätzlichen Probleme nicht gebrauchen, doch sie kann auch nicht die Finger von ihren Lippen lassen. Natürlich hat er recht, sie empfindet etwas dabei, wenn er ihr so nah kommt, doch sie hat schon viel zu viel in ihrem Leben mitgemacht, um sich wegen solcher Gefühle von ihrem Weg abbringen zu lassen.

Sie bleiben den ganzen restlichen Nachmittag im Garten, vielen würde es vielleicht langweilig werden, Aurora und Elena genießen diese Zeit einfach nur. Es ist selten, dass sie so unbeschwert den Tag verbringen können, dass sie überhaupt mal Zeit dafür haben, einfach nichts zu tun. Gabriel schreibt ihr gegen Abend, ob sie bereits Hunger haben, und eine halbe Stunde später klingelt es. Ein Mann, den sie bereits einige Male im B.B. gesehen hat, überreicht ihr eine Tüte mit leckerem Essen. Als er Aurora erkennt, sieht er mehr als verwundert aus, sagt aber nichts. Sie bedankt sich schnell und schließt die Tür wieder.

Nachdem sie gegessen und Elena ihre Tablettenration genommen hat, suchen sie in dem großen Haus das Kino. Es ist unfassbar, dass es hier wirklich eines gibt, Elena möchte unbedingt einen Disneyfilm sehen. Es gibt hier wirklich von allem etwas, so finden sie dann auch Aschenputtel. Sicherlich hat Gabriel diese DVDs nur für seine Nichte, er liebt seine Familie sehr, das merkt man, ohne ihn lange kennen zu müssen. Aurora sieht solche Filme auch gern, also kuschelt sie sich mit ihrer Tochter eng zusammen. Sie hat allerdings noch nie gesehen, dass es solche Happy-Ends wie in diesen Filmen wirklich gibt.

Elena schläft schon bei der Hälfte des Filmes ein, auch Aurora ist müde, sie ist müde von ihrem Leben und der Kraft, die sie jeden Tag aufbringen muss. Nachdem sie Elena ins Bett gelegt hat, geht sie noch einmal durch das Haus. Sie sieht sich die Bilder an, die an den Wänden hängen. Viele zeigen Gabriel mit seinen Brüdern, Hochzeiten, die Frauen der Brüder sind alle wunderschön. Ein Bild bringt sie zum Lächeln. Es zeigt fünf kleine Jungs und ein Mädchen. Alle haben Ähnlichkeiten, doch Gabriel sticht heraus, er ist heller als die anderen, und das macht ihn besonders. Wenn sie die frechen Gesichter der Jungs ansieht, dürften die Eltern es nicht leicht gehabt haben.

An der Treppe, die zum Eingangsbereich führt, hängt ein mit Kreide gemaltes Bild. Es ist genau die gleiche Zeichnung, die Gabriel auf seinem Rücken hat. In dem schönen Kreuz wird die Liebe zu Gott und die Liebe zu seiner Familie, den Natos, vereint. Es ist wirklich ein besonderes Bild. Plötzlich hört sie ein leichtes Klopfen an der Tür und geht schnell zur Haustür. Gabriel wird doch nicht in seinem eigenen Haus anklopfen? Doch es steht die dunkelhaarige Frau aus der Fabrik davor.

»Es tut mir leid wenn ich noch störe, ich bin Lina, die Frau von Nando. Eigentlich wollte ich schon viel früher vorbeikommen, aber ich war bei meiner Mutter und das hat länger gedauert.« Sie reicht Aurora die Hand, die zur Seite tritt um sie hereinzulassen. »Aurora, kein Problem.« Die Frau winkt aber müde ab. »Danke, ich muss nach Hause, der Kleine hat Hunger.« Erst jetzt sieht Aurora, dass Lina ein kleines Baby vor dem Bauch gebunden hat, ihre langen schwarzen Haare haben nicht gleich gezeigt, dass da noch jemand ist. Aurora lächelt. »Das kenne ich. Danke für die Puppe, Elena hat sich sehr gefreut.«

Lina winkt ab. »Gerne, Cassandra hat eh mehr als genug. Wie gesagt, ich wollte schon früher vorbeikommen und fragen, ob ihr noch irgendetwas braucht. Nando und Gabriel werden sicherlich noch länger weg sein.« Sie hat gar nicht mehr auf ihr Handy gesehen, ob noch eine Nachricht gekommen ist. »Nein danke. Wir werden morgen auch wieder nach Hause gehen, nach meiner Arbeit in der Fabrik.« Lina lächelt, sie ist sehr lieb und nett, doch Aurora weiß, dass sie das nur wegen Gabriel tut. »Ich muss morgen früh auch in die Fabrik, soll ich euch mitnehmen?«

Wenn Gabriel so spät kommt, wird er bestimmt lange schlafen und ihr Mofa steht noch vor der Fabrik. »Das wäre gut, ich habe kein Auto.« Lina nickt und verabschiedet sich, sie wird sie morgen früh um neun abholen. So nett und lieb hier alle sind, so schön sie hier auch leben, Elena und sie gehören nicht hierher. Sie müssen zurück zu Ricky und ihn wieder milder stimmen.

Müde legt sich Aurora zu ihrer Tochter, noch immer spürt sie Gabriels Lippen auf ihren. Wenn sie die Augen schließt und sich vorstellt, ihr Leben wäre anders, alles würde anders sein, dann wäre sie dabei, sich vollkommen in diesen Mann zu verlieben. Das Nächste was sie spürt, ist, dass sich jemand zu ihr setzt. Aurora schreckt auf, doch dann sieht sie auf Gabriel. »Psst, alles ok, ich bin's nur. Ich wollte nur gucken, ob alles in Ordnung ist.« Aurora sieht sich um, es ist dunkel, mitten in der Nacht, ihr Herz schlägt noch immer wie wild und sie greift nach Elena.

»Sie schläft. Habe ich dich so erschreckt, du zitterst?« Egal wie dunkel es ist, sie sieht sein Lächeln, noch immer ist sie zu schlaftrunken um etwas zu sagen. »Komm her.« Gabriel legt sich neben sie und zieht sie in seine Arme. Aurora würde gerne protestieren, sie weiß ja eigentlich, dass sie Abstand halten sollte, doch sie zieht die Decke auch über ihn und legt ihren Kopf an seine Brust. Ihr Herzschlag beruhigt sich wieder, als er seine Arme um sie legt und sie noch enger an sich zieht.

»Nur einmal ...«, flüstert sie leise, mehr zu sich selbst als zu Gabriel, doch er lacht leise auf und entfernt sich so weit, dass er sie ansehen kann. Trotz der Dunkelheit lässt der Mond so viel Licht zu, dass sie sich in die Augen blicken können. »Wieso nur einmal?« Sie ist noch nicht ganz wach, vielleicht ist das der Grund, dass sie endlich mal nicht so verkrampft ist. Sie folgt ihrem Herzen und legt ihre Hand auf seine Wange. Sie spürt die rauen Stoppeln seines Dreitagebartes, doch es stört sie nicht.

»Weil es nicht anders geht. Ich wünschte es und du hast recht, ich empfinde etwas dabei, wenn du mich küsst, doch es geht nicht.« Gabriel kommt ihrem Gesicht näher. »Es ist auch für mich nicht leicht, das alles, aber vielleicht hat es einen Grund, weshalb das Schicksal uns beide zusammengeführt hat.« Aurora schüttelt den Kopf, doch sie muss leise lachen. »Ich glaube nicht daran.« Gabriel küsst sie kurz und süß auf den Mund.

»Vielleicht wirst du es irgendwann.« Aurora küsst ihn, jetzt ist es eh zu spät. Sie kann ihn morgen auf Distanz halten, aber heute Nacht will sie ihn noch einmal nah bei sich haben.

Sie hat schon viele Männer an sich gespürt, doch noch nie hat es sich so vertraut und intim angefühlt. Aurora bekommt Angst, doch Gabriel lässt sie, sie küsst ihn und er erwidert es ganz in Ruhe, er drängt sie zu nichts, und das macht sie mutiger. Sie liebt seinen Geruch und seinen Geschmack, erst als sie vorsichtig den Kuss vertiefen möchte, übernimmt er die Führung und ihre Zungen berühren sich. Trotzdem hat es nichts Drängendes, im Gegenteil, Aurora kann sich nicht daran erinnern, dass jemals ein Mann so liebevoll zu ihr war.

Als sie den Kuss lösen, küsst er ihre Wangen und sie legt ihren Kopf wieder an seine Brust, wo sie mit dem Wissen einschläft, egal wie nah er sie an sich zieht, egal wie schön all das ist, morgen wird sie zurück zu Ricky gehen und Gabriel als eine der wenigen schönen Erinnerungen in ihrem Herzen behalten.

Am nächsten Morgen hält Gabriel sie noch genauso fest wie in der Nacht. Er schläft tief und fest, als sie duschen geht. Als sie wieder ins Zimmer kommt, liegt Elena halb auf ihm drauf und sie muss lachen. Sie nimmt sein Handy vom Nachttisch und macht ein Bild von den beiden, dann weckt sie ihre Tochter und zieht sie schnell an. Eigentlich müsste sie Elena in den Kindergarten bringen, doch sie will Lina nicht zur Last fallen und behält sie in der Fabrik, bis ihre Schicht zu Ende ist.

Die ganze Zeit überlegt sie, wie Ricky wohl reagieren wird. Bisher war er immer schnell wieder milde gestimmt, wenn es mal Streit zwischen ihnen gab, doch es ist das erste Mal, dass er Aurora mit einem Mann gesehen hat, mit dem sie nicht einfach Sex hatte. Auch er wird gespürt haben, dass Gabriel ihr nicht egal ist. Sie fährt nach der Arbeit so schnell wie nur möglich in ihre Wohnung.

Ricky sitzt wie immer vor dem Fernseher und sagt kein Wort, als Elena und Aurora zurückkommen. Er beachtet sie nicht. Da Aurora nicht im B.B. arbeiten muss, weiß sie aber, dass er es tun wird, sobald Elena schläft. Sie bekommt eine Nachricht von Gabriel, ob er sie von der Arbeit abholen soll. Eine Sekunde überlegt sie ihm ja zu schreiben, sich zurück in seine Arme zu legen und alles andere zu vergessen, doch sie sieht auf die

Medikamentenschachtel, die schon fast leer ist, sieht auf ihre erschöpfte Tochter und schreibt ihm, dass sie wieder bei Ricky ist.

Gabriel antwortet nicht mehr und sie versteht es. Es wird ihm die Augen öffnen und ihm zeigen, dass das zwischen ihnen niemals funktionieren kann. Sobald Elena eingeschlafen ist, ruft Ricky Aurora zu sich. Er erinnert sie an die Spenderliste und dass er kurz davor war seinem Freund zu sagen, dass er Elena wieder herunterstufen soll.

Aurora hasst es, sie hasst ihn dafür, dass er solch eine Macht über sie hat und wie er es anschließend genießt, dass sie ihn bedienen und anbetteln muss, ihren Streit nicht an Elena auszulassen. Sie hasst es, seine kranken Phantasien zu erfüllen, doch sie hat keine andere Wahl.

Danach ist alles, als wäre nichts gewesen. Drei Tage lang läuft alles wie immer, sie geht in die Fabrik, wundert sich zwar, niemanden aus Gabriels Familie dort zu sehen, doch ein deutscher Mann ist da und sagt ihnen was zu tun ist. Abends arbeitet sie im B.B., auch da lässt sich niemand von Gabriels Leuten blicken. Vielleicht hat er jetzt wirklich verstanden, dass es zwischen ihnen nicht geht, sie sollte erleichtert sein, doch das ist sie nicht. Es fühlt sich merkwürdig an, und sie muss immer mehr an ihn denken.

Aurora redet mit Casper, dem Chef des B.B., ob sie schon einen Teil ihres nächsten Gehaltes früher haben kann, doch er erklärt ihr, dass es nicht geht. Er habe es aber hinbekommen, sie früher auf die Liste für Extra-Dienste zu setzen und da wird das Geld für jeden Abend ausgezahlt. Diese Tatsache hilft Aurora aber jetzt nicht weiter, die Medikamente sind fast aufgebraucht und sie bittet Ricky um Hilfe. Als sie am nächsten Morgen Elena in den Kindergarten gebracht hat, kommen plötzlich Ricky und ein älterer, schmieriger Kerl herein.

Aurora weiß sofort was los ist. Ricky flüstert ihr zu, dass das Geld für die Medikamente auf diese Art da sein wird, dann trinken die Männer zusammen und Aurora muss sie bedienen. Als sie die gierigen Blicke des fremden Mannes nicht mehr aushält, lässt Ricky sie beide alleine. Sie weiß, dass eine Kamera aufgestellt ist. Ricky braucht das für seine Fantasien und zur Überprüfung, wie Aurora sich verhalten hat.

Als der Mann sie ins Schlafzimmer bringt, ist es anders, alles ist anders. Aurora kann das, sie schaltet ab, fühlt nichts mehr, doch dieses Mal geht das nicht. Der Mann zieht ihr das Shirt aus und will ihre Brüste berühren. Sie schließt die Augen, versucht ihren Körper abzuschalten, doch es geht nicht. Sofort schießen ihr Bilder von Gabriel in den Kopf, sein Lächeln, seine Küsse. Als der Mann an ihre Hose will, schubst sie ihn weg. »Es tut mir leid, ich kann das nicht.«

Der Mann wird wütend, er ist sehr erregt. »Ich habe dafür bezahlt, also los. Mach schon, zieh dich aus.« Aurora zieht sich ihr Shirt wieder an, springt über das Bett und verlässt schnell die Wohnung, wo sie weinend zusammenbricht.

Sie wusste, das mit Gabriel ist nicht gut, doch nun hat es sie und ihren Kampf für ihre Tochter zerstört.

Aurora will nur noch weg, sie geht schnell zum Kindergarten. Als sie Elena sagt, dass sie weggehen, erinnert sie sie daran, dass sie zur Dialyse ins Krankenhaus muss. Aurora bringt sie zu dem Termin, der für sie lebenswichtig ist. Das allererste Mal traut sie sich dann den Arzt zu fragen, ob sie erfahren darf, wie weit oben Elena auf der Liste steht. Seit Ricky das in die Hand genommen hat, hat sie es ihm überlassen. Sie war bereits auf Platz 10, aber wenn Ricky jetzt erfährt was passiert ist, wird sie schnell wieder unter die unteren Hundert rutschen.

Der Arzt sieht in seinem Computer nach und was er ihr dann sagt, trifft sie mit voller Wucht. »Ihre Tochter ist noch immer auf Platz 143, leider hat sich die letzten Monate nichts weiter getan. Aber geben sie die Hoffnung nicht auf und beten sie zu Gott, das hilft.«

Aurora ist starr vor Schock, Ricky hat sie die ganze Zeit benutzt und belogen. Sie fragt nach dem Freund, der hier angeblich arbeiten soll, doch der Arzt versichert ihr, dass niemals ein Mann mit diesem Namen bei ihnen gearbeitet hat.

Mit ihrer allerletzten Kraft schafft es Aurora, zurück zu Ricky zu gehen. Sie setzt Elena ab, als er ihnen wütend die Tür öffnet. »Du verdammtes Schwein.« Wild prügelt sie auf Ricky ein, doch ein Schlag von ihm und sie fällt an die Wand. Elena kreischt und Aurora weiß genau, dass sie nun dieses ganze Theater beenden werden.

Kapitel 12

Gabriel wird wach. Aurora liegt ihm noch in der Nase, das Bett ist aber bereits leer. Er findet sein Handy neben sich, es wurde ein Foto damit geschossen. Er schläft und Elena liegt mit ihrem Kopf auf seinem Bauch. Gabriel muss lächeln. Als er sieht wie spät es bereits ist, schreibt er Aurora eine Nachricht, ob er sie von der Arbeit abholen soll. Dann geht er erst einmal unter die Dusche. Er fühlt sich seltsam, seit dem Gespräch gestern mit Aurora hat er dieses Gefühl in sich.

Er weiß dazu nichts zu sagen, Aurora hat ihm alles erzählt, ihre gesamte Geschichte, aber er hat keine Vorstellungen, was er dazu sagen soll. Wie kann ein einzelner Mensch so viel Unglück erleben? Wie hätte sie nach ihrer Geschichte etwas anderes werden sollen als das, was sie jetzt ist? Wie soll er ihr vorwerfen, was sie tut, wenn er jetzt alle Gründe dafür kennt? Das Einzige was er weiß, ist, dass sie sich täuscht mit dem Gedanken, nicht in der Lage zu sein etwas zu fühlen.

Er spürt, wie wohl sie sich bei ihm fühlt, er spürt, wie ihr Herz schneller schlägt, wenn er sie küsst. Sie kann gelernt haben, ihren Körper zu benutzen, doch sie kann diese Gefühle nicht abschalten, die sich zwischen ihnen aufbauen. Und dass sie das tun, spürt Gabriel mit jeder Minute mehr. Sie ist keine Frau, die Gabriel sich jemals an seiner Seite vorgestellt hat, doch es gibt niemanden, den er lieber neben sich hätte als sie, er kann sich aber immer noch nicht damit abfinden. Warum alles so kam und warum sie so handelt, versteht er jetzt, damit zu leben ist eine ganz andere Geschichte.

Als er gestern mit Nando nach Hause gekommen ist, hat Milo sie abgefangen. Er hat ihn gefragt, was die Chica aus dem B.B. bei ihm zuhause macht, ob man die jetzt schon nach Hause bestellen kann und dass er sie gerne nach Gabriel haben würde. Nur dank Nando hat Gabriel ihm nicht die Nase gebrochen. Nachdem sich alle beruhigt hatten und er klar gemacht hat, dass Aurora jetzt und in Zukunft für alle anderen tabu ist, hat Nando ihm, bevor er ins Haus gegangen ist, etwas gesagt, was sich tief in ihm eingebrannt hat.

Wenn Gabriel sich dazu entschließt, etwas Ernsthaftes mit Aurora anzufangen, muss er damit zurechtkommen, dass auf ihn solche Bemerkungen des Öfteren zukommen werden und er dann nicht jedes Mal ausrasten kann.

Gabriel schließt den Wasserhahn in der Dusche und trocknet sich ab. Natürlich hat sein Bruder recht, er kann keine Zukunft mit Aurora haben ohne ihre Vergangenheit zu akzeptieren. Auch wenn er diese nun versteht, weiß er nicht, ob er sie akzeptieren kann. Doch alle Zweifel und alle Wut, die noch in ihm waren, haben sich in Luft aufgelöst, als er Aurora und Elena im Bett schlafen gesehen hat. Für einen winzigen Augenblick hat es sich in seinem Herzen so angefühlt, als wäre das alles, was er jemals wollte.

Er hat Aurora erschreckt, ihre Vergangenheit sitzt zu tief, um sie zu ignorieren, doch sie ist in seine Arme gekommen und hat ihn geküsst. Nach allem was er jetzt weiß, kann er erahnen, was für eine Bedeutung es hat, solche Zärtlichkeiten von ihr zu bekommen, dieses Vertrauen, was sie ihm bereits entgegenbringt. Es hat sich einfach nur richtig angefühlt, neben den beiden zu schlafen.

Gabriel geht ins Zimmer und sieht die Nachricht von Aurora. Sie geht zurück zu Ricky. Er schmeißt sein Handy aufs Bett und zieht sich an. Vielleicht ist ihre Vergangenheit aber auch so tief in ihr verwurzelt, dass sie gar nicht mehr da heraus kann. Sie will nicht aus diesem Leben ausbrechen, er traut diesem Ricky kein Stück. Aurora könnte da heraus, vielleicht ist es aber auch einfach zu spät, vielleicht ist sie nicht einmal mehr in der Lage, ein anderes Leben zu führen.

Bevor sich Gabriel weiter darüber den Kopf zerbrechen und entscheiden kann, ob, und wenn wie, er weiter wegen Aurora vorgehen möchte, wird seine Tür fast eingeschlagen. Es hämmert so heftig dagegen, dass er sich seine Waffe schnappt und hinunter stürmt. José steht davor, Lina und Janine stehen auf der Straße und reden miteinander. Nando kommt gerade aus seinem Haus. »Pack ein was du brauchst, wir nehmen den Privatjet und holen alle aus Italien ab. Sie sind vor ein paar Stunden angekommen. Olivia hatte recht, es war nicht Elisa's Sturkopf, der sich nicht gemeldet hat und nicht mehr ans Telefon gegangen ist. Sie wollte Toti verlassen. Als sie ihm das gesagt hat, hat er sie zusammengeschlagen und in ihr Haus gesperrt. Sie ist seit einem Monat nicht mehr aus dem Haus gekommen. Arturo musste die Tür eintreten, Nathan und er haben sich um Toti gekümmert, Elisa geht es schlecht, sie will nur noch nach Hause.«

Bei jedem Wort fährt Gabriel immer mehr aus der Haut. Er wusste es, er wusste, dieser kleine Dreckskerl Toti würde noch einmal ein Fluch für sie sein und dass seine Schwester einen großen Fehler gemacht hat. Doch er spart sich erst einmal die Worte, packt das Nötigste zusammen und geht wieder nach unten. Auch die Frauen haben eine Tasche gepackt, ihnen allen ist der Schreck ins Gesicht geschrieben. Wenn sie alle weg sind, sollen die Frauen nicht allein zurückbleiben. Alonzo ist da und kümmert sich um alles Weitere. Er wird Lina und Janine so lange zu ihren Familien bringen. Sie verabschieden sich und fahren sofort zum Flugplatz, wo der Privatjet ihrer Familie steht.

Gabriel versteht nicht, wieso Arturo nicht von Anfang an den Flieger genommen hat, so wie er seinen Bruder kennt, hatte der Angst, sie brauchen das Flugzeug vielleicht für ein Geschäft. Mit den normalen Flügen braucht man fast anderthalb Tage nach Italien, mit ihrem Flieger ist man in einem Tag da. Alles ist vorbereitet sie heben sofort ab. Erst als sie langsam Italien entgegenfliegen, atmen sie durch.

Egal wie oft sie verletzt waren und was sich ihnen auch in den Weg gestellt hat, niemals kann sie irgendetwas so sehr treffen, wie wenn es um ihre Schwester geht. Und in ihnen allen, in jedem von ihnen sitzt dieses tiefe Schuldgefühl, weil sie sich so von ihr entfernt haben.

»Wir waren damals alle viel zu wild, wir sind Party machen gegangen und haben Elisa zuviel verboten. Es war klar, dass sie irgendwann einfach abhaut!« Gabriel kann jetzt nicht ruhig bleiben. Er liebt seine Schwester sehr und weiß, dass sie sich alle falsch verhalten haben. Eigentlich sollten sie nur den Jet nach Italien schicken, dass sie nun alle mitfliegen, zeigt, dass nicht nur sein schlechtes Gewissen ihn auffrisst. »Sie hätte damals einfach nicht abhauen sollen, sie meldet sich nach einigen Wochen und sagt uns, sie ist verheiratet. Was erwartet sie, wie wir darauf reagieren sollen?« Nando legt sich auf eine Couch, die in dem gemütlichen Flieger steht. Elisa und er haben sich immer am nähsten gestanden. Jedes Mal wenn sie nachts nicht schlafen konnte, ist sie zu ihm ins Bett gekommen. Doch seitdem er Lina kennengelernt hat, ist die früher so tiefe Bindung kaum noch vorhanden, da Elisa Lina nie akzeptiert hat.

»Ihr Leben hätte so anders sein können, hätte sie Toti nicht geheiratet. Wisst ihr noch, wie fast alle unsere Freunde in sie verliebt waren? Alonzo war verrückt nach ihr, auch wenn er es nie zugegeben hat, doch sie musste ja diesen Italiener heiraten.« Sie alle haben ihn von Anfang an gehasst, Elisa war nicht mehr dieselbe. Sie hat sich kaum noch in Puerto Rico blicken lassen, trotzdem haben sie ihr immer Geld geschickt, von dem sie und ihr Mann mehr als gut leben konnten. Zufällig haben sie erfahren, dass Toti immer mal wieder andere Frauen hatte, doch Elisa ist bei ihm geblieben.

Sie wusste, das ihre Brüder ihren Mann nur zu gern vertrieben hätten, doch sie hat sich immer schützend vor ihn gestellt. Erst als er dann Janine hinter ihren Rücken angemacht hat, haben sie endgültig einen Schluss- strich gezogen. Elisa musste sich entscheiden. Sie haben ihre Zahlungen eingestellt, nicht um ihrer Schwester zu schaden, aber damit Toti sich nicht mehr auf ihre Kosten ein schönes Leben macht. Der Mann hat nie- mals gearbeitet, ihr Geld aber mit vollen Händen ausgegeben und dann auch noch für andere Frauen. Bei aller Liebe zu ihrer Schwester, sie konn- ten nicht mehr mit ansehen, wie er die Familienehre mit Füßen tritt, sie dachten, es wäre der einzige Weg, ihre Schwester wachzurütteln.

José nimmt sich ein Getränk aus dem Kühlschrank und legt sich auf die andere Seite der Couch. »Arturo hat angerufen, er war auf 180. Sie sind gelandet und statt zu ihrem Miethaus direkt zu Elisa gefahren.« Olivia war die Einzige, die sich die ganze Zeit über Sorgen gemacht hat, egal wie wütend Elisa auf ihre Brüder war, sie hat immer Kontakt zu ihr gehalten. Dass sie sich bei der Geburt von Mateo nicht gemeldet hat und auch nicht mehr erreichbar war, ist ihr sehr merkwürdig vorgekommen.

»Sie haben geklopft, doch niemand hat aufgemacht. Eine Nachbarin kam und hat ihnen berichtet, Elisa schon lange nicht mehr gesehen zu haben. Es gab eine Zeit viel Streit in dem Haus, danach sei nur noch Toti ein- und ausgegangen. Sie dachten alle, Elisa wäre zu ihrer Familie nach Puerto Rico geflogen. Arturo hat die Tür eingetreten, er hat gespürt, dass etwas nicht stimmt. Elisa war im Schlafzimmer, er hat sie die letzten Wochen nicht mehr aus dem Haus gelassen und sie immer wieder geschlagen. Sie hat immer noch blaue Flecken und es scheint, als sei ein Fuß und ihre Hand verstaucht.

Nathan und Arturo haben Toti gesucht und sich um ihn gekümmert. Olivia wollte Elisa zum Arzt bringen, doch sie wollte nur nach Hause. Also haben sie ihre Sachen gepackt und warten jetzt auf uns am Flugha- fen. Elisa ist nervlich am Ende, sie soll sehr abgenommen haben und ist schwach auf den Beinen. Sie hat nach Nando gefragt und warum ihre Brüder ihr nicht geholfen haben. Arturo sagt, sie wirkt total verstört, er hatte fast das Gefühl, sie würde durch sie durchblicken. Wer weiß, was Toti ihr noch alles angetan hat.«

Nando flucht leise. »Sie ist unsere Schwester, wir haben sie im Stich gelassen.« Gabriel fühlt sich beschissen. Nachdem José und auch Nando auf der Couch eingeschlafen sind, setzt er sich an ein Fenster und sieht auf die endlosen Wolken. Es kommt ihm gerade so vor, als würde alles aus dem Ruder laufen, die Sache mit Aurora, Elisa, er weiß nicht mehr, wo er anfangen soll Probleme anzupacken und wo er aufhören soll. Der Flug kommt ihm ewig vor, er macht kein Auge zu. Als sie dann endlich in Italien landen, wird der Jet sofort aufgetankt für den Rückflug. Sie verlassen das Flugzeug nicht einmal. Sobald alles überprüft ist, steigen Nathan, Arturo, Pablo und Cassandra ein. Die Kinder haben sich ihren Urlaub sicherlich anders vorgestellt, als nur im Flieger zu sitzen und beide sehen erschöpft aus. Erst kurz danach kommt Olivia an Bord und hat den Arm um eine Frau, die fast nichts mehr von ihrer sonst so stolzen Schwester hat.

Gabriel muss schwer schlucken, als er auf Elisa sieht, sie hat Arturos Anzugjacke um die Schultern. Da er am nächsten bei ihr steht, tritt er genau vor sie. Sie sieht zu Boden, doch Gabriel hebt ihr Kinn an. Als er dann das blaue Auge und die Schrammen auf ihrer Wange sieht, spürt er selbst, wie sein Griff fester wird über die Wut, dass seine Schwester so etwas ertragen musste. Dann sieht er die Tränen in den großen Mandelaugen seiner Schwester und zieht sie in seine Arme, wo sie zu weinen anfängt. »Es tut mir leid Princesa, dass wir nicht da waren.« Gabriel küsst ihre verwuschelten Haare.

Sie haben sie früher alle Princesa genannt, sie war immer ihre Prinzessin, egal was war. Wann haben sie aufgehört, sie so zu sehen? Nando tritt zu ihnen. »Komm her.« Elisa geht zittrig zu ihm. Jeder weiß, wie sehr die beiden aneinander hängen, auch wenn sich in der letzten Zeit viel geändert hat. Auch während sie starten, hält Nando Elisa fest in seinen Armen. Es ist so, als würde plötzlich alles aus ihr herauskommen, sie schluchzt und scheint sich kaum mehr zu beruhigen.

Olivia und die Kinder schlafen schnell nach dem Start ein, auch Elisa schläft irgendwann unter all ihrem Kummer ein. Gabriel setzt sich neben sie auf den Sitz, und sofort lässt sie ihren Kopf auf seine Schulter sinken. Nando, Nathan, José und Arturo setzen sich auch zu ihnen. »Das hätte nicht passieren dürfen, wir müssen mehr auf unsere Familie achten.« José greift nach einer Strähne ihrer Schwester und steckt sie ihr hinter ihrem Ohr fest. Sie ist bildschön, das war sie schon immer, vielleicht haben sie deshalb zu viel auf sie aufgepasst, sie in einen goldenen Käfig gesteckt, bis sie ausgebrochen ist. Keiner von ihnen hat ihr diesen Ausbruch und die Konsequenz daraus wirklich verziehen.

Deswegen haben sie ihre Schwester so aus den Augen verloren. »Sie hat Angst, dass Toti wiederkommt. Wir haben ihr gesagt, dass er nie wieder irgendwo hingehen wird, nachdem wir mit ihm fertig waren, doch sie hat richtige Panik. Olivia vermutet, er muss sie die letzten Wochen sehr gequält haben.«

Nando zieht ihr die Schuhe aus. »Sie ist jetzt wieder zuhause. Ich werde mein Leben dafür geben, dass ihr nie wieder etwas passiert.« Sie alle werden das. Als Gabriel sich zurücklehnt, immer noch Elisas Kopf an seiner Schulter, beruhigt er sich selbst damit, ihren Geruch und ihre Wärme zu spüren, die er als Kind oft gesucht hat, wenn irgendetwas passiert war. Als er die Augen schließt, weiß er, weder er, noch einer seiner anderen Brüder, werden jemals wieder zulassen, dass sich Elisa so sehr von ihrer Familie entfernt.

Nach der Landung in Puerto Rico fahren Nando, José und Gabriel mit Elisa zu ihrem Arzt, während die Anderen die Kinder nach Hause bringen. Sie waren jetzt fast zwei Tage in der Luft. Gabriel ist fertig, auch wenn er immer mal wieder ein paar Stunden geschlafen hat. Sie warten, während Elisa geröntgt wird und sich der Arzt all ihren Verletzungen widmet. Als er danach die Brüder in sein Büro bittet, während sich eine Schwester um die Verbände kümmert, haben sich drei verschiedene Ärzte um Elisa gekümmert, sie wurde mehr als zwei Stunden untersucht.

Sie kennen den Arzt bereits sehr lange, er arbeitet schon immer für ihre Familie, doch noch nie hat Gabriel ihn so bedrückt gesehen, als er sich zu ihnen setzt. »Der Mann, der ihrer Schwester das angetan hat, wo ist er?« Die Frage verwirrt Gabriel, der Arzt weiß wer und was sie sind, er sagt dazu nichts, noch nie hat er nach Details gefragt. »Er atmet nicht mehr!« Gabriel fasst es knapp zusammen. »Das ist gut.« Nun werden auch José und Nando nervös. »Was ist mit ihr?« Der Arzt nimmt seine Brille ab und versucht sich die Müdigkeit aus den Augen zu reiben.

»Ich selbst habe einige Verstauchungen, Prellungen, blaue Flecken festgestellt und behandelt. Dabei ist mir aufgefallen, dass sie leicht aus ihrem Unterleib blutet und sehr schmerzempfindlich ist in dem Bereich. Also habe ich eine Frauenärztin dazu geholt.«

Gabriel rutscht unruhig auf seinem Stuhl hin und her, doch er muss sich das jetzt anhören. »Wussten sie, dass ihre Schwester keine Kinder mehr bekommen kann?« Nando nickt. »Es wurde bei einer Untersuchung in Italien festgestellt.« Der Arzt schüttelt den Kopf. »Ihr wurde die Gebärmutter entfernt und das sehr unprofessionell. Sie hat der Ärztin dann erzählt, dass sie schwanger war, ihr Mann wollte aber nicht, dass sich ihre Familie fortsetzt. Er hat sie unter Betäubungsmittel gesetzt und sie bei einem Freund operieren lassen. Nicht nur das Kind wurde getötet, es wurde auch gleich die Gebärmutter entfernt, damit es nicht mehr dazu kommen kann.«

Gabriel wird übel, Nando neben ihm ist ganz starr. »Wir wussten nichts davon.« Der Arzt nickt. »Als sie aufgewacht ist und das alles bemerkt hat, war für sie alles vorbei. Sie hat gesagt, sie wäre nun keine vollständige Frau mehr, hat sich geschämt, ihrer Familie davon zu erzählen und sie wusste, dass sie nun kein anderer Mann mehr wollen würde. Als sie sich jetzt doch entschlossen hat ihren Mann zu verlassen, hat er ihr viel Gewalt angetan. Sie hat einige Verletzungen davongetragen, er hat sie mehr als einmal zum Sex gezwungen. Und er muss ihr immer wieder Sachen …«

José senkt den Kopf, der Arzt räuspert sich. »Er muss Gegenstände in sie eingeführt haben, wir haben immer noch kleine Teile gefunden und konnten jetzt alles entfernen. Sie hat Entzündungen und muss eine Weile Antibiotika nehmen. Wie sie das alles psychisch verkraften wird, muss man mit der Zeit sehen.« Sie alle sind still, Gabriel will sich nicht vorstellen, was Elisa alles mitgemacht hat und weiß auch nicht, ob sie all das jemals erfahren werden, doch er wünschte sich so sehr, genau jetzt Toti vor sich zu haben. Aus Liebe zu ihr haben sie ihn zu lange verschont und nicht geahnt, dass dies die Hölle für ihre Schwester bedeutet.

Sie bedanken sich beim Arzt. Niemand sagt mehr einen Ton, als sie zu Elisa gehen, die gerade noch einige Spritzen bekommt. Nando setzt sich zu ihr. Und als wäre sie wieder das kleine 12-jährige Mädchen, das sie alle so geliebt haben, kuschelt sie sich müde in seine Arme. Gabriel erkennt Tränen in den Augen seines Bruders und sieht aus dem Fenster. Ihre Familie wird gerade geprüft, er weiß nicht wieso, aber es ist als müssten sie beweisen, wie sehr sie alle zusammenhalten und was passiert wenn nicht.

Als der Arzt sich verabschiedet und ihnen sagt, dass er morgen nach Elisa gucken kommt, geht Gabriel zusammen mit ihm aus dem Zimmer. Er fragt ihn, ob er irgendeinen Einfluss auf die Transplantationswartelisten im Kinderkrankenhaus hat. Überrascht aber nicht verschreckt antwortet er ehrlich, dass sein Schwager dort der Chefarzt ist. Gabriel erzählt ihm von Elena und fragt wie groß die Chance ist, dass sie bald operiert wird. Der

Arzt hat leider schlechte Nachrichten, die Listen sind sehr lang, und wenn Elena weit unten steht, sieht es schlecht aus.

Gabriel bittet ihn darum, ihren Namen nach oben zu setzen. Er traut Ricky nicht und will nicht, dass dieses kleine Mädchen, das sich bereits in sein Herz gelächelt hat, keine Chance auf ein gesundes Leben hat. Der Arzt verspricht ihm zu tun was er kann und Gabriel weiß, er kann seinen Worten vertrauen. Er sagt ihm, er würde alle entstehenden Kosten übernehmen. Der Arzt lächelt. »Soll ich ihren Namen erwähnen, wenn die Eltern wissen wollen, wer ihr Kind gerettet hat?« Nein, er ist kein Mensch wie Ricky. Elena soll gerettet werden, was auch immer zwischen Aurora und ihm ist oder nicht.

»Nein, das ist unwichtig, Hauptsache ist, dass es der Kleinen gut geht.« Der Arzt nickt und klopft ihm auf die Schulter, dabei verspricht er, alles dafür zu tun.

Gabriel sieht dem Arzt hinterher, dann entdeckt er ein Kreuz an der Wand. So oft er hier bereits war, niemals ist es ihm aufgefallen. Er bekreuzigt sich, bevor er zurück zu seiner Schwester geht. Gott und seine Familie, alles was zählt, er sollte es nicht aus den Augen verlieren.

Kapitel 13

Sie bringen Elisa zu sich, Gabriel sitzt hinten bei ihr. Nachdem er jetzt weiß, was sie alles durchgemacht hat, lässt er sie nicht mehr aus den Augen, auch wenn es ihm immer schwerer fällt, ihr in die Augen zu sehen. Als sie vor Nandos Haus halten, kommen alle anderen, sie haben bereits gewartet. Lina hält Mateo in ihren Armen. Auch wenn die beiden Frauen sich nie verstanden haben, beginnt Elisa zu weinen, als Nandos Frau ihr den Kleinen in die Arme legt.

Elisa küsst die weichen Wangen und ihre Tränen werden immer stärker. Es herrscht eine unangenehme Stille, keiner weiß so recht etwas zu sagen, allen ist bewusst, sie hätten viel mehr für Elisa da sein müssen. Dabei wissen Arturo und Nathan noch nicht einmal, was ihr alles angetan wurde. Cassandra will, nachdem Elisa Mateo an Nando übergeben hat, auch zu ihrer Tante auf den Arm, die Kleine hat schon immer sehr an ihr gehangen, doch Gabriel greift ein. »Sie sollte jetzt nichts tragen Süße, und sie braucht Ruhe.«

Olivia nimmt Cassandra an die Hand. »Ich habe dir ein Zimmer fertig gemacht, komm, wir bringen deine Sachen rein.« Elisa schüttelt den Kopf und Nando mischt sich sofort ein. »Du kannst bei uns schlafen, wenn du möchtest. Hier in der Straße stehen noch zwei Häuser leer, wir richten dir eines von ihnen ein wie du es möchtest, solange kannst du dort bleiben, wo du willst.« Elisa greift nach einem der Koffer, die hier in der Einfahrt stehen, doch Gabriel ist schneller. Der Arzt hat ihnen extra gesagt, sie soll nichts heben, nachdem sie ihren Unterleib verarztet haben.

»Ich will zuhause wohnen.« Elisa dreht sich müde um und geht die Straße entlang, Gabriel sieht zu den anderen, die ihr genauso überrascht nachsehen. »Elisa, das alles ist unser Zuhause, du willst doch nicht ... ich meine, du weißt doch, dass ...« Arturo versucht es ihr auszureden, doch ihre Schwester läuft genau in die Einfahrt, die sie alle so lange nicht mehr betreten haben. Es ist das größte und schönste Haus hier, sie sind in dem Haus aufgewachsen, seit dem Tod ihrer Eltern haben sie fast nie mehr einen Schritt dort hineingemacht. Die Haushälterinnen halten das Haus in Ordnung, als würde darin noch jemand wohnen, doch darin lebt nur die Erinnerung an ihre Kindheit.

Gabriel weiß nicht einmal mehr, wer den Schlüssel zu dem Haus hat, doch Elisa bückt sich und hebt einen der schweren Marmorengel hoch, sie hat sich an das Geheimversteck ihrer Mutter erinnert. Und tatsächlich ist da auch noch ein Schlüssel. »Ich denke nicht, dass es eine gute Idee ist, sie jetzt alleine da wohnen zu lassen.« Nando nimmt zwei der Koffer, auch Gabriel packt an. Olivia sieht zu Elisa und schüttelt traurig den Kopf.

»Sie war die ganzen letzten Jahre allein, ihr solltet sie nicht überfordern, sie ist stärker als ihr denkt, also lasst sie zur Ruhe kommen. Celina, Janine, wir hatten keine Zeit ihre Badezimmersachen auszuräumen, sie hat nur ihre Anziehsachen, lasst uns alles für sie zusammensuchen.« Mit diesen Worten lassen die Frauen sie zurück. Elisa ist bereits im Haus verschwunden, doch bevor Nando ihr folgt, wendet er sich noch einmal um. Er erzählt Nathan und Arturo was sie vom Arzt erfahren haben. Ohne eine Reaktion abzuwarten geht Gabriel mit zwei Koffern voran, zu dem Haus, in dem sie alle als Kinder gelebt haben. Nando folgt ihm anschließend, sie brauchen auf keine Reaktion zu warten. Wie sollte man auf solche Neuigkeiten reagieren? Gabriel wird allein beim Gedanken daran, was ihrer Schwester angetan wurde, schlecht.

Es ist merkwürdig, das Haus wieder zu betreten, es ist, als wären sie nie weggewesen, trotzdem liegt etwas Fremdes in den Räumen. Elisa steht im Wohnzimmer vor dem großen Hochzeitsbild ihrer Eltern. »Ich vermisse sie!«

Gabriel bleibt bei ihr stehen und sieht seinen Vater an und die Frau, die für ihn immer eine Mutter war, nur José und er wissen inzwischen, dass dies nicht die Wahrheit ist. »Wären sie noch da, wäre vieles nicht so gekommen wie es jetzt ist.« Da hat seine Schwester recht, ihr Vater hätte das mit Elisa niemals geduldet. Und wieder kommt sein schlechtes Gewissen hoch, sie haben ihre Schwester im Stich gelassen. »Bist du sicher, dass du hierbleiben möchtest? Komm lieber zu mir.«

Elisa dreht sich zu Gabriel um, er ist jünger als sie, trotzdem hat er immer auf sie aufgepasst. Immer noch hat Elisa Tränen in den Augen. Gabriel zerreißt es, sie so gebrochen zu sehen. »Du warst immer mein kleiner Engel.« Elisa stellt sich auf die Zehenspitzen und gibt ihm einen Kuss auf die Wange. Sie sie zwar älter, trotzdem überragt er sie um fast zwei Köpfe. Seine Schwester geht die Treppe hoch, Nando folgt ihr, doch Gabriel sieht sich noch im Zimmer um. Wie lange ist es her? Es ist so viel passiert, dass es sich viel zu fremd anfühlt.

Er betrachtet ein Bild, das die ganze Familie in San Juan zeigt. Arturo und Nando haben einen Ball in der Hand, Arturo ist höchstens zehn Jahre alt. Sie sehen gequält in die Kamera, als würden sie sofort wieder weiterspielen wollen. Elisa sitzt auf dem Schoß ihrer Mutter. Ihre Haare sind zu zwei Zöpfen geflochten, und sie zeigt stolz ihre Zahnlücke in die Kamera. Gabriel sitzt bei seinem Vater auf dem Schoß und kaut an einem Keks. José, der auch bei ihrem Vater sitzt, greift danach, und Nathan liegt auf der Decke vor ihnen. Gabriel muss lachen, wie haben ihre Eltern das bloß ausgehalten.

Arturo steht plötzlich neben ihm und nimmt ihm das Bild aus der Hand. »Du und José, ihr wart die Teufel höchstpersönlich.« Ihr ältester Bruder streicht auf dem Bild über Elisas Gesicht. Sie haben einiges wieder gutzumachen. Gabriel steckt das Bild ein, dann folgt er Arturo nach oben. Nando steht etwas unschlüssig am Türrahmen zu Elisas altem Zimmer. Als Gabriel über seine Schulter blickt, sieht er seine Schwester zusammengerollt und schlafend auf ihrem alten rosafarbenen Bett. Sie muss vollkommen erledigt sein, und auch er spürt wie fertig er ist.

Ohne seine Brüder weiter zu beachten, geht er in das gemeinsame Zimmer von sich und José. Auch wenn sie immer viel Geld und Platz hatten, bestand ihr Vater darauf, dass sie sich ein Zimmer teilen. Nur Arturo und Elisa hatten ein eigenes Zimmer. Nachdem José Nathan, dem Jüngsten von ihnen, einmal aus Wut alle Klamotten verbrannt hat, haben sie die Zimmer getauscht. Nando ist zu Nathan gezogen und José und Gabriel waren ab diesem Zeitpunkt zusammen in einem Zimmer. Er nimmt sich seine alte Matratze und muss lachen, als er den Spruch an seinem Bett entdeckt, den Nando ihm mit einem Filzstift hingeschmiert hat, nachdem er ihn verpetzt hatte, dass er heimlich Mädchen mit nach Hause gebracht hat.

Er legt die Matratze vor Elisas Bett und sieht zu Nando, José, Nathan und Arturo, die sich jetzt in Elisas Zimmer verteilt haben. »Ich bleibe bei ihr, vielleicht braucht sie etwas. Haut schon ab.« Doch auch seine Brüder denken nicht daran, Nando legt sich auf die rosa Couch und Nathan holt noch eine Matratze ins Zimmer, während José Gabriel andeutet, er soll rutschen. »Mach Platz, du Fettsack.«

Gabriel rutscht, er weiß gar nicht, wie oft er und einer seiner Brüder sich schon Betten, Zimmer, alles geteilt haben. Sie alle sind so eng zusammen aufgewachsen, genau das war immer das Wichtigste für seinen Vater. Er wusste, sie werden die Familia führen und wie wichtig es ist, dass sie sich blind kennen, und er hat es geschafft. Es gibt kaum jemanden, der sich besser kennt und sich näher steht als sie fünf Brüder, aber weil sie aus allem immer ihre Schwester heraushalten wollten, haben sie sie außen vor gelassen. Das bereuen sie jetzt alle bitter.

»Ihr seid wirklich die größten Chaoten«, nuschelt Arturo, während er aus dem Zimmer geht, wo nun wirklich kein Platz mehr ist. Gabriel weiß aber, dass er nicht weit weg gehen wird, das hat er nie gemacht. Er hat immer über sie alle gewacht, umso mehr wird ihn das quälen, was sie bei Elisa übersehen haben.

Als Gabriel das nächste Mal wach wird und sich umwendet, sieht er in Josés schlafendes Gesicht. Alle schlafen tief und fest, doch er hört, wie sich Elisa unruhig hin und her wälzt und leise vor sich hin weint. Besorgt setzt er sich an ihr Bett, streicht ihr die Haare aus dem Gesicht und merkt wie verschwitzt sie ist. Sie schläft und muss etwas Schlimmes träumen. Als er sich dann neben sie legt, schreckt sie panisch hoch. »Er ist da, er kommt mich holen.« Gabriel zieht seine Schwester in seine Arme. »Er ist nicht da und er wird nie wiederkommen, hörst du? Du bist zuhause und alles ist gut.« Elisa lässt ihren Kopf erschöpft auf seiner Brust nieder und beruhigt sich langsam wieder. Sie schläft weiter, doch jetzt in seinen Armen viel ruhiger.

Gabriel muss an Aurora denken. Es ist jetzt fast drei Tage her, dass sie zurück zu Ricky ist, sie wird wieder ihr ganz normales Leben führen und vergessen was zwischen ihnen war. Wahrscheinlich ist es gut so. Gabriel sollte es bei all dem belassen, er weiß jetzt, dass Elena geholfen wird und Aurora sicherlich nicht bereit ist, ein anderes Leben zu führen als das, was sie schon immer kennt.

Gleichzeitig denkt er an ihre weichen Lippen, die grünen Augen und ihr hübsches Gesicht, wenn sie vor ihm stand. Auch wenn er weiß, dass es das Beste ist, ist er unsicher, ob er sie gehen lassen kann. Allein beim Gedanken an sie zieht sich alles in ihm zusammen. Genau in dem Moment, inmitten seiner Brüder, mit seiner Schwester im Arm und tausend anderen Dingen im Kopf, spürt er, dass er sich schon verloren hat. Er braucht überhaupt nicht darüber nachzudenken, ob er Aurora gehen lassen kann, weil er spürt, dass er sich bereits viel zu stark an sie gebunden fühlt, als all das einfach auf sich beruhen zu lassen.

Sie verbringen den ganzen Tag mit Elisa im Haus ihrer Eltern. Keiner der Brüder weicht von ihrer Seite, was mehr als deutlich ihr schlechtes Gewissen zeigt. Elisa scheint all das nicht wirklich wahrzunehmen. Sie sitzt auf der Couch und sieht aus dem Fenster. Nur als Lina mit Mateo kommt, reagiert sie und nimmt ihren Neffen liebevoll an sich, genauso als Cassandra kommt. Und dann erfährt sie auch das erste Mal richtig die Geschichte von Pablo. Sie ist geschockt, Mandy war eine alte Schulfreundin von ihr. Elisa verbringt danach zwei Stunden mit Pablo, den sie sofort in ihr Herz schließt.

Doch nur die Kinder lassen sie erwachen, danach verfällt sie wieder in eine Starre und niemand kommt wirklich an sie heran. Lina, Janine und Olivia kommen immer mal wieder zu ihnen, doch sie lassen vorerst alle in Ruhe. Erst gegen Abend stellt sich dann Olivia vor sie auf und sieht sie mahnend an. »Das reicht jetzt, eure Schwester braucht Luft zum Atmen. Raus mit euch, ich bleibe heute Nacht bei ihr, sie wird ja noch ganz wahnsinnig mit soviel Kraft und Wut hier im Haus.« Sie blicken verwundert zu Arturos Frau, doch Elisa lacht. Gabriel kann sich kaum daran erinnern, wann er sie das letzte Mal wirklich hat lachen hören, noch immer ist es nicht das alte Lachen, doch zumindest ist es ein kleiner Fortschritt, der sie dann auch alle aus dem Haus gehen lässt. Lina bleibt ebenfalls da. Vielleicht hat Olivia recht, vielleicht gibt es Dinge, die sie einfach besser mit den Frauen verarbeiten kann, zudem müssen sich Lina und Elisa auch endlich richtig annähern.

Es ist schon spät am Abend, Nathan und José fahren eine Lieferung aus, die sie gestern schon hätten erledigen müssen. Gabriel geht zu den anderen Männern. Ihre Familia ist riesig, doch sie kennen jeden Einzelnen von ihnen schon ewig. Sie können ihnen blind vertrauen und einen Großteil der Arbeit an sie übergeben. Alonzo erzählt, was es die letzten zwei Tage für Einnahmen gab und dass sie noch einmal nach Augusto gesucht haben. Mehr als einen Tipp, wo er sich jetzt aufhalten könnte, haben sie allerdings nicht. Gabriel will noch zwei Tage warten, damit es nicht zu auffällig ist und wird dann mit Milo, Alonzo und noch einigen nachsehen, ob sie ihn finden. Gabriel hat nicht vor, diese Sache auf sich beruhen zu lassen.

Als ihn die anderen nach Elisa fragen, verwundert es ihn nicht sonderlich, sie alle kennen ihre Schwester auch schon von klein auf, besonders

Alonzo, der beste Freund von Nando, stand ihr früher sehr nah. Gabriel sagt ihnen, dass sie Ruhe braucht und dann hoffentlich wieder auf die Beine kommt, er hofft es zumindest. Eigentlich sollte er danach nach Hause gehen, doch er kann nicht. Egal was ihm sein Kopf sagt, er setzt sich in seinen Wagen und fährt zum B.B. Keiner von ihnen ist da, das ist ungewöhnlich, doch da gerade so viel passiert, auch verständlich.

Es ist voll und er sieht sich nach Aurora um. Als er sie nicht entdeckt, geht er zu Casper ins Büro. Der Besitzer des B.B. gehört schon fast zur Familie, deswegen sieht er auch überrascht auf Gabriel, als der nach Maleika fragt, er spürt, wie sehr er es hasst, Aurora so zu nennen. Casper sagt ihm, dass er selbst schon den ganzen Abend versucht sie zu erreichen. Gestern sei sie noch ganz normal zur Arbeit gekommen, heute ist sie nicht erschienen und hat sich auch nicht gemeldet.

Gabriel bekommt sofort ein schlechtes Gefühl, er ruft den Vater von Janine an, der sich erst einmal nach Elisa erkundigt. Der Leiter der anderen Firma, die sie unter ihren Schutz gestellt haben und der sich auch um ihre mitkümmert, sagt ihm, dass Aurora schon seit zwei Tagen nicht mehr da war. Sie war fertig, hatte ihre Schulden abgearbeitet, da sie aber so gut ist, haben sie ihr einen festen Job angeboten. Eigentlich wollte Aurora es sich überlegen und heute noch einmal kommen, doch sie ist nicht erschienen.

Gabriel legt auf und sieht zu Casper, es geht ihn nichts an. Wer weiß, was diese Frau schon wieder geplant hat, vielleicht ist sie nicht einmal mehr in San Sebastian, zuzutrauen wäre ihr alles, doch ein ungutes Gefühl im Magen lässt ihn trotzdem aufstehen und zurück zum Parkplatz gehen. Ohne daran zu denken, dass sie ihm, in ihrer letzten Nacht die sie sich gesehen haben, noch mehr als deutlich gesagt hat, dass es nur einmal zwischen ihnen zu einer solchen Nähe kommen darf, fährt er zu dem Haus, in dem er Aurora mehr als einmal hat verschwinden sehen.

Es gibt keine richtigen Türklingeln, also bleibt ihm nichts anderes übrig, als unten an der erstbesten Tür zu klopfen. Eine ältere Dame macht ihm verschlafen auf und sieht ihn erschrocken an. Sicherlich nicht das Schönste, mitten in der Nacht von einem Anführer der Los Natos aus den Bett geholt zu werden, doch sie ist soweit gefasst, dass sie ihm sagen kann, wo die Frau mit den dunklen Locken und einer kleinen Tochter wohnt. Gabriel geht in den dritten Stock und lauscht an der Tür. Er hört einen Fernseher.

Es ist seine letzte Chance umzukehren und aus dem Leben von Elena und Aurora zu verschwinden, zu akzeptieren, dass sie ihn nicht in ihrem Leben haben möchte. Doch die Erinnerung an ihren Kuss und wie schnell ihr Herz bei seinen Berührungen geschlagen hat, lässt ihn an die Holztür klopfen.

Erst tut sich nichts und er klopft noch lauter, dann hört er Elena. Er versteht nicht ihre Worte, doch er erkennt ihre Stimme. Es ist viel zu spät für sie, als sich dann schwere Schritte der Tür nähern, weiß Gabriel, dass dieser Ricky da ist. Die Tür wird nur einen kleinen Spalt geöffnet, und das halbe Gesicht des Mannes erscheint. Sobald er auf Gabriel blickt, wird er wütend. »Wo ist Aurora?« Der Mann macht die Tür wieder zu. »Nicht da!« Gabriel will gerade noch einmal klopfen, da scheint Elena zur Tür gerannt zu kommen. »Gabriel, er hat Mama ...« Noch nie hat er ein Kind so panisch gehört und als sie dann plötzlich verstummt, tritt Gabriel kräftig gegen die Tür.

Es braucht nicht viel, um die alte morsche Tür einzutreten, sie springt schon beim ersten Stoß auf. Gabriel steht plötzlich in einem heruntergekommen Flur. Ricky, der Elena den Mund zuhält und sie gerade wegtragen wollte, sieht erst zur Tür, dann zu Gabriel. »Du verfluchter ...«, weiter kommt er nicht. Gabriel nimmt ihm Elena aus dem Arm und schlägt zu. Der Mann ist älter, trotzdem rappelt er sich schnell wieder auf. Als Gabriel sich zu Elena dreht, um ihr zu sagen, sie soll weggehen, bekommt er einen Schlag in den Rücken.

Gabriel stöhnt laut auf. Er sieht nicht hin, was Ricky zum Schlagen benutzt hat, er entreißt es ihm und schlägt so lange zu, bis sich dieser ruhig unter ihm befindet. Blut kommt aus seinem Mund, doch er lacht trotzdem noch bitter auf, als er Gabriel in die Augen sieht. »Wozu gibst du dir solch eine Mühe, für so eine Hure? Sie wird dein Leben zerstören, so wie sie meines zerstört hat, und du kannst keine Dankbarkeit erwarten.« Auch wenn ihn diese Worte treffen, zieht er den Mann hoch, er stellt ihn vor die Haustür. »Verschwinde, du perverses Stück Scheiße und lass dich hier nicht mehr blicken!«

Erst nachdem er die Tür wieder zugeknallt hat, deren Schloss allerdings nicht einmal mehr richtig einrastet, dreht er sich um und sieht in Elenas erschrockene grüne Kinderaugen. »Wo ist deine Mama, Engel?« Elena schnieft und kommt zu ihm, Gabriel nimmt sie auf den Arm. »Er hat sie gehauen und dann eingesperrt, sie hat so lange geschrien, weil sie Angst um mich hatte, doch jetzt ist sie schon ganz lange still.« Sie zeigt zu einer Tür. Gabriel setzt die Kleine wieder ab, auf einem Tisch liegt ein Schlüssel, mit dem er die Tür öffnen kann.

Als er dann in den dunklen Raum sieht, gefriert sein Herz erneut. Aurora sitzt in einer Ecke, zitternd, als sie den Lichtstrahl sieht, blickt sie hoch und direkt in Gabriels Gesicht. Erst da scheint sie zu realisieren, dass Ricky weg ist und steht schnell auf. Dieses Mal hat Ricky nicht mehr darauf geachtet, ihren Körper zu schützen. Sie blutet an ihren Ellenbogen, ihre eine Wange ist gerötet, ansonsten scheint ihr nichts weiter zu fehlen. Aurora fällt ihm fast in die Arme und er hält sie fest, als er ihr Zittern spürt. »Er ist weg, alles ist in Ordnung.« Vor ein paar Stunden hat er das Gleiche auch seiner Schwester gesagt, doch es fühlt sich hier ganz anders an. Die Worte von Ricky hallen noch in Gabriels Kopf nach.

»Ich dachte, ich würde hier nicht mehr herauskommen, ich habe alles herausgefunden, ich dachte du würdest dich nie mehr … wo ist Elena?« Hinter Gabriel entdeckt sie ihre Tochter und nimmt sie in die Arme, doch noch schneller geht sie in die Küche und greift nach den nun auch schon Gabriel bekannten Medikamenten. Sie gibt der Kleinen schnell die letzten beiden und sieht erst dann wieder zu Gabriel. »Danke, dass du gekommen bist.« Gabriel nickt und setzt sich auf die Couch. Aurora zittert noch immer, sie nimmt eine kleine Tasche und stopft Sachen hinein.

»Wohin wollt ihr jetzt?« Elena setzt sich zu Gabriel und sieht ihrer Mutter zu. Jetzt, im besseren Licht, erkennt er noch ein paar mehr blaue Flecken. »Ich weiß es nicht, ich will einfach nur weg, weg von hier.« Ein Gefühl, was er nur zu gut verstehen kann. Er hat gerade das Gefühl, die Wände engen ihn ein, es war zu viel, was in letzter Zeit passiert ist. Trotz allem sieht er auf Aurora und weiß, dass er sie nicht gehen lassen will. Gabriel tritt zu ihr und nimmt ihr die Tasche ab. »Dann lasst uns von hier verschwinden.«

Einen Augenblick hält sie ein, sieht auf und in seine Augen. Was auch war oder kommen wird, er kann nicht so tun, als wäre sie ihm nicht wichtig. Gabriel küsst ihre Wangen und Aurora sieht ihm in die Augen. »Ich hätte niemals gedacht, dass du nach mir suchen wirst.« Gabriel lächelt, sie sieht müde aus, doch sie ist in seinen Augen einfach nur wunderschön. »Vielleicht habe ich selbst nicht daran geglaubt, aber jetzt bin ich hier, lass uns gehen.« Da Elena nach den Tabletten fast am Einschlafen ist, nimmt er sie auf seinen Arm. Sobald ihre Locken seinen Nacken kitzeln und er ihren gleichmäßigen Atem hört, fühlt er, dass sie schon tief in seinem Herzen ist. Er kann nur hoffen, dass sein Arzt etwas bewirken kann.

Aurora geht an eine Schublade und wühlt sie panisch durch. »Er hat alles Geld genommen, dieses verdammte Schwein.« Gabriel geht schon vor zur Tür. »Komm, Aurora.« Sie hört auf ihn. Bevor sie die Wohnung verlassen, küsst sie Elenas kleine Ärmchen. »Ich wollte nie, dass sie so etwas miterlebt.« Gabriel würde ihr gerne sagen, dass sie sich dann vor jemandem wie Ricky hätte fernhalten sollen, doch er unterdrückt es. Vorsichtig legt er Elena auf den Rücksitz. Als er losfährt, hat er schon sein Handy draußen und will bei Arturo anrufen, doch Aurora hält ihn ab.

»Ich muss zum B.B. die Medikamente von Elena sind alle, ich brauche dringend neue und sie müssen mir mein Gehalt geben.« Sie hält einige Rezepte hoch. Gabriel fährt nicht zum B.B., er hält vor einer Nachtapotheke und nimmt ihr die Rezepte aus der Hand. Gabriel bittet den Mann, ihm alle Medikamente doppelt zu geben, als er sieht wie teuer sie sind. Selbst mit ihrem Gehalt werden sie kaum für Aurora zu bezahlen sein. Es ist kein Wunder, dass sie nach jeder Möglichkeit sucht, noch zusätzlich etwas zu verdienen, selbst wenn das bedeutet, ihren Körper zu verkaufen.

Als er zurück zum Auto kommt, sich zu ihr setzt und ihr die Tränen in die Augen steigen, nachdem er ihr die Medikamente überreicht hat, merkt er das erste Mal, wie unangenehm ihr all das ist. Bisher dachte er immer, sie wäre eiskalt und berechnend, wenn es darum geht etwas zu bekommen. »Ich werde dir versuchen das Geld ...« Gabriel legt seinen Arm hinter ihren Sitz. »Wohin willst du?« Er möchte das jetzt nicht hören. »Ich weiß nicht, einfach weg, in eine andere Welt, in eine bessere Welt.«

Gabriel lehnt sich zurück und lässt den Motor starten, dann ruft er Arturo an. Er hat ein schlechtes Gewissen wegen Elisa, gleichzeitig weiß er, dass sie in den besten Händen ist und ihre Ruhe braucht. Als er Arturo sagt, dass er für ein paar Tage weg ist, bittet er ihn gleichzeitig, sofort anzurufen, wenn irgendetwas sein sollte. Arturo fragt ihn, ob alles in Ordnung ist und was er vorhat, doch Gabriel legt auf, nachdem er ihm versichert hat, dass es ihm gut geht.

Wie soll er ihm sagen, was er vorhat? Er weiß es nicht. Er hat die Frau bei sich im Auto, die für ihn der bisher größte Widerspruch ist, in allem. Sie ist an und für sich schon ein Widerspruch, doch auch, was seine Pläne für seine eigene Zukunft angeht, ist sie genau das Gegenteil von dem, was er immer wollte. Auf dem Rücksitz liegt ihre kranke Tochter, die ihm jetzt schon viel zu wichtig ist und trotz allem fühlt es sich richtig an, als er mit beiden San Sebastian verlässt.

Kapitel 14

Es ist ruhig, doch es ist eine angenehme Stille, es ist nicht die Stille, die Elisa die letzten Wochen in ihrem Haus ertragen musste. Sie hört das Lachen von Nando, er muss sich in einem Garten der anderen Häuser aufhalten. Olivia ist da, sie weiß, dass alle da sind und sie hier in Sicherheit ist, doch sie fühlt sich trotzdem leer und einsam. Es ist eine Kälte in ihr, die sie schon immer in sich getragen hat, von dem Tag an, als sie noch ganz jung Puerto Rico und ihre Familie verlassen hat. Doch jetzt, wo ihre Fassade, die sie immer so krampfhaft aufrecht erhalten wollte, eingestürzt ist, liegt diese Kälte in ihrem ganzen Körper, als wäre sie nun freigetreten worden, und nichts kann sie mehr vertreiben.

Toti war immer brutal. Sie hat ihn irgendwann sogar richtig gehasst, doch sie hätte niemals zugegeben, dass sie einen Fehler gemacht hat, niemals eingestanden, dass sie all ihr Glück von Anfang an nur vorgetäuscht hat. Nur das war der Grund, weshalb sie so lange bei diesem Mann geblieben ist. Natürlich hatte er andere Frauen, ihre Brüder haben nicht verstanden, warum sie das akzeptiert hat, sie haben nicht geahnt, dass es Elisa schlichtweg egal war.

Sie kann ihnen keinen Vorwurf machen, auch wenn sie in den Augen all ihrer Brüder gesehen hat, wie sehr sie sich selbst Vorwürfe machen. Keiner konnte wissen, wie sich der ruhige Toti, der er immer in Puerto Rico war, von dem brutalen Mistkerl unterscheidet, zu dem er in Italien wurde, sobald sie aus der Reichweite ihrer Familie waren. Er wusste nicht wer sie ist, als sie sich in Rom getroffen und eine Woche später geheiratet haben. Damals hatte sie einfach das Gefühl, er könnte die Kälte in ihr vertreiben, doch schnell hat sich gezeigt, dass er es nicht konnte.

Er hat ihre Familie gehasst, sie immer mehr von ihren Brüdern ferngehalten, sobald er wusste, wer diese waren. Von dem Geld ihrer Familia zu leben, damit hatte er allerdings nie Probleme. Sie wird den Tag niemals vergessen, als sie ihm gesagt hat, dass sie sich endgültig trennt.

Der Streit mit ihren Brüdern war der Anfang. Sie wusste, es muss sich etwas ändern, doch je mehr sie auf Toti Druck ausgeübt hat, sich endlich Arbeit zu suchen, desto fauler wurde er. Dass ihre Brüder ihnen kein Geld mehr geschickt haben, hat sich schnell bemerkbar gemacht, Elisa hat jeden Tag mehr gespürt, dass sie nur noch weg will aus diesem Haus. Nie war er so brutal zu ihr gewesen, wie an dem Tag, als sie ihm gesagt hat, sie wird ihn verlassen. Als Elisa wieder erwacht ist, lag sie in ihrem Ehebett, die Fenster waren mit Brettern zugehämmert, die Tür verschlossen, alles war dunkel und still.

Da fing es an, diese Stille und Dunkelheit, bis irgendwann die Tür aufging. Sie wird das Quietschen nie mehr aus ihrem Kopf bekommen. Von da an wünschte sie sich die Stille zurück, denn dieses Geräusch bedeutete Stunden der Qualen. Er vergewaltigte sie, da sie die letzten Jahre kaum mehr intim waren, hat er die plötzliche Macht über sie regelrecht genossen. Immer wieder ist er ausgerastet, wenn er gespürt hat, wie sehr er sie anekelt. Sie musste für ihn kochen und das Haus putzen, dann wieder zurück ins Schlafzimmer. Für Elisa ging es eine gefühlte Ewigkeit, bis auf einmal Arturo und Nathan dastanden.

Es klopft leise und sie kehrt aus ihren Gedanken in das Hier und Jetzt zurück. Elisa bleibt liegen, sieht weiter aus dem geöffneten Fenster, sie will nicht mehr reden. Olivia und Lina haben heute schon versucht sie davon zu überzeugen, dass alles wieder gut wird, doch sie will all das nicht mehr hören. Als dann die Tür aufgeht, weiß sie, es muss einer ihrer Brüder sein, jeder andere hätte es verstanden, dass sie nicht auf das Klopfen reagiert, ihre Brüder nicht.

Doch kaum dass die Person eintritt und die Tür hinter sich schließt, spürt Elisa, dass es keiner ihrer Brüder ist. Sie nimmt den Geruch des Menschen, der nicht hier sein sollte, auf und spürt seine mächtige Präsenz, die Wärme, die er ausstrahlt. Elisa schließt die Augen und hält die Tränen zurück. Wieso tut er das?

Ein Stuhl wird herangezogen und eine ihr viel zu vertraute Hand legt sich auf ihre Schultern. »Ich weiß, dass du nicht schläfst, sieh mich an.« Elisa wird sofort warm als sie seine Hand spürt, sie liegt wieder in ihrem Zimmer, wie oft war er früher hier gewesen, doch es ist nichts mehr wie damals, alles hat sich geändert.

»Komm schon, Elisa!« Sie dreht sich um und sieht in Alonzos dunkle Augen. Bei Gott, wie sehr sie es geliebt hat, ihm in die Augen zu sehen. Sein Gesicht wirkt wie versteinert, als er zu ihr hinabblickt. Er wirkt älter, auch wenn sie ihn das letzte Mal auf der Feier von Celina und Nando gesehen hat, doch schon ewig hat sie ihm nicht mehr so ins Gesicht gesehen. Sie hat es immer vermieden ihm zu nah zu kommen, einfach weil diese Nähe sie zu ersticken droht, wie in diesem Moment. Seine dunklen

Haare sind kürzer, er muss sie gerade geschnitten haben. Die Narbe auf seiner Stirn, die über seine rechte Augenbraue geht, hat er sich geholt, als er bei einem von Nandos Wutanfällen dazwischengegangen ist, in der Zeit, als Celina sich getrennt hatte. Er hat Nando das Leben gerettet, Alonzo und Nando haben schon immer alles füreinander getan.

Er sagt nichts. Als er die Hand ausstreckt, kann Elisa nicht einmal zurückschrecken, sie sehnt sich danach, doch sie flüstert ein ersticktes »Nein!« Ihre Tränen sind nicht mehr aufzuhalten. »Es tut mir so leid, wenn er nicht schon tot wäre, würde ich ihn sofort umbringen.« Alonzo streicht über ihre Wange, bei seinen Berührungen erinnert sie sich an früher, doch diese Zeit ist vorbei. »Wenn ich geahnt hätte, wie es dir geht ...« Elisa setzt sich mit ihrer allerletzten Kraft auf.

»Warum bist du gekommen, was ist, wenn Nando dich hier sieht?« Alonzo spürt wie kalt Elisa wird. »Er weiß, dass ich dich liebe, Elisa, es ist doch normal ...« Elisa unterbricht ihn, die Tränen können nicht stoppen, nicht bei all den Gefühlen, die sie überkommen. »Als Schwester, Alonzo, erinnerst du dich? Als Schwester! Geh zurück zu deiner Frau und deinem Kind.« Sie hört selbst, wie verletzt sie sich anhört, doch es wäre eh sinnlos das zu verbergen, er kennt sie gut genug. Er hört auf sie, doch bevor er das Zimmer verlässt, bleibt er stehen, ohne sich zu ihr umzuwenden.

»Du warst immer mein Herz, Elisa, das hat sich niemals geändert und es wird sich auch nie ändern!«

Sobald die Tür geschlossen ist, legt sich Elisa wieder ins Bett. Seine Worte hallen in ihrem Kopf, doch sie weiß, sie haben nichts zu bedeuten. Seine Taten haben bewiesen, dass seine Worte keinen Wert haben. Zwischen Alonzo und ihr war immer eine Bindung, sie haben schon von klein auf viel Zeit zusammen verbracht. Doch je älter sie wurden, desto mehr veränderte sich ihr Umgang. Ganz deutlich wurde es, als sie mit 14 mit einem Jungen aus ihrer Klasse im Kino war.

Ihre Brüder hatten sie gehen lassen und Elisa war so stolz. Der Junge war ihr gar nicht so wichtig, es war bedeutend, dass sie es geschafft hatte, ihre Brüder zu überzeugen sie gehen zu lassen. Plötzlich ging mitten im Film die Tür zum Kino auf. Elisa weiß es noch als wäre es gestern. Alonzo hat das gesamte Kino nach ihr abgesucht. Als er sie dann gefunden hatte, musste sie ihn davon abhalten, dem armen Kerl neben ihr seinen Arm auszureißen, der auf Elisas Schulter gelegt war.

Alonzo hat sie aus dem Saal genommen in den dämmrigen Kinoflur. Elisa war aufgebracht und hat ihn angeschrien was das soll, sie hatte ja die Erlaubnis ihrer Brüder. Alonzo konnte es nicht erklären, er war nie gut darin, seine Gefühle in Worte zu fassen, deswegen hat er sie einfach geküsst. Selbst heute noch muss Elisa lächeln, wenn sie daran denkt. Es war ihr erster Kuss und sie hat sich so wohl bei Alonzo gefühlt.

Er hat ihr gesagt, dass er aber etwas dagegen hat, wenn sie ausgeht. Elisa hat es nie wieder getan, sie hat Alonzo geliebt, mehr als alles andere. Sie haben sich nicht heimlich getroffen, das brauchten sie nicht, jeder wusste, sie würden zusammen Zeit verbringen. Er ist Nandos bester Freund und gehört fast auch schon zu den Anführern der Los Natos. Niemanden hat es gewundert, wenn er Nandos jüngere Schwester mit zum Strand genommen hat oder mit ihr etwas essen war. Sie waren nur vorsichtig, wenn sie sich geküsst haben oder sich ansonsten näher kamen.

Elisa weiß bis heute nicht, ob es so schlimm gewesen wäre, hätte Nando davon erfahren, doch Alonzo wollte das niemals. Es war für ihn wie ein Freundschaftsbruch, als würde er ihn verraten. Mehr als einmal hat er Elisa gesagt, sie sollten sich nicht mehr treffen, doch jedes Mal haben sie es nicht mehr ausgehalten und es ging weiter. Es war trotz allem unschuldig, Alonzo hat sich nicht gewagt, weiter zu gehen als sie zu küssen, auch wenn das sehr lange so ging.

Aber es war echt. Elisa wusste, dass er sie liebt und Alonzo wusste, dass Elisa alles für ihn getan hätte. Elisa war gerade 17 geworden, da wurde es immer schwerer. Langsam war es auffällig, wenn sie zuviel Zeit zusammen verbrachten. Es war ungewöhnlich, das Elisa kein Interesse an anderen Männern hatte und dass Alonzo, im Gegensatz zu ihren wilden Brüdern, allen Chicas widerstand. Doch Alonzo hat all das immer mehr gequält, er wollte die Los Natos und vor allem Nando nicht hintergehen.

Elisa wollte es ihnen sagen, das war ihr letzter großer Streit. Alonzo hat sie davon abgehalten, er hat ihr gestanden wie sehr er sie liebt und dass sich das niemals ändern wird, doch er kann das nicht, nicht für den Preis, Nando und die Los Natos zu verlieren. Sie hat ihn daraufhin mehrere Wochen nicht gesehen, durch Nando hat sie erfahren, dass er sich außerhalb der Stadt um einiges kümmerte. Elisa war zwar wütend, doch sie hat nie an ihm oder ihrer Liebe gezweifelt. Sie war sich so sicher, dass er bald wieder kommen, sie im Garten abfangen und lachend hinter einen Busch ziehen würde um sie zu küssen, ihr zu sagen, dass sie sein Herz und seine Liebe ist.

Alonzo kam wieder, diesen Tag wird sie niemals vergessen. Nando, Gabriel und einige andere waren im Garten, es war laut, deshalb ging Elisa zu ihnen, um zu sehen was los sei. Alonzo stand da, in seinen Armen hatte er eine hübsche junge Frau, etwas älter als sie und heller, doch sehr hübsch. Alles in Elisa zerfiel in tausend Stücke, als sie hörte wie Alonzo und die Frau verkündeten, dass sie heiraten werden und dass sie bereits ein Baby erwarten.

Keiner sah sie, sie stand hinter ihnen allen, keiner von ihnen hat gesehen, wie in diesem einen Moment ihre ganze Welt zusammengebrochen ist. Nur Alonzo hat sie entdeckt. In dem Moment, wo sich ihre Blicke trafen, wusste sie, dass es vorbei ist. Er hat alles beendet, so endgültig, dass es kein Zurück gab und so schmerzvoll, dass ihr die Luft zum Atmen fehlte.

In dieser Nacht ging Elisa weg, sie wollte niemals mehr zurückkehren nach Puerto Rico. Einige Wochen später traf sie Toti, und alles was sie wollte, war, Alonzo mit den gleichen Waffen Schmerz zuzufügen, wie er es getan hat. Sie hat Toti am gleichen Tag geheiratet wie er seine Frau. Als sie es Wochen danach ihrer Familie gebeichtet hat, nahm das Unglück seinen Lauf.

Elisa und Alonzo sind sich lange aus dem Weg gegangen, bis heute haben sie sich immer nur kurz wiedergesehen, niemals mehr hat sie ihm wirklich in die Augen gesehen, bis zum heutigen Abend. Sie kennt seine Frau, seinen Sohn Jason, er weiß nun die Wahrheit über ihre Ehe, doch niemals, nicht eine Sekunde, hat sie aufgehört ihn zu lieben. Er hat kein Recht, nach alldem zu ihr zu kommen und ihr zu sagen, dass er sie immer geliebt hat. Nicht nach allem was passiert ist, nicht nach allem was dadurch geschehen ist.

Gabriel nimmt sich etwas zu trinken und tritt von der Veranda auf den Strand. Er hat sie in das Strandhaus der Familie gebracht, wenn man einen Ort zum Abschalten braucht, ist man hier genau richtig. Elena haben sie aus dem Auto direkt ins Bett gebracht, sie hat zu fest geschlafen, doch Aurora steht direkt am Meer und blickt auf die Sterne. Ohne darüber nachzudenken umarmt Gabriel sie von hinten und legt sein Kinn an ihre Schulter.

»Es ist wunderschön hier.« Gabriel küsst ihre zarte Schulter. »Ja, ich mag es hier auch und wir haben unsere Ruhe, du kannst dir überlegen, wie es jetzt weitergehen soll.« Aurora atmet tief ein. Als sie sich dann zu ihm umdreht, weicht sie trotzdem keinen Schritt von ihm weg. Gabriel ist jedes Mal aufs neue fasziniert von ihrer Schönheit, er betrachtet ihr feines Gesicht, die weichen Gesichtszüge, ihre kleine Nase, die schönen Lippen. Ihre Haut ist wie dunkles Gold und ihre Augen funkeln grün, doch all diese Schönheit täuscht darüber hinweg, wie schlimm ihr Leben bisher war, sie ist innerlich vollkommen zerstört. Als sie jetzt zu ihm hochblickt, hat sie Tränen in den Augen.

Es verwirrt ihn immer noch, wenn er sie so schwach sieht, es stört ihn nicht, im Gegenteil, davor war sie zu taff und undurchdringbar. Er spürt, dass bei ihm langsam ihre schwer aufgebaute Fassade bröckelt und das freut ihn, trotzdem ist es nicht leicht sie so zu sehen. »Ich kann das nicht mehr!« Doch es ist keine Traurigkeit in ihren Augen, er erkennt richtige Panik. »Was kannst du nicht mehr?« Aurora fährt sich durch die Haare, die Panik nimmt zu, als könne sie selbst nicht glauben, was sie da sagt.

»Verstehst du nicht? Ich kann es nicht mehr, du hast alles verändert und das ist nicht gut. Nachdem ich bei Ricky war, brauchten wir dringend Geld wegen der Medikamente und ... er hat einen Mann geholt ...« Auch wenn sie durcheinander ist, will Gabriel sie stoppen, er will so etwas gar nicht hören, doch sie beginnt in dem Augenblick auf und ab zu laufen.

»Verstehst du, es ist wie ein Ritual bei mir, ich schalte meinen Körper ab, ich spüre nichts mehr, es ist mir egal was passiert. Doch als ich das tun wollte ... es hat nicht geklappt, ich habe alles gespürt, alles, mir wurde übel, ich musste an uns denken ... und ich konnte es einfach nicht tun.« Gabriel würde über diese Neuigkeit am liebsten laut loslachen, aber er sieht, wie es sie verängstigt. Sie ist seit ihrer Kindheit daran gewöhnt ihren Körper abzuschalten. Sie musste es tun, um all das Kranke, was ihr angetan wurde, zu überstehen. Und dass sie das jetzt nicht mehr kann, lässt sie in Panik verfallen.

Gabriel will sie bremsen, doch sie ist noch nicht fertig. »Ich wusste, Ricky würde ausflippen, dass ich den Kerl rausgeschmissen habe und ich wusste auch, ich muss etwas ändern, weil ich das alles so nicht mehr kann. Du hast dich aber auch nicht mehr gemeldet ... ich meine, das ist besser so. Du weißt ja, dass es nicht gut ist ... alles was so zwischen uns ... passiert oder nicht ...« Sie zeigt zwischen ihnen hin und her und sieht ihn fragend

130

an, als würde sie jetzt eine Antwort von ihm erwarten, dass er dem zustimmt. Gabriel denkt nicht im Traum daran, er verschränkt die Hände hinter seinem Rücken und sieht und hört ihrer aufgebrachten Schilderung der Situation zu, es fällt ihm schwer, dabei ernst zu bleiben.

»Das weißt du doch, oder Gabriel? ... Jedenfalls musste ich noch mit Elena ins Krankenhaus und habe dann alles erfahren. Ricky hat Elena niemals hochsetzen lassen auf der Liste, noch schlimmer, seinen angeblichen Freund gibt es gar nicht. Ich bin zurück zu ihm und da ist alles eskaliert, bis du gekommen bist. Weißt du, was das bedeutet? Weißt du, was das jetzt heißt?« Nun bleibt sie stehen, ihre Tränen laufen ihr die Wangen herunter. »Wenn nicht ein Wunder geschieht, kann niemand Elena retten, sie steht zu weit unten. Egal welche Medikamente sie bekommt, es ist keine dauerhafte Lösung. Und wenn sie stirbt? Was soll ich tun, wenn sie stirbt und ich kann nichts tun? Ich kann doch nicht einfach dabei sitzen und zugucken, es ist ...«

Gabriel geht zu ihr und nimmt sie fest in seine Arme, wo sie noch stärker anfängt zu weinen. Vielleicht ist es das erste Mal, dass sie all ihre Sorgen um Elena herauslassen kann, so fühlt es sich zumindest an. Als ihr Weinen nachlässt, küsst er ihre wilden Locken. Gabriel würde ihr gerne die Angst um Elena nehmen, doch das kann er nicht. Zum einen weiß er nicht, ob sein Arzt Erfolg hat und ihr jetzt noch einmal falsche Hoffnungen zu geben, wäre das Schlimmste, was er tun könnte. Zum anderen soll sie das, was sich gerade zwischen ihnen aufbaut, nicht nur deshalb weiterführen, weil sie glaubt, ihm etwas schuldig zu sein.

»Hör zu Aurora, Elena wird gesund, du darfst nicht immer alles nur schlecht sehen. Ich weiß, dass du bisher viel Schlechtes erlebt hast, doch dieser kleine wilde Engel dort drin ist etwas Gutes, etwas sehr Gutes in deinem Leben und sie wird es schaffen. Dein Leben verändert sich gerade, aber du darfst das jetzt nicht negativ sehen. Du hast gemerkt, dass Ricky dich belogen hat und du merkst, dass dein Körper und deine Gefühle nicht so tot sind wie du es geglaubt hast. Gib dem eine Chance, hör auf mit diesen ganzen schmutzigen Sachen um an Geld zu kommen, ich helfe dir ...«

Aurora unterbricht ihn sofort. »Nein, das will ich nicht. Wenn du mir Geld gibst oder mir hilfst, fühlt sich das zwischen uns nicht mehr so ehrlich und gut an wie es sollte.« Nun muss Gabriel lächeln, das erste Mal gibt sie zu, dass etwas zwischen ihnen ist. Wenn er ihr jetzt in die Augen sieht, ist es nicht nur etwas, sondern schon viel mehr, als sie beide vielleicht begreifen. »Von mir aus, trotzdem bin ich da. Du hast jetzt genug Medikamente um durchzuatmen, meine Familie will dich unbedingt für die Fabrik haben, und wenn du dort fest arbeitest, brauchst du den Job im B.B. nicht mehr.« Ihm ist klar, dass sie viel mehr Geld braucht, er hat die Preise der Medikamente jetzt selbst gesehen. Doch für die erste Zeit wird es gehen und dann sind sie vielleicht so weit, dass er ihr weiterhelfen kann.

Aurora nickt. »Überlege dir das alles in Ruhe, lass uns die Zeit hier jetzt einfach genießen und alles andere vergessen..« Er muss immer noch lächeln, als sie ihn jetzt verweint ansieht. Seine Hände umfassen ihr hübsches Gesicht. »Hab keine Angst vor den Gefühlen, es ist auch für mich anders, als ich es mir immer vorgestellt habe, doch lass es einfach zu, ok?« Als er sie küsst, zittern ihre Lippen immer noch, er muss ihr Zeit geben und darf sie nicht überfordern. Es ist für sie das allererste Mal, dass sie so etwas empfindet und er hat gerade gesehen, dass all das ihr Angst macht. »Lass uns schlafen gehen.«

Als Gabriel aus der Dusche kommt, kann er es nicht erwarten zu sehen, ob Aurora es wirklich zulässt, ihn an sich heranlässt, ohne sofort panisch alle Gefühle abzuwehren. Eigentlich geht er fest davon aus, dass sie sich zu Elena ins Zimmer gelegt hat, doch als er ins Schlafzimmer kommt, liegt sie bereits im Bett und sieht ihn aus müden Augen an. Gabriel hat nur eine Boxershorts an und als er sieht, dass sie nur ein Top und einen Slip trägt, muss er sich mehr als zusammenreißen, sich neben sie zu legen und sie einfach nur in seinen Armen zuhalten.

Sie ist eine Frau, die ihren Körper ohne jede Art von Reue oder Gefühl hergegeben hat, doch genau bei ihr muss er sich mehr zurücknehmen als bei allen anderen Frauen, die er bisher kannte. Als sich Gabriel seine Zukunft mit einer Frau vorgestellt hat, war es alles andere als das, was er gerade erlebt, doch selbst in seinen schönsten Vorstellungen hatte er nie solche Gefühle wie in dem Moment, als Aurora die Augen schließt, ihre Nase an seinen Hals vergräbt und einschläft.

Kapitel 15

Wieder träumt Gabriel nur wirres Zeug. Er sieht die blonde Frau, seine Brüder stehen auf der anderen Seite, jeder hat seine Frau in den Armen, Nathan hat Aylin im Arm. Neben ihm steht Aurora und küsst einen fremden Mann, während Elena auf seinem Arm ist. Arturo sieht ihn verachtend an. Gabriel spürt sofort, dass sie es wissen, sie haben herausgefunden, dass er nicht ihr richtiger Bruder ist. Arturo zeigt zu der blonden Frau auf der anderen Seite. Noch immer kann man ihr Gesicht nicht erkennen, denn sie hat den Kopf gesenkt.

»Es ist kein Wunder, dass du nicht so einen Engel wie wir abbekommen hast, dass dein ganzes Leben so schief läuft. Wie sollte es anders sein, wenn du selbst von der Hure unseres Vaters abstammst?«

Die Worte treffen ihn, auch wenn ihm bewusst ist, dass er schläft und es nur ein Traum ist. Vielleicht, weil sie sich so wahr anfühlen, er hätte doch eine Frau wie Aylin haben können, doch er musste sein Herz an jemanden wie Aurora verlieren. Wenn seine Brüder das mitbekommen, werden sie sehen, wie sehr er sich doch von ihnen unterscheidet. Langsam ist nicht nur der äußerliche Unterschied unverkennbar, sein Leben gerät immer mehr aus dem Gleichgewicht. Sie werden bald merken, dass er nicht wirklich zu ihnen gehört, nicht so wie er es sich immer gewünscht hat und nicht so wie sie immer dachten. Trotz all der Erkenntnisse dreht er sich zu Aurora um, zieht sie enger in seine Arme und schläft beruhigter noch fester ein.

»Da ist Wasssssssssser! Mamita, da ist ganz viel Wasser!!« Durch das Wippen ihrer Matratze öffnet Gabriel müde die Augen. Aurora neben ihm murmelt nur etwas und kuschelt sich wieder in die Decke, doch Elena steht über ihnen beiden und hüpft freudig auf und ab. Sie trägt nur eine Unterhose und ihre Locken sind zerzaust. »Mamita, ich habe gerade gesehen, dass da ganz viel Wasser ist.« Gabriel muss leise lachen. Elena strahlt über das ganze Gesicht, sie hat gestern zu tief geschlafen und nicht mitbekommen, wo sie hingefahren sind. Jetzt sieht sie ihn an. »Wir sind am Wasser, hast du das nicht gesehen?« Gabriel kann nicht anders als zu lächeln, wenn ihn dieser kleine Engel so verschlafen und aufgeregt ansieht.

Sie sieht aus, als hätte sie gerade das Wichtigste der Welt entdeckt. »Nein wirklich? Ich glaub dir das nicht!« Schon springt sie aus dem Bett und zieht an Gabriels Hand. Keine gute Idee, nun muss er aufstehen und der kleinen sturen Schönheit folgen, Aurora kuschelt sich noch mehr ins Bett hinein. »Doch wirklich, ich dachte ich träume, doch hab ich nicht. Ich habe meine Augen ganz viel gerieben und das Wasser war immer noch da. Komm, ich zeige es dir.« Elena zieht ihn zu der Terrasse, vor der sie aufgeregt zu hüpfen beginnt.

»Guck, ganz viel Wasser.« Gabriel öffnet die Terrassentür und schon ist der kleine Wirbelwind im Sand und rennt zum Meer. Da sie ein Privatgrundstück in der Bucht haben und niemand außer ihnen hier ist, lässt Gabriel sie in Unterhosen den Wellen nachrennen. Elena ist vorsichtig und läuft nur bis zu den Knien ins Wasser, dann kommt sie jedes Mal zurückgerannt. Gabriel sieht ihr eine Weile dabei zu und wird langsam wach, dann beordert er sie zurück ins Haus. Mittlerweile hat er mitbekommen, dass sie etwas essen und dann ihre Tabletten nehmen muss.

Die Haushälterinnen waren schon da, haben Frühstück vorbereitet und den Kühlschrank gefüllt. Nachdem Elena etwas Obst und ein Stück Baguette gegessen hat, gibt ihr Gabriel die zwei Tabletten, die sie mehrmals am Tag nehmen muss. Elena sitzt auf der Küchenanrichte, während Gabriel einen Kaffee trinkt und sich selbst etwas zu essen macht. »Wieso bist du so angemalt? Du warst dich doch gestern bestimmt waschen.« Sie zeigt auf seine Tattoos.

Gabriel lacht und erklärt ihr, dass die nicht wieder weggehen und was sie bedeuten. Elena sucht danach einen Kugelschreiber und möchte unbedingt auch ein Los Natos-Tattoo. Gerade als Gabriel ihr auf ihren kleinen Arm 'Los Natos' schreibt, kommt Aurora zu ihnen. Sie gibt Elena einen Kuss und sieht sich Gabriels Kunstwerk an, bevor sie sich auch einen Kaffee nimmt. Als Elena wieder zum Meer rennt, ermahnt Aurora sie, nur bis zu den Knien ins Wasser zu gehen.

Gabriel umarmt sie von hinten und küsst ihren Nacken, sie trägt nur eine kurze Shorts und ein Top. »Bekomme ich keinen Kuss?« Aurora wendet sich lächelnd um und gibt ihm einen kurzen Kuss auf den Mund. »Ich weiß nicht was Elena dazu sagt.« Gabriel legt den Kugelschreiber weg. »Sie gehört jetzt zu meiner Familia und da ich dort der Anführer bin, muss sie es akzeptieren.« Als Aurora ihre Arme um seinen Nacken schlingt, beginnt sein Herz schneller zu schlagen. Er hat sich verdammt noch mal schon voll und ganz in diese Frau verliebt. »Na wenn das so ist ...«

Ihre Lippen treffen sich, geküsst haben sie sich schon einige Male, aber dieser Kuss ist anders, Aurora schmiegt sich an ihn. Gabriel umfasst ihren Nacken, er könnte sie ewig so nah bei sich haben. Als sie den Kuss langsam lösen, legt sie ihre Stirn an seine. »Was machst du bloß mit mir?« Gabriel küsst ihre Wangen. »Jetzt erst einmal den Tag genießen, mach dir nicht immer so einen Kopf und lass einfach alles zu.«

Aurora geht zu Elena nach draußen. Gabriel ruft José an, um zu fragen, was mit Elisa ist. Sein jüngerer Bruder erzählt ihm, dass sich ihre Schwester immer noch in ihrem alten Kinderzimmer aufhält. Sie isst aber, allerdings redet sie auch mit Olivia nicht viel. José fragt, wo Gabriel sich aufhält, doch er ist noch nicht bereit zu erzählen, was zwischen ihm und Aurora ist, wo er selbst noch nicht weiß, wohin genau das alles führt. Alles was er sagt, ist, dass er morgen zurückkommt und sie ihn anrufen sollen, sollte irgendetwas mit Elisa sein. Dann legt er auf, er kennt José und weiß, dass der sonst keine Ruhe geben würde.

Elena spielt immer noch am Meer. Gabriel nimmt einen Teller Obst mit hinaus und setzt sich hinter Aurora in den Sand. Sie fragt, mit wem er telefoniert hat und Gabriel erzählt ihr die ganze Geschichte von Elisa. Es fühlt sich seltsam an, die Angelegenheiten ihrer Familie bleiben eigentlich immer unter ihnen, doch sie hat ihm auch alles anvertraut und er möchte sie nicht ausschließen. Vielleicht kann Aurora seine Schwester am besten verstehen, als sie nach seinen Erklärungen sagt, man müsse ihr Zeit geben.

Es ist schön, ruhig und einfach nur entspannt. Sie sitzen am Meer, Elena hat einige Decken und Kissen aus dem Haus geholt, als sie den Obstteller entdeckt und beschlossen hat Picknick zu machen. Sie holt Getränke und Süßigkeiten, dann beginnt sie an den Felsen herumzuklettern und entdeckt dabei viele bunte Fische. Aurora und Gabriel legen sich zurück und genießen die Ruhe. Sie beobachten Elena und Aurora erzählt ihm von ihrer Zeit als Baby.

Gabriel hat keine Kinder, aber er kennt Kinder gut genug, um schnell zu merken wie unruhig Elena ist. Sie springt herum, in einer Minute macht sie dies, in der nächsten ist sie woanders. Es scheint, alles wolle sie alles auf einmal und es ist kaum verwunderlich, dass sie, als es langsam Mittagszeit wird, sich müde zu ihnen auf die Decke legt. Gabriel streicht über ihre Haare. »Wieso spielst du nicht langsamer? Dann kannst du viel länger spielen.« Elena lächelt, dabei fallen ihre Augen langsam zu.

»Ich bin doch krank und vielleicht kann ich nicht mehr lange spielen, deswegen will ich so viel spielen wie ich nur kann.«

Aurora legt sich neben ihre Tochter und küsst ihre Stirn, bis sie eingeschlafen ist. Gabriel atmet tief ein, als er die beiden ansieht. So zu tun als würden sie ihm nichts bedeuten, wäre mittlerweile lächerlich. Er steht auf und hebt Elena vorsichtig hoch. »Ich bringe sie ins Bett, es wird zu heiß.« Nachdem er Elena ins Bett gelegt hat und zurück an den Strand kommt, sieht er erst wie heiß es wirklich wird. Aurora ist im Meer, sie hat ihre Shorts ausgezogen und trägt nur ihre Unterhose und das weiße Top. Sie geht auch zu den Felsen, auf denen vorhin Elena die vielen bunten Fische entdeckt hat, um sich auf einen der Felsen zu setzen.

Gabriel weiß, dass er sich jetzt sehr zurückhalten muss, um nicht sofort über sie herzufallen. Er versteht, wie sie Geld mit ihrem Körper verdienen konnte, er ist ein Traum. Doch wie auch der erste Kuss, den sie mit ihm geteilt hat, will er nicht einfach nur ein weiterer Mann für Aurora sein. Wenn er sie jetzt haben will, kann er das, doch er will mehr, er möchte, dass sie ihren Körper dabei nicht abstellt sondern ihn spürt, das zwischen ihnen spürt, das erste Mal Gefühle beim Sex hat. Das zu erreichen wird allerdings nicht so einfach werden.

Als Gabriel zu ihr an den Felsen tritt, sieht sie ihn lange schweigend an. »Weiß du, die ganze Zeit denke ich, dass wir es dir so schwer machen, mein Leben, Elena, das alles ...« Gabriel tritt an sie heran. Er versucht auszublenden, dass ihr Top nass ist und man ihre Brustwarzen sieht, wie ihre nassen Haare sich auf ihren Körper legen und sieht in ihre strahlend grünen Augen. »Ich liebe Herausforderungen!« Aurora haut ihm auf den Arm, stimmt aber in sein zufriedenes Lachen ein. »Du bist ganz schön von dir selbst überzeugt. Wer sagt denn überhaupt, dass du besser bist? Wieso sollte ich dich überhaupt wollen? Ich habe ein schlechtes Gewissen wegen meiner Vergangenheit, dabei denke ich nicht, dass gerade du sehr viel weniger Frauen hattest, oder?«

Gabriel kann nur noch grinsen, als sie den Spieß umdreht und schweigt, was Aurora noch mehr anstachelt. »Aha, und ich meine, dein Beruf ist ja nun auch nicht der beste, ich zumindest habe noch keinen Menschen getötet, ich weiß gar nicht, ob du überhaupt für meine Tochter und mich in Frage kommst!« Gabriel lacht, als Aurora aufsteht und gespielt hoch ihre hübsche Nase in den Himmel streckt. »Was muss ich denn machen, damit ich für dich in Frage komme?« Ganz unrecht hat sie mit ihrer Aussage nicht.

Aurora hat Spaß, das ist alles was zählt, ihr Lächeln im Gesicht ist echt, als sie sich ihm nähert. »Hmm, ich weiß nicht, vielleicht solltest du dir etwas einfallen lassen, sonst ...« Gabriel fährt mit seiner Hand ihren Hals entlang, er spürt die sich bildende Gänsehaut und bohrt sich mit seinen Augen in ihre. »Sonst? ...« Er küsst ihren Hals, stoppt an ihrem Ohr. »Muss ich das alles mit einer anderen Frau machen?« Gabriel küsst ihre Wange, ihr Kinn und Aurora schüttelt den Kopf. Sie rückt noch näher zu ihm, nun sitzt sie wieder auf den Felsen und Gabriel steht genau zwischen ihren Beinen, näher können sie sich nicht sein. »Nein, du sollst das mit keiner anderen Frau mehr machen.«

Aus ihrem Spaß wird plötzlich bitterer Ernst, als Aurora diesen Wunsch äußert. Sie zeigen dem jeweils anderen, dass es mehr zwischen ihnen ist als nur ein Flirt. Gabriel sieht ihr in die Augen, auch er ist ernst, seine nächsten Worte meint er von ganzem Herzen. »Das werde ich nicht und ich will nicht, dass dich jemals wieder ein anderer Mann anfasst.« Aurora küsst ihn als Ausdruck ihrer Zustimmung, Gabriel fallen Steinbrocken vom Herzen. Er spürt ihre Gefühle immer mehr, sie beginnt sich ihm zu öffnen. Seine Hände rutschen unter das nasse Top ihren Rücken entlang und er weiß, dass sie spürt wie viel Überwindung es ihn kostet, sie nicht sofort jetzt und hier zu nehmen.

Als er aber ihre Reaktion auf seine Berührungen spürt, wird er mutiger. Seine eine Hand fährt nach vorn und umfasst ihre Brust. Sie bäumt sich ihm entgegen, das könnte sie vielleicht spielen, hat es sicherlich so gelernt, doch dass ihre Brustwarze hart wird und sie bei seiner Berührung aufseufzt, kann sie nicht spielen, sie kann alles vortäuschen, aber nicht ihre körperlichen Reaktionen auf seine Berührungen. Gabriel geht weiter voran, er will sich nicht von ihren süßen Lippen trennen, doch er bahnt sich den Weg zu ihren Brüsten. Sie sind perfekt, natürlich perfekt, seine Hand reicht nicht aus, um sie vollkommen zu umfassen. Als er eine der Brüste in den Mund nimmt, krallt sich Aurora an seinem Arm fest.

Er sieht, wie sie sich auf die Lippen beißt um nicht zu stöhnen und küsst sie erneut auf den Mund. »Lass es zu, du brauchst keine Angst zu haben, ich werde dir niemals wehtun, lass dich fallen.« Er öffnet ihre Lippen, und als er ihre Brust weiter massiert, stöhnt sie in den Kuss hinein. Es gibt kein schöneres Geräusch für ihn. Als er sich jetzt wieder mit dem Mund ihren Brüsten widmet, lässt Aurora es zu. Sie legt den Kopf in den Nacken und schließt die Augen. Gabriel liebt den Geschmack ihrer Haut. Auch sie wird mutiger, umfasst seinen Arm, streicht über seinen Rücken. Und als ihre Lippen an seinem Hals entlangfahren, ist Gabriel derjenige, der eine Gänsehaut bekommt.

Ihre Küsse werden immer verlangender, Gabriel würde sie am liebsten jetzt und hier nehmen, doch er spürt auch, dass Aurora noch immer zu verkrampft ist. Wenn man bedenkt, dass sie ihren Körper sonst ohne mit der Wimper zu zucken hingegeben hat, weiß er nicht, ob er das positiv oder negativ auffassen soll. Gabriel nimmt sie auf den Arm und geht mit ihr ins Wasser, damit sie beide etwas herunterkommen, dabei lässt er nicht von ihren Lippen ab.

Erst als Aurora sich löst und noch einmal seine Wange küsst, beruhigt auch der Rest seines Körpers sich langsam wieder. »Ich habe das noch nie so ... es fühlt sich alles ganz anders an mit dir.« Gabriel lässt sie herunter, er steht selbst schon bis zur Hüfte im Wasser. »Vielleicht, weil es das erste Mal echt ist.« Aurora sieht aufs Meer hinaus. »Ich weiß nur nicht, ob ich das kann, diese Gefühle kenne ich nicht.« Gabriel hält ihr seine Hand hin. »Lass es zu, du musst mir einfach vertrauen.« Er zieht sie tiefer ins Wasser und sie schwimmen.

Irgendwann wird es ein richtiges Wettschwimmen, was Aurora lachend verliert. Danach will Gabriel den Grill anwerfen, was ihm nicht so leicht fällt und Aurora, die Salat und das Fleisch zubereitet, immer wieder loslachen lässt. Sie genießen den Tag. Als Elena wach wird, grillen sie, danach macht sich Gabriel mit ihr auf Krebsjagd, so wie er es früher immer mit seinen Brüdern gemacht hat. Sie sind den ganzen Tag draußen am Strand. Erst als es dunkel wird, sehen sie sich noch einen Film im Fernsehen an, bis Elena einschläft und Gabriel auch gegen die Müdigkeit ankämpfen muss.

Er wird erst wieder hellwach, als Aurora Elena ins Bett bringt und duschen geht, er selbst geht im anderen Badezimmer duschen. Als er nur daran denkt, wie sie gerade ebenfalls unter der Dusche steht, kann er seinen Körper nicht mehr unter Kontrolle halten. Er will ihr noch näher sein, morgen fahren sie zurück und er will, dass sie sich ihm komplett öffnet, nur so haben sie auch in San Sebastian eine wirkliche Chance.

Er fühlt sich viel zu eng in seiner Haut, als er danach ins Schlafzimmer kommt, sie ist noch nicht zurück. Gabriel lässt nur das Handtuch um seine Hüften und wartet. Es dauert, die Dusche ist schon lange aus und er könnte drauf wetten, dass Aurora mit sich selbst kämpft. Als sie dann endlich zu ihm kommt, trägt auch sie nur ein Handtuch. Er sieht in ihren Augen, dass sie weiß, was jetzt passiert, er sieht Neugierde, aber auch Angst.

Gabriel bewegt sich nicht vom Bett weg, er sieht sie nur an. Aurora kommt zu ihm. »Ich weiß nicht, ob das alles gut ist, aber ich weiß, dass ich jetzt schon zu viel für dich empfinde als noch zurück zu können.« Er hat nicht damit gerechnet, dass sie ihm so offen ihre Gefühle sagt. Das bringt seinen Entschluss ins Wanken, er sollte sie nicht überfordern, dass sie so etwas empfindet, macht ihr wirklich Angst. »Komm her!« Er nimmt ihre Hand, sie stellt sich zaghaft zwischen seine Beine und sieht zu ihm hinab.

»Wenn du nur halb so viel für mich empfindest wie ich für dich, gibt es auch kein Zurück mehr, du brauchst keine Angst zu haben dich fallen zu lassen, ich werde dich auffangen Aurora, vertrau mir einfach.« Sie nickt, ihre Hand geht an ihr Handtuch und lässt es auf den Boden fallen. Gabriel muss sich zusammennehmen, um nicht laut zu schlucken, sie ist wunderschön.

Es knistert zwischen ihnen, als sie sich auf seinen Schoß setzt. Gabriel küsst sie, seine Hände streichen ihre langen Haare weg und umfassen ihren festen Po. Er kann nicht genug von ihrem Anblick bekommen. Als sie sein Handtuch löst, kann er sich kaum noch beherrschen, doch das muss er.

Gabriel legt Aurora auf das Bett, er will ihr zeigen, zu was ihr Körper in der Lage ist, wenn sie es zulässt. Er hat schon mit vielen Frauen Sex gehabt, doch dass er genau bei ihr so vorsichtig sein muss, hätte er sich niemals vorgestellt. Gabriel lässt sich viel Zeit, hört auf ihren Atem, spürt, welche Berührungen ihr gefallen. Noch nie ist es ihm so schwer gefallen, weil er immer im Hinterkopf hat, wie vielen sie schon etwas vorgespielt hat. Er will das nicht, er will nur echte Gefühle. Als er sie an ihrer empfindlichsten Stelle verwöhnt, spürt er wie sie anfängt loszulassen, sie stöhnt und genießt, doch sie schafft es nicht, sich komplett fallen zu lassen.

Gabriel dringt in sie ein und sieht ihr in die Augen. Als er sich jetzt so mit ihr verbunden hat, spürt er, sie ist die Frau, die in sein Leben gehört.

Vielleicht hat er sie sich nie so vorgestellt, doch genau in diesem Moment weiß er, dass sie trotz allem genau das ist, was er immer wollte.

Aurora küsst ihn, als hätte sie seine Gedanken gelesen. »Lass los Schatz, lass es zu.« Gabriel spürt, wie Aurora sich bei seinen Bewegungen gegen die Gefühle wehrt, obwohl sie laut aufstöhnt. Er hält ihrem Blick stand und genau in dem Moment lässt sie los. Sie sieht ihm in die Augen und stöhnt laut auf, er spürt ihren zuckenden Unterleib und wie sie dieses ganz neue Gefühl auf sich wirken lässt, erst dann kann auch Gabriel loslassen und genau wie sie dieses Gefühl zulassen.

»Ich habe mir niemals vorgestellt, dass es sich so schön anfühlen kann.« Aurora ist noch richtig aufgedreht, als Gabriel sie matt im Arm hält. Gabriel hat es noch nie so viel Kraft gekostet, trotzdem war es das beste Gefühl, was er jemals hatte. »Na dann warte mal das nächste Mal ab.« Er muss grinsen, doch er hat sie nur angestachelt. Sie beißt sich auf die Lippen und küsst seinen Bauch entlang. »Wie lange muss ich darauf warten?« Gabriel will gerade eine freche Antwort geben, da erreichen ihre Lippen seine empfindliche Stelle und was sie dann macht, lässt ihn fast auffluchen, sie sieht selbst, dass sie keine Sekunde länger warten muss.

Am nächsten Morgen fahren sie zurück, Gabriel würde es am liebsten noch weiter hinausschieben, doch er muss zurück zu Elisa. Auch Elena ist enttäuscht, doch Gabriel verspricht ihr, dass sie bald wieder zum Strand fahren werden. Aurora ist wie ausgewechselt. Wenn er während der Fahrt nach ihrer Hand greift, lächelt sie. Trotzdem spürt er, dass in San Sebastian nichts so leicht sein wird wie in dem kleinen Paradies, wohin sie sich verkrochen haben. Aurora will erst einmal zurück in ihre Wohnung. Ihre Sachen sind da und Elenas Kindergarten.

Solange Ricky weg ist, kann Gabriel dagegen nichts sagen, auch wenn er sie am liebsten sofort mit in sein Haus nehmen würde, doch er versteht, dass sie sich nicht sofort von ihm abhängig machen möchte. Auch er muss seiner Familie erst einmal sagen, dass es jetzt da jemanden gibt, die sicherlich nicht so ist wie der Engel, den er ihnen allen immer beschrieben hat, doch dass sie ihm wichtig ist. Er hat keine Vorstellungen, wie das alles wird und wie die anderen reagieren werden, sein ungutes Gefühl nimmt immer mehr zu, je näher sie San Sebastian kommen.

Janine wühlt sich durch den Kleiderschrank, wenn sie sich nicht beeilt, kommt sie zu spät zur Uni. Auch wenn ihr Kleiderschrank hier, seit sie bei José wohnt, dreimal so groß ist wie der alte, braucht sie immer noch zu lange. »So gefällst du mir am besten.« Vertraute Arme legen sich um sie und José küsst ihre Schultern. Janine lacht und windet sich aus seinen Armen. »Nein, nein, wir wissen, wohin das führt und ich kann mir nicht noch mehr Fehlzeiten erlauben.« Sie zieht sich schnell ein Shirt über und rennt aus dem Raum, als ihr Herz sie lachend einfangen will. »Nein, ich weiß wirklich nicht, wohin das führt, zeige es mir.« Janine bindet sich einen Zopf während sie die Treppe hinuntereilt und sich einen Kaffee eingießt.

José bleibt auf den Treppen stehen. Als er herunterkommen will, zeigt Janine warnend mit dem Finger auf ihn. »Sonst muss ich wieder länger in der Uni bleiben und du wolltest mir heute endlich das neue Restaurant zeigen. Hast du Gabriel schon angerufen?« Nicht nur Janine, sie alle machen sich Sorgen um Josés Bruder. Er hat sich die letzten Wochen sehr verändert, von seinem Strahlegrinsen und seiner fröhlichen Art ist nicht mehr viel übrig und jetzt ist er auch noch einfach so verschwunden. Alles ist hier im Moment das reinste Chaos, sie muss nachher auch unbedingt nach Elisa sehen und Shannon ist immer noch völlig fertig wegen Javier.

»Nein, ich rufe ihn gleich an. Ich muss mit Arturo zu einem wichtigen Treffen, er soll mit Gabriel reden, vielleicht kriegt er ihn dazu, seinen Mund aufzumachen. Gabriel wollte heute zurückkommen, wo auch immer er war.« José knöpft sich die Hose zu. Als er sein Shirt anziehen will, kann Janine nicht fassen, dass all das ihr gehört, sie hat nicht geahnt, wie sehr man einen Menschen lieben kann. »Lass das oder du musst hierbleiben.« José spürt ihren Blick auf sich. Ihre geliebten Grübchen erscheinen auf seinen Wangen, als er gerade die erste Stufe herunterkommen will.

Janine muss lachen, doch genau in dem Augenblick wird es auf einmal laut auf der Straße, das Gebiet ist absolut sicher und überwacht, nur die engste Familia wohnt hier, Janine spürt sofort, dass etwas nicht stimmt. Schüsse fallen und Janine schreckt auf. José kommt schnell die Treppen heruntergerannt, doch noch bevor er unten ist, ertönt eine derart laute und starke Explosion, dass Janine zu Boden fällt. Die Scheiben zerbersten und sie schreit auf. José rennt zu ihr, hilft ihr auf und bringt sie ins Wohnzimmer. »Bleib hier!« Er rennt zurück in den Flur, immer noch ertönen Schüsse.

Als er nach seiner Waffe greift und zur Tür hinaus rennt, läuft Janine ihm hinterher. »José, Nein!!«

Kapitel 16

Gabriel sieht sich in der einfachen Wohnung um, es gefällt ihm gar nicht, dass Aurora und Elena erst einmal hier bleiben wollen. Sie haben extra die Nachbarn gefragt, Ricky war noch einmal hier, hat seine gesamten Sachen genommen und ist verschwunden. Trotzdem hat Gabriel kein gutes Gefühl. »Ich muss nach meiner Familie sehen, danach komme ich wieder her, wenn irgendetwas ist, ruf sofort an.«

Aurora lächelt und salutiert vor ihm. »Ay, ay, Sir! Sonst noch irgendwelche Wünsche?« Gabriel zieht sie an sich und Aurora schmiegt sich zufrieden an ihn. »Würdest du heute bei uns schlafen? Ich meine, das ist sicherlich nicht das, was du gewohnt bist, doch ich fand es schön … mit dir zusammen aufzuwachen.« Gabriel sieht, dass es ihr etwas unangenehm ist ihn danach zu fragen, sie kennt so etwas wie eine Beziehung nicht.

»Ich werde so oder so nicht mehr darauf verzichten, und solange du dich noch weigerst zu mir zu kommen, werde ich es mir eben hier gemütlich machen. Es gibt Schlimmeres. Ich meine das nicht böse, aber ich will, dass Elena und dir nichts passiert. Okay? Also melde dich wenn irgendetwas ist.« Eigentlich möchte er ihr nur einen kleinen Abschiedskuss geben, doch sie dehnen ihn aus, bis sein Handy klingelt. Dieser Kuss und wie schwer es ihm fällt sich von ihr zu trennen, zeigt ihm nun endgültig, dass er verloren ist, er ist vollkommen verrückt nach Aurora.

Gabriel sieht, dass es Arturo ist und geht noch nicht ran, er ruft gleich zurück. »Na los, geh schon zu deiner Familie.« Aurora gibt ihn frei, aber nicht, ohne ihm noch einen weiteren süßen Kuss zu geben. Als er aus der Wohnung will, sucht er noch nach Elena, die vor dem Kühlschrank steht und sich den letzten Joghurt nimmt, ansonsten ist der Kühlschrank so gut wie leer. »Komm her Engel.« Der kleine Lockenkopf hüpft fröhlich zu ihm und er geht in die Knie. Gabriel gibt ihr zwei Fünfziger-Scheine. »Wenn ich gegangen bin, gib die deiner Mama und sag ihr, dass du mit ihr einkaufen gehen willst, machst du das?« Sie nickt und sieht mit großen Augen auf das Geld. »Kann ich mir davon auch etwas zu spielen kaufen?« Gabriel küsst ihre Wangen und steht auf. »Wenn etwas übrig bleibt, natürlich, wenn nicht, kaufen wir morgen etwas zusammen, in Ordnung?« Sie nickt und Gabriel verlässt zufrieden die Wohnung.

Es hat gedauert und noch immer ist es nicht perfekt, doch vielleicht kehrt jetzt nach den turbulenten letzten Wochen endlich wieder etwas Ruhe ein. Auch wenn Aurora nicht der Engel ist, den er sich immer erträumt hat, ist sie bereits so tief in sein Herz eingedrungen, wie er es sich niemals vorstellen konnte, dass es so überhaupt möglich ist. Er fühlt sich endlich wieder gut.

Die Sonne brennt, Gabriel setzt seine Sonnenbrille auf und geht zu seinem Auto. Als er den Wagen startet, ruft er Arturo zurück, egal was er von ihm will, zuerst möchte Gabriel zu Elisa. Sofort als Arturo abhebt, spürt und hört Gabriel, dass etwas nicht stimmt. Es ist laut und Arturo ist vollkommen außer Puste. »Egal wo du bist, komm sofort her!« Mit diesen Worten legt sein älterer Brüder auf und Gabriel gibt fluchend Gas.

Kaum fährt er in die Nähe des Nato-Gebietes, schlägt sein Herz doppelt so schnell. Eine riesige Rauchwolke ist von oben auf dem Berg zu sehen, genau dort, wo die engste Familie wohnt. Gabriel rast den Hügel hinauf, die drei Männer, die immer als Wachen am Anfang des Gebietes sitzen, liegen erschossen auf dem Boden. Gabriel kann nicht fassen, was er da sieht. Er hält, springt aus dem Wagen und sieht nach, ob sie noch atmen, er kennt sie alle. Keiner atmet mehr, Gabriel schließt respektvoll Simos Augen, sie müssen überrascht worden sein.

Nun treibt ihn nur noch die Wut, er rennt zurück zum Wagen und rast weiter. Er sieht, wie viele von ihnen unterwegs sind, sie scheinen etwas zu suchen, alle haben die Waffen gezückt, doch Gabriel bleibt nicht stehen um nachzufragen, er will erst sehen, was bei ihren Häusern los ist. Beim zweiten Wachpunkt liegt nur ein Mann, und von da aus kann er sehen was los ist. Ein Auto steht mitten auf der Straße und brennt. Hohe Flammen schlagen daraus und immer wieder knallt es aus dem Wagen. Er muss explodiert sein, überall brennen Wrackstücke, auch in den Gärten sieht er überall brennende Teile.

Gabriel hält, keines ihrer Häuser brennt, auch wenn fast alle Fensterscheiben kaputt sind. Er springt aus dem Auto und nimmt seine Waffe. Er sieht Nathan vor Josés Haus stehen und gespannt zwischen den Häusern hin und hersehen. »Was ist los, wo sind die anderen?« Ein Schuss schlägt knapp zwischen ihnen ein und sie gehen hinter Gabriels Auto in Deckung. »Irgendwelche Wichser sind mit einer Autobombe hier rein, sie konnten zum Glück noch gestoppt werden, bevor sie zu nah an den Häusern waren, ein Mann und eine Frau sind gleich im Auto verkohlt.

Die Frau war nur eine Tarnung, um näher an die Wachen heranzukommen, es waren Männer auf dem Rücksitz und im Kofferraum versteckt. Zwei haben wir schon erledigt, zwei rennen hier noch herum und schießen. Sie versuchen abzuhauen, doch das Gebiet ist von unseren Leuten umzingelt.« Gabriel sieht gebannt auf die Straße, er sieht in die Richtung, aus der ein Schuss kam. »Wo sind die Frauen und die Kinder, wo sind die anderen?«

Nathan sieht immer noch von Haus zu Haus. »Alle sind da und in den Häusern. Sie verstecken sich, ich gucke, dass niemand in die Nähe der Häuser kommt. Arturo und José sind einem hinterher, der weiter in die Richtung gerannt ist, der andere muss sich hier irgendwo verstecken. Nando durchsucht die Gärten, um die Frauen mehr zu schützen. Keiner darf an sie heran.« Gabriel wartet keine Sekunde länger. Er rennt in Josés Garten und sieht nach, ob er etwas entdeckt. Als er Janine an einer Scheibe bemerkt, deutet er ihr an, sie soll sich ducken. Er sieht zwischen den Häusern nach und trifft im nächsten Garten auf Nando, der ihn weiter zu ihrem Elternhaus schickt.

Dort trifft er auf Alonzo, der das Haus bewacht, Gabriel schleicht sich zwischen den Häusern wieder in Richtung Straße, irgendwo müssen die Bastarde sich versteckt haben. Er sucht alles mit seinen Augen genau ab, es herrscht eine beängstigende Stille überall. Erst nach einigen Minuten entdeckt er dann zwischen zwei Häusern hinter einem Busch ein neongelbes Shirt. Gabriel konzentriert sich, er zielt auf das gelbe Etwas und flucht. Er kann nicht erkennen, ob es einer von ihren Leuten ist oder einer von den Männern, die sie angegriffen haben, er sieht durch den Busch nur das Gelbe und dass sich die Person hinhockt. Gabriel zielt, drückt aber nicht ab, er muss versuchen weiter heranzukommen.

Dann passiert alles ganz schnell, wie in einer grausamen Zeitlupe. Er hört eine Tür, Olivias Schreien und die kleinen Schritte von Cassandra, die panisch nach ihrem Vater ruft. Er sieht sie mitten auf die Straße rennen. Es sind Sekunden. Er sieht die Waffe aus dem Busch hervortreten, ein Mann, den er nicht kennt, steht auf. Gabriel zielt auf seinen Kopf und drückt ab, keine drei Sekunden später ertönt noch ein Schuss.

Gabriel schließt die Augen, er kann es nicht sehen, er will nicht sehen, ob er schnell genug war, doch er zwingt sich sie wieder zu öffnen. Noch immer hört man Olivias Schreie, er blickt zu dem Mann, der am Boden liegt, doch auch Cassandra liegt auf dem Boden. Im selben Moment erreichen Olivia und Nathan sie. Gabriel rennt ebenfalls los. Noch nie hat er so sehr Gott um Hilfe angefleht wie in diesem Moment.

Seine Gebete wurden erhört. Cassandra muss sich vor Schreck über die Schüsse auf den Boden gekauert haben, sie nehmen sie hoch und sehen sie von oben bis unten an, bevor sie sie erleichtert Olivia in den Arm drücken, die nur noch am Zittern ist, auch Gabriels Hand zittert. »Sie hatte solche Angst und hat der Haushälterin in den Arm gebissen, um zu ihrem Vater zu kommen, wir konnten nicht so schnell hinterher.«

Nathan flucht auf. »Gabriel, du verdammter Held, das war so knapp. Wenn du verfehlt hättest ... Deine Kugel hat ihn zuerst getroffen und somit die Flugrichtung seiner Kugel geändert, das war haarscharf.« Gabriel sieht sich um, noch immer keine Spur von den anderen. Er rennt schnell mit Olivia und Cassandra zu Nando, der auch gerade zu ihnen geeilt kommt und der bringt sie zu Lina ins Haus. Dann geht er zu dem Kerl, der tot auf dem Boden liegt, er sucht nach einem Ausweis, einem Zettel, doch er findet nichts. »Konnte einer von ihnen reden?« Nathan schüttelt den Kopf, genau in dem Moment kommen Arturo, José und einige andere Männer aus einer Hausnische. Sie haben einen Mann in ihrer Mitte, der sich kaum mehr auf den Beinen halten kann.

Als sie sehen, dass Gabriel sich um den Mann gekümmert hat, ist klar, dass nun alle geschnappt sind. Nathan berichtet, was mit Cassandra war, Arturo geht schnell zu Linas Haus. José durchsucht dem Mann in ihrer Mitte die Taschen, während dieser sich auf dem Boden krümmt. Er muss mehrere Schüsse abbekommen haben und es sieht nicht so aus, als würde er die nächste halbe Stunde überleben. Als José nichts findet außer einem Portmonee mit etwas Bargeld und dem Bild einer Frau, tritt er ihm in den Magen. »Mach endlich deinen Mund auf. Auch wenn du gleich erlöst bist, schwöre ich dir, werde ich die Frau finden und sie wird für dich büßen, solange sie atmet!«

Gabriel weiß, dass José so etwas nicht tun würde, da andere Familias aber nicht zögern, sich an Frauen zu vergreifen, glaubt ihm der Mann sofort. »Bitte, sie hat damit nichts zu tun, lasst sie in Ruhe.« José beugt sich zu ihm hinunter und zeigt auf die Häuser. »Hier überall sind unsere Frauen und Kinder und die haben damit auch nichts zu tun, aber das war euch egal, ihr habt sogar auf meine kleine Nichte geschossen. Also rede, wer hat euch geschickt, und ich erlöse dich und tue deiner Familie nichts.«

Der Mann verdreht die Augen, er spürt, dass er nicht mehr lange leben wird. »Augusto, wir sind von Augusto, er wollte sich rächen und so viele von euch beseitigen wie es geht, um euch zu schwächen. Er hat vor, die Macht über ganz San Sebastian zu bekommen. Wir sollten eigentlich nur die Bombe hochgehen lassen, wir würden für ihn und unsere Familia ...«, der Mann stöhnt schmerzvoll auf, Gabriel ist kurz davor zu explodieren, sie hätten den Mistkerl Augusto viel früher stoppen sollen, »sterben ... wir würden sterben, aber auf dem Weg haben wir überlegt, dass wir es auch schaffen können abzuhauen. Wir sind aus dem Auto gesprungen, bevor die Bombe hochging.« José steht auf und spuckt vor dem Mann, während Gabriel sich zu ihm hockt. »Wo ist Augusto jetzt?«

Der Mann stöhnt wieder schmerzvoll auf und hat die Augen halb geschlossen, er nennt ihnen aber noch die kleine Stadt, nicht mal zwei Autostunden von hier entfernt, in der er sich versteckt und wo die Finca liegt, in der er zur Zeit lebt. »Wenn ihr dahin fahrt, wird das euer Untergang sein. Ihr wisst nicht, wie viel Macht Augusto mittlerweile hat.« Arturo kommt wieder zu ihnen. Gabriel schüttelt den Kopf. »Augusto ist eine fiese Drecksratte, der ein Selbstmordkommando schickt statt selbst zu kommen, du wolltest doch für diesen Feigling sterben, möge Gott dir deine Sünden vergeben.« Gabriel erlöst ihn und sieht sich dann um. »Geht es allen gut?«

Arturo und Nando nicken »Sie sind alle unter Schock, doch keinem fehlt etwas.« Arturo atmet laut aus und umarmt Gabriel, niemand sagt ein Wort. Sie alle wissen, dass er ihm dankt, weil er Cassandra das Leben gerettet hat, doch das muss er nicht. Gabriel würde ohne zu zögern sein Leben für jeden von ihnen geben. Dann wendet sich Arturo an die gesamte Familia, mittlerweile sind alle zusammengekommen. Flaco legt den Arm um Gabriel und ihm wird bewusst, wie groß ihre Familia ist.

Arturo sieht sie alle an. »Alonzo, nehmt die Frauen und Kinder und bringt sie weg, bis all das hier beseitigt ist und wir wieder da sind. Bringt sie nicht getrennt weg, bringt sie alle zusammen zum Strandhaus, da ist es am sichersten und keiner weiß davon.« Es wird ihnen schwerfallen, die Frauen alleine zu lassen, doch sie wissen, dass jeder der Männer hier ihr Leben für sie geben würde, und sie als Anführer müssen diese Sache gemeinsam beenden. Alle.

Er zeigt auf fünf Männer, die sie begleiten sollen. Dann weist er den Rest der Männer an, hier für Ordnung zu sorgen, sie sollen alles noch einmal prüfen und dafür sorgen, dass die Toten hier weggeschafft werden und alles Zerstörte wieder hergerichtet wird. Die Männer sind nicht begeistert, alle wollen mit zu Augusto, erst als Arturo ihnen noch aufträgt dafür zu sorgen, dass es hier noch sicherer wird, dass Kameras am Eingang des Gebietes eingebaut werden sollen und ein Überwachungshaus, stimmen sie zu.

Ein Mann kommt und berichtet ihnen, wen es alles von ihnen erwischt hat, sie haben vier Männer verloren. Arturo wird sich um ihre Beerdigungen und um deren Familien kümmern, wenn er wieder da ist, sie alle sind tief getroffen worden.

Neben Arturo, Nando, Nathan, José und Gabriel begleiten sie zehn Männer zu Augusto, keiner von ihnen zögert eine Sekunde. Gabriel kann es nicht erwarten, endlich in das Gesicht des Mannes zu sehen, der für all das verantwortlich ist. Er steigt schon mit drei Männern in sein Auto, während die anderen noch schnell zu ihren Frauen gehen. Dann denkt Gabriel daran, dass es bei ihm ja nun auch jemanden gibt. 'Ich schaffe es heute nicht mehr, muss etwas Dringendes erledigen und melde mich morgen. Ruf an, wenn etwas ist und pass auf dich auf'.

Auch wenn er weg ist, würde er sofort jemanden zu ihr schicken, sollte etwas sein. Sein Handy piepst keine Minute später. 'Mach ich, wir machen uns einen gemütlichen Chips und Popcorn-Abend. Pass du auch auf dich auf!' Gabriel muss trotz der chaotischen Situation lächeln und versteht langsam, was für ein Halt Olivia, Lina und Janine für seine Brüder sind. Am liebsten würde er ihr noch etwas schreiben, dass er sie vermisst oder was er fühlt, doch er steckt sein Handy weg. Er wird ihr das sagen, wenn er sie wiedersieht.

Als José sich dann neben ihn setzt, fahren sie los. Zwei Wagen folgen ihnen zu dem Mann, der es gewagt hat, sich gegen die Los Natos zu erheben. Die erste Zeit ist vollkommene Ruhe im Auto, sie fahren an dem Blut ihrer Männer vorbei, heraus aus dem Nato-Gebiet. Dieser Angriff war zu überraschend, zu heftig, um das alles sofort zu begreifen. Erst nachdem sie schon die Hälfte der Strecke gefahren sind, beginnen sich die Jungs noch einmal darüber zu unterhalten. José erzählt, dass sie den Mann dabei erwischt haben, wie er sich in einer der Mülltonnen verstecken wollte.

Kurz bevor sie am Ziel sind, halten sie alle auf einem Parkplatz noch einmal. Sie besprechen ihr Vorgehen, sie alle kennen die kleine verschlafene Stadt am Meer, in der sich Augusto befindet. Sie sehen sich die Wege zu der Finca an und beschließen, sich in der Stadt zu trennen und auf beiden möglichen Wegen hinzufahren, sodass sie einen größeren Überraschungseffekt haben, als wenn sie hintereinander von einer Seite kommen würden.

Sie essen etwas, auch wenn keiner von ihnen wirklich Appetit hat und rufen Alonzo und die anderen an, um nachzufragen, ob alles in Ordnung ist. Nando flucht als er auflegt, es geht allen gut, doch die letzten Stunden liegen schwer bei allen im Magen. »Es war so knapp mit Cassandra, zehn Minuten vorher hat Lina mit Mateo die Straße überquert. Er wird es büßen, unserer Familie so nah gekommen zu sein.« Gabriel wirft sein angefangenes Sandwich den Straßenhunden zu, die hier auf Futter warten. Allein beim Gedanken daran, was alles hätte passieren können, dreht sich sein Magen um.

Sie sind vorsichtig, als sie in die Stadt einfahren. Nathan hat bei einem der Männer noch ein Handy gefunden, wo eine Nachricht von Augusto eingegangen war, ob alles gut läuft. Er hat zurückgeschrieben, dass sie noch etwas brauchen aber alles gut läuft, somit hat er ihnen Zeit verschafft, doch Augusto wird nicht so dumm sein und bald merken, dass etwas nicht stimmt, wenn er es nicht schon längst gemerkt hat. Als sie in die Stadt einfahren, sehen sie überall Männer, die zu Augusto gehören könnten. Da sie sich aber trennen, fallen ihre Autos nicht zu sehr auf.

Allerdings stellen sie fest, dass sie es nicht schaffen, unauffällig an Augusto heranzukommen. Sobald sie nur in die Nähe der Finca kommen, stehen überall Männer am Straßenrand, ausgestattet wie Soldaten. Was ihr Vorteil ist und was Augusto niemals bedacht hat, ist, dass es sie nicht interessiert. Sie sind keine Feiglinge und ihre Wut ist nach diesem Angriff so groß, dass sie ohne zu zögern halten und jeden der Männer beseitigen, der sich ihnen in den Weg stellt.

Sie arbeiten so schnell, dass kaum ein Schuss in ihre Richtung kommt. Je näher sie allerdings kommen, umso mehr Männer werden es. Sie können so weit zu der anderen Straße sehen, dass sie bemerken, den anderen, die von der anderen Seite kommen, geht es auch so. Sie haben keine Wahl und müssen das Auto stehen lassen.

Es gibt eine wilde Schießerei. Es sind zwar viele Männer von Augusto, ihre Ausbildung lässt allerdings sehr zu wünschen übrig, denn die Mauern und Häuser um sie herum werden sehr in Mitleidenschaft gezogen. Während ihre Kugeln fast immer treffen, verfehlen die Kugeln der anderen sie immer. Nun wird Gabriel klar, was der Mann gemeint hat, es wird nicht leicht an Augusto heranzukommen. Der Mistkerl muss so einen Schiss haben, dass er besser bewacht ist als der Präsident.

Sie werden zu lange aufgehalten, Augusto hat garantiert schon gemerkt, dass sie da sind. Er gibt José ein Zeichen und pfeift zu den anderen rüber. Nando nickt und als sie beide aus verschiedenen Richtungen zu der Finca rennen, geben die anderen ihnen Deckung. Trotzdem verfehlt sie eine Kugel nur knapp, doch Gabriel und Nando rennen weiter auf das Gebäude zu. Merkwürdigerweise kommen von dort keine Schüsse. Sie bleiben zusammen bei einem Baum stehen und atmen durch.

»Dann lass uns das Arschloch schnappen!« Nando geht vor, Gabriel durchsucht jeden Millimeter mit seinen Augen. Der Garten ist leer. Als er aber einen Ball entdeckt, deutet Gabriel darauf, damit Nando vorbereitet ist, dass Kinder im Haus sein könnten. Erst als sie die Terrassentür eintreten, wird geschossen. Gabriel duckt sich und erkennt einen Mann an einer Treppe, der auf sie schießt. Nando gibt Gabriel stumm ein Zeichen. Während Gabriel ihn von vorne in Schach hält, schleicht sich Nando an die Seite und schießt durch das Fenster, womit der Beschuss endet.

Sie betreten die Finca, überall hängen Bilder von einem vernarbten Mann mit Glatze, es tut fast schon weh den Mann anzusehen, er sieht aus wie ein entstelltes Monster, doch es gibt keinen Zweifel, dass es Augusto ist. Eine Kugel pfeift an ihnen vorbei. Sie ducken sich bei den Sesseln, dieses Mal geht es schneller die zwei Männer auszuschalten, die die Treppe heruntergekommen sind. Sie steigen über die Körper und gehen die Treppe hinauf. Es gibt mehrere Zimmer, drei stehen leer. Nur weil vielleicht Kinder da sind, schießen sie nicht in die bestehenden Verstecke, sondern sehen nach, was ihnen aber viel Zeit raubt.

Sie hören Tumult von unten und wollen gerade das Feuer eröffnen, als José und zwei ihrer Männer zu ihnen stoßen. Nun geht es schneller, José findet noch zwei Männer in der Küche, während sie weiter im oberen Stockwerk suchen. Als Gabriel die nächste Tür öffnet, findet er ein bildschönes Mädchen schwanger vor, einen kleinen Jungen an sich pressend. Gabriel flucht. Sie zittert und geht vor ihm auf die Knie, um ihn um Verschonung anzubetteln.

Nando tritt zu ihnen, nachdem Gabriel ihr versichert hat, dass ihr nichts passieren wird. Sie fragen wer sie ist. Als sie ihnen erklärt, sie wäre Augustos Frau, flucht Nando. Der Mann ist sicherlich schon über 50 und sieht aus wie ein Monster, das Mädchen ist nicht älter als 18 und bildschön.

Gabriel fragt die Frau wo Augusto ist und sie zuckt ängstlich die Schultern. Er hat ihr gesagt, sie sollen sich hier verstecken und ruhig sein. Als die Schießerei anfing, sei er weggegangen.

Genau in dem Moment hören sie das Geräusch eines Helikopters. »Wo lang geht es zum Dach?« Die Frau deutet in eine Richtung und Gabriel schließt die Tür, nachdem er ihnen gesagt hat, dass sie da drin bleiben sollen. Nando rennt vor, auch José ist schon auf dem Weg zum Dach. Augusto darf nicht entwischen. Sie rennen eine Treppe hoch und kommen genau auf das Dach, als Augusto dabei ist, über eine Leiter in den Helikopter zu klettern. Gabriel versucht ihn zu treffen, aber durch den Wind ist das unmöglich.

José und er versuchen es weiter, während Nando sein Shirt auszieht. Augusto ist fast im Helikopter und blickt noch einmal siegessicher zu ihnen. Er zeigt ihnen den Mittelfinger. Gabriel flucht, da merkt er, dass Nando sein T-Shirt angezündet hat. »Haltet das so hoch ihr könnt und gib mir deine Waffe.« Gabriel hat die Waffe mit den stärksten Kaliber, sie kann ohne Probleme dicke Türen durchbohren und ist äußerst selten. Noch hat er keine Ahnung was Nando plant, doch er gibt ihm die Waffe. José und er halten das brennende Shirt gestreckt in die Luft, wobei sie sich die Hände leicht verbrennen, bis Nando zielsicher abdrückt.

Durch die Wucht des Schusses wird das brennende Shirt mitgerissen und fliegt direkt in die Öffnung des Helikopters hinein, der gerade losfliegen will. Gabriel lacht, während Nando den Arm um ihn legt.

»Brenn, du Bastard!« Sie sehen, wie noch jemand versucht, das brennende Shirt wieder hinauszuwerfen, doch der Helikopter fängt in der nächsten Sekunde Feuer. Keine zwei Sekunden später explodiert er mit einem so lauten Knall, dass die Schüsse von der Straße aufhören, die noch immer angehalten haben. Die Brüder ducken sich, als Metallteile vom Himmel fallen. Eine Minute später sehen sie, dass nichts mehr übrig ist, einige Teile sind auf den Boden gefallen und brennen, doch nichts und niemand hat diese Explosion überlebt.

Gabriel steckt seine Waffe wieder ein, auch José atmet durch, während Nando sie angrinst. Sie sehen noch einmal zurück, bevor sie ins Haus gehen.

»Er hätte wissen sollen, dass sich niemand mit den Los Natos anlegt.«

Kapitel 17

Auf dem Weg zurück will trotz ihres Sieges keine gute Stimmung aufkommen. Sie haben vier Männer verloren, die Frauen und Kinder waren viel zu sehr in Gefahr, als dass sie das so einfach ignorieren können. Trotzdem sind sie etwas gelöster. Nachdem der Helikopter und somit auch Augusto explodiert sind, haben sie alle wenigstens etwas Genugtuung.

Die Männer von Augusto haben auch schnell die Waffen niedergelegt, nachdem sie einsehen mussten, dass es vorbei ist. Die Frau und den Sohn haben sie am Busbahnhof abgesetzt und ihr ein Ticket zurück zu ihrer Familie gekauft. Sie hat nicht getrauert um ihren Mann, sondern sich zwei Koffer voller Geld geschnappt und allen Schmuck, den sie finden konnte. Gabriel ist müde, es macht einen fertig, wenn das Adrenalin jedes Mal von null auf hundert geht und dann wieder zurückfährt.

José telefoniert erst einmal mit Alonzo. Den Frauen geht es gut, und wenn sie in San Sebastian alles geklärt haben, werden seine Brüder sie dort abholen. Er will auch nur noch zu Aurora und schlafen, doch zuerst fragen sie nach, was in San Sebastian los ist. Die Männer, die sich dort um alles gekümmert haben, sind gerade zum größten Teil alle auf dem Weg ins B.B., um sich die Kante zu geben. Gabriel kann sie voll und ganz verstehen. Nach so einem Tag kann er auch ein paar Gläser Hochprozentigen gebrauchen.

Als sie zum Tanken halten, sprechen sie mit Arturo ab, dass sie alle ins B.B. fahren, sie müssen sich noch genau überlegen, was für neue Sicherheitsvorkehrungen sie treffen, so etwas darf niemals wieder passieren. Zudem müssen sie sich um die Männer kümmern, die sie verloren haben. Gabriel kannte sie alle gut, doch Simo war ein besonders guter Freund von ihm. Erst vor ein paar Tagen hat er ihm im Vertrauen erzählt, dass er eine gute Frau kennengelernt hat. Eine junge Lehrerin, die an einer Grundschule arbeitet. Simo hat sich den Kopf zerbrochen, wie er ihr erklären soll, was er macht, zu wem er gehört.

Gabriel fühlt eine Kälte in sich aufkommen, als er daran denkt, dass er dazu nicht mehr kommen wird. Sie haben sie gerächt, doch es fühlt sich trotzdem nicht besser an. Während die anderen diskutieren, was sie Neues besorgen sollten, kann Gabriel nur an ein kaltes Glas Wodka denken, um den Schmerz in sich zu betäuben und dann die Frau im Arm zu halten, die für ihn jetzt schon etwas ist, wohin er sich zurückziehen kann und sich wohlfühlt, am liebsten würde er direkt zu ihrer Wohnung fahren, doch er begleitet die anderen ins B.B.

Elisa sieht in den Sternenhimmel. Sie war ewig nicht mehr hier und hat vergessen, wie wunderschön es an diesem Ort ist. Gerade haben sie den Anruf bekommen, dass ihre Brüder und die anderen auf dem Weg zurück sind, sie haben diesen Augusto ausgeschaltet, es droht ihnen somit keine Gefahr mehr. Den anderen Frauen ist ein Stein vom Herzen gefallen, sie haben gegessen, und nun haben sich fast alle schlafen gelegt.

Elisa hat sich erschrocken, als es die Explosion gab, doch sie hatte keine Angst. Sie hat sich nicht gefürchtet, als ihre Brüder auf der Straße geschossen haben, und sie hatte auch keinen Zweifel daran, dass sie sich rächen werden. Sie hat den ganzen Weg bis hierher im Auto geweint, so wie auch Lina neben ihr. Das erste Mal hat Elisa dann nach ihrer Hand gegriffen. Sie wird nicht vergessen, wie sehr Nando in dem Jahr der Trennung gelitten hat, doch sie weiß, dass er jetzt glücklich ist und wird versuchen es Lina zu verzeihen.

Es hat ihr damals das Herz zerrissen, als sie Nando gesehen hat, seine Augen waren leer, er war nur noch eine Hülle, ein Roboter, bis sie ihn von allen anderen weggezogen hat und er ihr alles erzählt hat. Sie hat in jeder Sekunde gemerkt, wie sehr ihn diese Trennung quält. Er war verzweifelt. Sie hatte nie Angst um einen ihrer Brüder, sie ist mit alldem aufgewachsen, doch das erste Mal hatte sie da Angst um Nando. Sie hatte Angst, dass er bewusst einen Fehler macht, um sein Leben zu beenden, und diese Angst hat sie wahnsinnig gemacht.

Als sie dann gehört hat, dass die beiden wieder zusammen sind, konnte sie das nicht gutheißen. Doch jetzt langsam hat sie begriffen, dass auch Lina ohne Nando nur noch eine leere Hülle ist und die beiden sich einfach brauchen. Mit Mateo ist das jetzt noch fester geworden, Elisa wird sich dem nicht mehr in den Weg stellen.

Im Auto haben sie sich stillschweigend angenähert. Lina hat ihre Hand dankbar zurückgedrückt. Elisa hat die aus ihren Reihen verstorbenen Männer gut gekannt, sie musste deshalb weinen, nicht aus Angst und Sorgen, wie es Janine, Olivia und Lina gemacht haben. Doch dann hat sie aufgehört, sie weiß ja, es gehört dazu, sie ist damit groß geworden.

Keine der Frauen ihrer Brüder kann ihre Angst abstellen, merkt Elisa. Selbst Olivia, die schon lange an Arturos Seite ist, kann das noch nicht, doch Elisa kennt es nicht anders. Sie ist so aufgewachsen, sie weiß, wie ihre Brüder arbeiten und wie sie in bestimmten Situationen reagieren müssen. Ihr ist bewusst, dass zu ihrem Leben der Tod dazugehört. Sie war vielleicht zehn, als sie das erste Mal mitansehen musste, wie ihr Vater jemanden erschossen hat.

Sie waren auf einer Geburtstagsfeier. Wenn Elisas Erinnerungen richtig sind, war es Arturos Geburtstag, den sie in einem Restaurant mit vielen Freunden gefeiert haben. Ihr Vater war auch da, irgendwann sind zwei Männer hereingekommen. Elisa hat sofort gemerkt, dass ihr Vater böse war, er hat die Männer aus dem Lokal in den Hinterhof gezogen. Arturo sollte mitkommen und Elisa war neugierig. Sie erinnert sich noch genau, wie ihr Vater und sein Freund sich vor die Männer gestellt haben, Arturo in der Mitte.

Ihr Vater hat seinem Sohn erklärt, dass er sich bald zusammen mit seinen Brüdern um die Geschäfte kümmern muss. Er hat Arturo erzählt, die Männer hätten ihre Familia um mehrere Tausend Dollar betrogen und ihretwegen wurde ihnen viel Ware gestohlen. Elisa hat nicht geschrien, als ihr Vater und sein Freund die Männer dann erschossen und Arturo so gezeigt haben, wie er damit umgehen soll, wenn jemand ihre Familie angreift. Von dem Moment an wusste Elisa, dass es dazu gehört, dass dies ihr Leben ist.

Ihr ist klar, wie mächtig ihre Brüder sind, wie viel ihr Name bedeutet und dass sie für die Familia sterben würden, deswegen hatte sie auch niemals Angst um sie. Sie kennt es nicht anders.

Elisa atmet durch, sie geht ans Meer, obwohl es schon so dunkel ist und man kaum noch etwas erkennt. Zwei Jahre vor dem Unfall ihrer Eltern hat ihr Vater das Haus gekauft, für ihre Mutter, weil sie das Meer so geliebt hat. Elisa durfte dann manchmal mit ihren Brüdern hierherkommen. Sie muss lächeln, als sie jetzt auf das dunkle Meer hinaussieht. Gabriel und José haben ihr immer Horrorgeschichten erzählt, was sich nachts für Ungeheuer im dunklen Meer herumtreiben würden.

»Du solltest auch schlafen gehen!« Ihre Gedanken werden unterbrochen, als Alonzo sich hinter ihr aufbaut. Sie hat ihn seit seinem Besuch in ihrem Zimmer wieder aus ihren Gedanken vertrieben, das hat sie mit den Jahren gut gelernt. Sie hat ihn gesehen und dass er auf das Haus aufgepasst hat, in dem sie war. Auf der Fahrt hierher ist sie extra nicht zu ihm ins Auto gestiegen und ist ihm auch so bisher gut aus dem Weg gegangen. Doch nun steht er hinter ihr und will es offenbar nicht akzeptieren, dass sie seine Nähe nicht ertragen kann. »Ich bin nicht müde!«

Elisa geht einfach weiter den Strand entlang. Auch sie haben eine gemeinsame Erinnerung hier. Sie waren zusammen hier, er mit Nando und José, sie mit ihrer damals besten Freundin. Mitten in der Nacht haben sie sich am Strand getroffen, als sie sicher waren, dass alle anderen schlafen. Sie haben zwischen den Felsen ein schönes Versteck gefunden und sich dort die halbe Nacht in den Armen gehalten. Es waren die schönsten Stunden, an die sie sich erinnern kann.

Als sie spürt, dass Alonzo hinter ihr herkommt, reicht es ihr, sie wirbelt zu ihm um. »Kannst du mir mal bitte sagen, was das soll? Wieso kannst du mich jetzt nicht in Ruhe lassen, so wie all die Jahre davor, geh mir einfach weiter aus dem Weg!« Sie ist selbst erstaunt, wie scharf das aus ihrem Mund kam, doch die Wut, die sie jahrelang in sich getragen hat, ist mit voller Wucht zurückgekehrt. »Ich hasse dich, Alonzo!« Seit sie zurück ist, hat sie noch nicht so viel gesagt wie das, was sie ihm jetzt voller Hass an den Kopf wirft. Er steht vor ihr, stark und unerschütterlich wie immer. Seine dunklen Augen ruhen auf ihr, seine dunkle Haut schimmert im Mondlicht, doch er wirkt so kalt und unnahbar wie die letzten Jahre. Würde sein Brustkorb sich nicht heben und senken, könnte man denken, er atmet nicht.

Plötzlich reagiert er, doch ganz anders als Elisa es gehofft hatte. Anstatt wegzugehen zieht er sie am Arm die paar Schritte bis hinüber zu den Felsen, wo er sie hinter einen stellt, sodass man sie unmöglich vom Haus aus sehen kann. »Du solltest mich hassen, weil ich damals so dumm war und alles kaputt gemacht habe. Ich hasse mich selbst dafür, dass ich nicht zu uns gestanden habe, auch wenn ich immer noch denke, dass es richtig war. Ich habe es jeden verdammten Tag gehasst ohne dich zu sein und dass du bei diesem Dreckskerl bist.

Dass du meinetwegen zu so einem Mann gekommen bist und jetzt, wo ich weiß was er dir angetan hat, hasse ich mich noch mehr dafür. Doch egal wie oft du es sagst, Elisa, wie sehr du vielleicht selbst daran glaubst, erzähle mir nicht, dass du mich hasst, wenn deine Augen mir immer, in jeder Sekunde in der ich hineinsehe, sagen, wie sehr du mich noch immer liebst. Dass du, genau wie ich dich, niemals aufgehört hast mich zu lieben. Von mir aus geh mir aus dem Weg, mach was du für richtig hältst, ich nehme alle Schuld auf mich, doch halte mich nicht für dumm.«

Elisa hat schon bei den ersten Worten angefangen zu weinen, es war niemals so, dass sie wirklich geglaubt hat, sie bedeute ihm nichts. Sie hat es sich immer wieder eingeredet mit der Gewissheit, dass es nicht so ist, jetzt diese Worte aus seinem Mund zu hören, trifft sie trotz allem viel zu sehr. »Hör auf damit, guapita, du weißt, dass ich das hasse.« Die Hände, die sie so sehr liebt, wischen ihre Tränen weg, als könne er gar nicht anders, küssen die weichen Lippen die ihr erster Kuss waren, die immer in ihr Herz getroffen haben, über ihre nassen Wangen.

Es ist als verlieren sie die Kontrolle, es fühlt sich viel zu vertraut und gut an, als sich ihre Lippen wieder vereinen, als hätten sie sich niemals getrennt. Elisa seufzt auf, ihre Hände krallen sich an seine Brust, und Alonzo drückt sie so eng es geht an sich, als sie sich wieder so nah spüren. In dem Moment spürt sie, was ihr Herz die ganze Zeit wusste. Niemals, nicht eine Sekunde hat sie aufgehört ihn zu lieben. Sie trennen sich für Millisekunden, Alonzo kommt nur dazu, ihr zu flüstern wie sehr er sie liebt, bevor sie sich erneut wiederfinden.

Doch dann ist Elisa wieder da, in Sekundenschnelle ist sie wieder in die Realität zurück katapultiert, als Alonzos Hand ihre Wange streichelt und sie seinen Ehering spürt.

Mit ihrer letzten Kraft drückt sie ihn weg und weicht aus seinen Armen, was ihr fast schon wehtut, es fühlt sich so gut an, wieder bei ihm zu sein. Bevor sie zurück zum Haus geht, dreht sie sich noch einmal um und deutet auf seinen Ehering. »Komm zurück in die Realität, du hast alles zerstört, also wage es nicht mir noch einmal zu sagen, du würdest mich lieben!«

Gabriel und die anderen Männer halten spät vor dem B.B., doch der Parkplatz ist voll. Als sie in den VIP-Bereich treten, setzen sie sich gleich an ihre Tische, wo sich schon viele versammelt haben, die hiergeblieben sind. Während sie ihnen erzählen, was genau alles passiert ist, bestellen sie

Getränke. Gabriel schaltet alles für einen Augenblick aus, als er seinen Drink bekommt. Mit einem Zug trinkt er das Glas leer und bestellt sofort noch einen, er kann das jetzt mehr als gebrauchen. Die Männer erzählen ihnen, dass sie Simo und die anderen zu ihrem Arzt gebracht haben. Sie waren bei den Familien, übermorgen sind die Beerdigungen. Gabriel wird morgen selbst noch einmal zu allen Familien gehen, sie alle wissen, was für ein Risiko sie eingehen, wenn sie in der Familia sind, trotzdem trifft es jeden hier, wenn es wirklich mal jemanden von ihnen erwischt.

Gabriel trinkt noch ein Glas leer und schreibt Aurora eine Nachricht, dass er bald zu ihr kommen wird. Wahrscheinlich schläft sie schon längst, aber er wird sie schon wach bekommen. Im selben Augenblick, wo er auf ihre Antwort wartet, überblickt er das B.B. und sieht, wie aus einem der Räume, in denen sich die Kellnerinnen, die mehr machen als nur zu bedienen, mit ihren Kunden zurückziehen, Aurora heraustritt. Gabriel steht auf, hinter ihr kommt ein Mann aus dem Raum, den er noch nie vorher gesehen hat und hält sie noch einmal am Arm zurück.

Gabriel würde sich am liebsten die Augen reiben, er kann nicht glauben, was er da sieht. Nach allem was sie hatten, kommt sie noch hierher und arbeitet weiter? Sie kann ihm nicht mehr erzählen, dass sie das Geld braucht, er hat sie für das Erste mit allem versorgt, sie kann morgen in der Fabrik arbeiten. Vor allem ist sie nicht nur als Kellnerin hier, sie hat mit dem Mann geschlafen, sie war in einem der Extraräume dafür. Gabriel sieht rot.

Ohne auf irgendetwas anderes zu achten, geht er zu den beiden. Aurora sieht ihn nicht, da sie noch immer mit dem Mann redet, der weiterhin ihren Arm in seiner Hand hält. Er hat sogar sein Jackett ausgezogen, Gabriel sieht, wie es noch im Zimmer über einem Stuhl hängt. Gabriel fühlt sich vollkommen verarscht. »Was ist los, wo willst du hin?« Er ignoriert Arturo, als er auf die beiden zugeht. Gabriel hat sich geirrt, er dachte wirklich, Aurora wäre von all dem wegzubekommen, doch als er sie jetzt lachen sieht, weiß er, das ist unmöglich. Sie macht es nicht, weil sie es muss, sondern einfach, weil sie es will.

Der Mann entdeckt ihn als Erster, Gabriel schaltet alles um sich herum aus, die ganze Wut, die er in sich trägt, entlädt sich. Erst als er die Hand des Mannes von Auroras Arm wegschlägt, bemerkt sie ihn. »Was zur Hölle tust du hier?« Gabriel ist außer sich und sieht in ihr erschrockenes Gesicht, als er sie anschreit. In dem Moment greift der Mann nach ihm, um ihn beiseite zu schieben. Gabriel kann sich nicht mehr zurückhalten. »Du solltest die Frau in ...« Weiter kommt der Mann nicht, Gabriel schlägt zu.

Es ist mehr als ein Blackout, Gabriel bekommt nichts mehr mit. Er schlägt den Mann in das Zimmer zurück, als dieser sich wehrt, rastet er noch mehr aus. Er hört von Weitem Aurora schreien, er bemerkt immer wieder Arme an sich, doch all das blendet er aus, alle in ihm gestaute Wut bricht aus ihm heraus. Der Mann fällt zu Boden und noch immer kann Gabriel nicht von ihm ablassen. Er sieht Bilder vor sich, wie Aurora mit diesem Mann schläft, nachdem sie gestern noch in seinen Armen lag.

Gabriel weiß nicht, wie lange sein Blackout angehalten hat, irgendwann wird er aus dem Zimmer und von dem Mann weggezerrt. Er steht im B.B. an der Bar und sieht, dass der gesamte Club da ist und ihn anstarrt. Arturo und Nando haben es am Ende geschafft, ihn aus dem Raum herauszubekommen. Gabriel bebt noch immer, er ignoriert seine Brüder und seine Männer, die sich alle um ihn versammelt haben und sieht vernichtend zu Aurora, die an der Bar steht und zittert. Trotzdem hat sie noch den Mut ihn anzugehen.

»Was soll das? Bist du verrückt geworden? Wieso hast du das gemacht?« Gabriel hat noch nie eine Frau geschlagen, doch das erste Mal in seinem Leben muss er sich wirklich zusammenreißen, um nicht handgreiflich gegenüber Aurora zu werden. Die Wahrheit, die er gerade erkannt hat, trifft ihn härter als alles andere, was sie hätte machen können. Er kann sich gerade so beherrschen, doch seine Wut muss raus, deswegen fegt er mit einem wütenden Schlag alle Gläser, alle Flaschen auf der Bar herunter. Es klirrt und scheppert und viele springen erschrocken zur Seite, nur Aurora starrt ihn unerschrocken an.

»Ob ich verrückt bin? Ja, das bin ich. Weißt du, was das Verrückteste ist? Dass ich so dumm war und mein Herz an eine Hure wie dich verloren habe.« Gabriel sieht sofort, diese Worte haben Aurora härter getroffen als jeder Schlag, den er ihr hätte geben können. Er war so laut, dass alle das mitbekommen haben, aber das ist Gabriel egal. Nando nimmt seinen Arm. »Das reicht jetzt, komm raus hier.« Gabriel war so außer Kontrolle, dass nicht einmal seine Brüder es geschafft haben ihn zu bremsen. Doch jetzt bringen sie ihn vor die Tür. Gabriel sieht, was für ein Chaos er angerichtet hat und dass viele in den Raum gehen, wo der Mann liegt, der einen Teil seiner Wut zu spüren bekommen hat. Es ist ihm egal, er ist immer noch auf 180 und reißt sich vor dem Club von seinen Brüdern los, die ihn im Auge behalten wie ein wildgewordenes Tier.

»Was sollte das, wieso machst du so einen Stress wegen so einer Frau, du hast den Mann da halb totgeschlagen?« Gabriel will nur noch weg hier und geht zu seinem Auto, ohne auf die anderen zu achten. Arturo hält ihn aber am Arm zurück und Gabriel dreht sich wütend zu ihnen um. Nando, Arturo, Nathan und José stehen ihm gegenüber. Gabriel lacht bitter auf, noch nie war der Unterschied zwischen ihnen allen deutlicher als in diesem Moment.

»Wieso? Weil ich sie liebe! Das könnt ihr aber nicht verstehen, ihr wollt es nicht sehen, oder? Ihr alle habt perfekte Engel an eurer Seite und ich liebe eine gottverdammte Nutte, habt ihr immer noch nicht begriffen, wieso ich so ticke? Dass ich nicht bin wie ihr? Dass mein Leben viel zu beschissen ist, als dass ich zu euch gehören könnte?« José unterbricht ihn. »Lass den Scheiß jetzt, Gabo und beruhige dich.« Doch er ist schon zu weit gegangen, ihm ist alles egal.

»Könnt ihr euch nicht denken dass ich nicht euer Bruder bin, so blind könnt ihr doch nicht sein? Wieso sollte genau ich an so eine Frau geraten, während ihr alle die Engel abbekommt? Weil meine Mutter nur die Hure von eurem Vater war und eure Mutter der Engel, der mich mit großgezogen hat, auch wenn eure Mutter daran gestorben ist. Also ist es doch ganz normal, dass ich genau das gleiche Los zu erwarten habe, ich habe niemals zu euch gehört und es wird Zeit, dass ich aufhöre so zu tun.«

Es ist so still, dass Gabriel seinen eigenen Atem hört, der viel zu schnell geht. Er kocht noch immer, José sieht zu Boden, während ihn die anderen drei einfach nur anstarren. Und da sieht er es, das, wovon er immer geträumt hat, die Blicke, die er von den anderen bekommt, nachdem sie die Wahrheit erfahren haben, das Abwertende in ihren Augen, die Distanz zwischen ihnen, die sich in wenigen Sekunden wie eine hässliche Mauer zwischen ihnen aufgebaut hat.

Gabriel lacht bitter auf, es waren keine Alpträume, es war das Wissen, dass es eines Tages so kommen wird, was ihn fast jede Nacht begleitet hat.

Er wendet sich ab, noch einmal tritt er gegen die Mülleimer, die sich ihm in den Weg stellen und sie fallen krachend zu Boden. »Scheiß auf alles, es war klar, dass es eines Tages so kommen wird!« Mit diesem Satz setzt er sich in sein Auto und rast davon, er atmet erst wieder aus, als er San

Sebastian hinter sich gelassen hat. Es war ihm wirklich klar, dass es eines Tages so kommen wird, er hat es immer gewusst. Und er hat viel zu lange so getan, als wäre er einer von ihnen. Heute wurde mehr als deutlich, dass er nicht zu ihnen gehört und auch niemals wirklich dazugehören wird.

Kapitel 18

Elisa verlässt ihr Elternhaus und sieht den Sonnenstrahlen entgegen. Ihre Straße ist leer, es herrscht eine eisige Stille. Das war niemals so, immer war jemand da, oder man hat es von irgendwoher lachen gehört, doch seit nun fast drei Wochen ist nichts mehr wie zuvor. Der Anschlag auf ihr Gebiet und dass Gabriel weg ist hat alles hier verändert. Sobald Elisa an ihren blonden kleinen Engel denkt, zieht sich alles in ihr zusammen. Nando hat ihr am nächsten Tag, als sie zum Strandhaus gekommen ist, alles erzählt.

Sie alle hat es sehr getroffen, was José ihnen erzählt hat. Sie, die Geschwister, haben sich danach mehrere Abende hintereinander bei Arturo im Garten zusammengesetzt. Sie konnten es nicht fassen, was ihr Vater für ein Doppelleben hatte, dass er ihre Mutter so verletzt hat und es diese andere Frau gab. Nur José wusste davon. Das erste Mal haben sie von dem Streit vor ihrem Unfall erfahren und das, seitdem Gabriel und er wissen, dass Gabriel das Kind ihres Vaters und der Frau aus Amerika ist und nicht das Kind ihres Vaters und ihrer Mutter.

Jeder von ihnen musste erst einmal mit diesen Neuigkeiten zurechtkommen, es hat sie alle schwer getroffen. José hat ihnen erzählt, er hatte das Gefühl, Gabriel hätte Angst davor, sie würden ihn nicht mehr als Bruder sehen, wenn sie das erfahren. Elisa hat angefangen zu weinen über solch einen Gedanken. Sie liebt Gabriel genau wie ihre anderen Brüder. Allein, dass er das denken konnte, hat sie fertig gemacht. Arturo, Nando und Nathan haben zu all dem erst einmal nichts gesagt, doch schon nach einer Woche haben sie angefangen, Gabriel zu suchen. Sie alle dachten, er würde zurückkommen, sobald er sich etwas beruhigt hat, doch das ist er nicht.

Er ist nun schon fast drei Wochen weg. Keiner weiß, wo er ist. Er hat nur einmal am ersten Tag einen größeren Betrag von seinem Konto abgehoben und dann nicht mehr. Sein Handy ist immer aus, sie haben keine Chance an ihn heranzukommen. Elisa weiß, dass ihre Brüder nicht müde werden Gabriel zu suchen, doch sie finden ihn nicht. Seitdem ist alles hier anders, nichts ist mehr wie davor. Wie konnte Gabriel denken, er gehöre nicht zu ihnen? Könnte er nur eine Sekunde spüren, was für ein Loch er hier hinterlassen hat, doch das kann er nicht, er ist gegangen und keiner weiß wohin und ob er jemals zurückkommen wird.

Sie sieht zu seinem Haus, wo eine Cola auf der Veranda steht. Gestern war sie noch nicht da, es hat jemand in der Nacht bei seinem Haus gesessen, was öfter passiert, doch das wird ihnen ihren verlorenen Bruder nicht zurückbringen. Elisa seufzt leise auf und bindet sich die Haare nach oben. Sie joggt die Straße entlang, immer die gleiche Stecke, bis hinunter zu dem Wachhäuschen, das neu gebaut wurde. Es sitzen jetzt keine Männer mehr am Straßenrand, die Einfahrt ist videoüberwacht und mit einer Schranke versehen. Dazu sind noch mehrere Kameras an anderen Teilen ihres Gebiets angebracht, und alles wird von hier aus kontrolliert.

Jetzt kommt wirklich keiner mehr rein oder raus. Milo und Flaco sitzen gerade vor den Monitoren und essen gemütlich Eis. Als Elisa hereinkommt, schütteln sie den Kopf. »Du sollst mehr essen und nicht noch weiter abnehmen.« Elisa nimmt Flaco sein Eis aus der Hand und beißt ab. »Es ist noch nicht einmal Mittag und ihr esst schon Eis?« Elisa weiß selbst, dass sie in der Zeit, in der sie von Toti gefangengehalten wurde, viel abgenommen hat. So langsam geht es ihr besser, sie muss lernen, mit der Vergangenheit abzuschließen und in die Zukunft zu blicken. Es tut ihr gut wieder hier zu sein. Nando hat ihr erklärt, dass sie ihre Muskeln wieder mehr beanspruchen muss und trainiert jetzt ab und zu mit ihr.

Generell kümmern sich alle Brüder und auch alle anderen viel zu viel um sie. Flaco schlägt sich auf seinen Bauch. »Wir können uns das leisten, Princesa.« Elisa lacht und zieht sein Shirt hoch. »Oh mein Gott, du hast ja einen richtigen Bauch bekommen.« Sie lacht los und sieht ein Auto zur Schranke kommen. Sie erkennt es sofort. Es ist Alonzo. Sie ist ihm so gut es geht aus dem Weg gegangen, auch wenn sie merkt, dass er oft versucht sie alleine zu sprechen, doch sie lässt es nicht zu, sie muss lernen mit ihrer Vergangenheit abzuschließen, dazu gehört auch er. »Ich kann dich immer noch in allem schlagen, Madame, also nicht so frech.«

Elisa weiß, dass einige Männer ihr hier versuchen schöne Augen zu machen, doch sie lässt es nicht zu, auch wenn sie dann jedes Mal Alonzos bösen Blick bemerkt und es ihr gut tut, diese Reaktion von ihm zu sehen. Bevor Alonzo das Wachhäuschen erreicht, steckt sie sich genüsslich Flacos Eis in den Mund. »Tust du nicht, du Lusche, ich tue dir hiermit einen Gefallen.« Sie lacht, zeigt aufs Eis und joggt schnell wieder aus dem Häuschen, wobei sie noch das Lachen von Milo hört und keine Sekunde später joggt Flaco neben ihr.

»Du wirst schon sehen, es geht bergauf, Princesa, wir sehen uns oben.«
Flaco rennt vor und Elisa lacht, holt ihn aber schnell ein. Sie ignoriert den
brennenden Blick im Rücken, der garantiert von Alonzo kommt und rennt
neben Flaco her. Als sie bei Arturos Haus ankommen, biegt sie ab und ist
schneller als er an der Haustür. Flaco ist außer Atem, auch sie muss Luft
holen.

»Morgen, du und ich … nochmal!«, ist alles was er herausbekommt,
bevor er den Berg zurück hinunter geht, langsam, sehr langsam, das wird
ihn für den Rest des Tages lahmlegen. Elisa geht ins Haus, es ist ruhig,
Cassandra ist sicherlich schon im Kindergarten. Pablo geht seit einer
Woche in eine Privatschule und kommt bisher ziemlich gut zurecht.

Olivia steht in der Küche und räumt den Tisch ab, Elisa gibt ihr einen
Kuss auf die Wange und holt sich etwas zu trinken aus dem Kühlschrank.
Nando kommt aus dem Garten, sein Blick ist düster, wie so oft in letzter
Zeit. »Eure Jungs brauchen alle mal wieder mehr Training.« Nun lächelt
Nando wenigstens und gibt seiner Schwester einen Kuss. »Wen hast du
heute geärgert?« Elisa zuckt die Schultern und nimmt einen langen
Schluck. Nando ist schon halb aus dem Haus. »Bring Flaco ein Beat-
mungsgerät vorbei!« Sie hört noch ein leichtes Lachen und sieht dann zu
Arturo, der auf einem Stuhl im Garten sitzt und vor sich hinstarrt.

»Das mit Gabriel macht ihn fertig.« Olivia stellt sich zu ihr und sieht
besorgt zu ihrem Mann. Elisa nickt, für sie alle ist es schwer, aber Arturo,
der sie immer alle zusammengehalten und auf sie aufgepasst hat, leidet am
meisten, obwohl auch José kaum noch lacht. Janine hat Elisa gestern
erzählt, dass José nachts unruhig schläft und oft wachliegt. Vielleicht hat
keiner von ihnen gewusst, wie sehr sie alle aneinanderhängen, bis sie jetzt
einen von sich verloren haben.

Sie geht in den Garten und legt von hinten die Arme um den Hals ihres
ältesten Bruders. Arturo küsst ihren Arm, als sie ihren Kopf an seine
Schulter legt, sie bleibt aber weiter hinter ihm stehen. »Er wird wiederkommen.« Arturo seufzt auf. »Ich habe nicht das Gefühl, du hast ihn an
diesem Abend nicht gesehen. Wir haben alle gemerkt, wie er sich in den
Wochen davor verändert hat, doch keiner hat geahnt, dass es so schlimm
um ihn steht.« Elisa hat selbst fest damit gerechnet, dass er zu den Beerdigungen zurückkommt, doch nichts, keine Spur von ihm. Er hat sich bei
niemandem gemeldet, er ist einfach verschwunden.

»Glaubst du, es ist ihm etwas passiert? Ich meine, vielleicht kann er sich gar nicht melden?« Elisa lässt ihren Bruder los und stellt sich nun vor ihn, um ihm in die Augen zu sehen, keiner spricht darüber, aber es ist sicherlich in allen Köpfen. Was ist, wenn ihm etwas passiert ist? Arturo lächelt, als er ihr ins Gesicht sieht. »Ich bin so froh, dass du wenigstens etwas dein Lachen zurückbekommen hast und ich will dir das nicht wieder nehmen, doch auch wenn ich selbst nicht daran glauben will, sollte uns allen klar sein, dass wir Gabriel vielleicht nie wieder sehen werden.«

Elisa hat selbst darüber nachgedacht, doch das jetzt aus dem Mund eines anderen zu hören tut ihr weh. »Nein, wir werden ihn wiedersehen, er wird bald zu uns zurückkommen.« Als sie sieht, dass Olivia nicht mehr allein in der Küche ist, gibt sie Arturo einen Kuss und lässt ihn weiter vor sich hin brüten. Sie werden Gabriel bald zurückbekommen, sie darf an nichts anderes glauben.

Als Elisa dann aber sieht, wer in der Küche bei Olivia steht, will sie nur noch raus aus dem Haus. Olivia unterhält sich mit Alonzos Frau, gerade als Elisa reinkommt, stoppen sie kurz. »Na, hat er aufgehört zu grübeln?« Olivia sieht Elisa erschöpft an. Sie mustert Alonzos Frau einen Augenblick. Sie ist hübsch, etwas rundlicher als Elisa, aber immerhin hat sie ja auch einen Sohn zur Welt gebracht, nicht einen, Alonzos Sohn.

»Nein, er braucht noch eine Weile, ich bin in der Stadt einkaufen und hole später Pablo ab. Ich habe ihm versprochen, mit ihm ins Kino zu gehen.« Elisa nimmt sich einen Apfel und ist schon halb aus der Tür, nachdem sie das Nicken von Olivia gesehen hat, da redet Alonzos Frau weiter, sie hatte sie ja nur kurz unterbrochen.

»Ich bin wenigstens froh, dass nicht nur Alonzo in der letzten Zeit so verändert ist. Er redet kaum noch mit mir und geht mir viel aus dem Weg.« Elisas Magen schnürt sich zusammen. Olivia antwortet der besorgten Frau, dass sie alle gerade eine schwere Zeit durchmachen und sich das schon wieder legen wird. Elisa schließt die Tür hinter sich. Sie muss in die Zukunft blicken und all das hinter sich lassen, sie wird sicherlich nicht für eine Scheidung verantwortlich sein. Alonzo hat sich damals so entschieden, jetzt muss er damit leben, so wie sie damit leben muss.

José, Alonzo und Nathan wollen gerade in eines von Josés Autos steigen. Normalerweise nimmt Elisa immer das Auto von Olivia, weil es nicht so auffällig ist wie das ihrer Brüder, bis ihr eigenes geliefert wird, doch jetzt lächelt sie ihre Brüder zuckersüß an und ignoriert Alonzo gekonnt. »José, ich brauche deinen Mercedes.« Ihr Bruder legt den Kopf schief und sieht auf ihre enge Trainingshose und das Top, was sie darüber trägt. »Wohin möchtest du, wir können dich fahren.«

Elisa verdreht die Augen. In dem Moment kommt Janine aus der Tür, sie muss alles mitbekommen haben und wirft ihr den Autoschlüssel zu. »Viel Spaß Elisa, mach dir einen schönen Tag und ihr Jungs akzeptiert endlich mal, dass eure Schwester erwachsen ist.« Nathan sieht zu Elisa. »Ja, aber ...« Elisa lacht und Janine zwinkert ihr zu. »Ihr habt eine sehr hübsche und erwachsene Schwester, die den Männern sicherlich den Kopf verdreht, kommt drüber hinweg.« Elisa wirft Janine einen Handkuss zu und grinst ihre Brüder an, während sie in den Mercedes steigt. »Wenn was ist, ruf an!« Elisa schüttelt den Kopf über José und gibt Gas.

Als sie aus dem Nato-Gebiet herausfährt, fühlt es sich an, als wäre sie das erste Mal wirklich frei. Auch wenn das mit Gabriel alles überschattet, fühlt sie sich das erste Mal richtig lebendig. Sie kann wieder atmen, seit sie beschlossen hat, alles Vergangene hinter sich zu lassen.

Gabriel lehnt sich erschöpft in seinem Bett zurück. Sein Kopf dröhnt, als er auf die Uhr sieht, ist es erst früh am Morgen. Er versucht noch einmal seine Augen zu schließen, doch die Bilder in seinem Kopf lassen ihn nicht mehr zur Ruhe kommen. Er ist, nachdem er San Sebastian verlassen hat, direkt mit dem nächsten Flug nach Mexiko geflogen. Dort hat er es geschafft alles auszublenden, hat sich gezwungen, keinen Gedanken mehr an Aurora oder seine Familie zu verschwenden.

Er gehört nicht zu ihnen. Nie war ihm das klarer als jetzt. Er kann sich sehr gut vorstellen, wie sehr sie ihn hassen, dafür, dass er der Sohn der Frau ist, die ihre Mutter in das Unglück getrieben hat. Egal was für andere Sorgen er hat, egal was er tut, er kann nicht verhindern, immer wieder an Aurora zu denken, es war ihm nicht einmal möglich, sich mit einer Chica abzulenken. Er hat in jeder Sekunde gespürt, dass er Aurora will, dass er sie liebt und das, obwohl er mit eigenen Augen gesehen hat, dass sie einfach nur eine Chica ist. Wie konnte er jemals etwas anderes glauben? Er hat sie kennengelernt, als sie ihm Geld geklaut hat. Doch auch mit diesem Wissen will er sie, er liebt sie und das macht ihn wahnsinnig.

Nach zehn Tagen in Mexiko, an die er sich kaum noch erinnert, weil er sich den Kopf zugedröhnt hat, ist er zurück nach Puerto Rico, doch er hält es hier nicht aus. Er liebt dieses Land, er liebt seine Stadt und es macht ihn krank, von seinen Brüdern und den anderen nichts zu hören, aber er muss einen Neuanfang machen. Er muss versuchen, sich etwas Neues aufzubauen, weit weg von den Los Natos, noch weiter weg von Aurora und er spürt genau, dass es hier in Puerto Rico nicht möglich ist. Er weiß immer noch nicht was er tun soll, er hat nie etwas anderes gekannt, als in seiner Familia zu leben, er hat nicht einmal eine Vorstellung, was er sonst tun konnte, doch er wird etwas finden.

Er fasst an seinen Hals über das Tattoo. Er hätte sich niemals träumen lassen, dass es ihm so schwerfällt, ohne sie zu sein. Doch er gehört nicht dazu, er wusste das schon immer, jetzt wissen es alle. Er ist nicht wie sie, wie keiner von ihnen. Man kann sagen was man will, doch Gott ist gerecht. Während die Mutter, die ihn aufgezogen hat wie ihr eigenes Kind, jede einzelne Sekunde gelitten haben muss, weil sie genau wusste, dass ihr Mann eine andere Frau liebte, selbst bei ihrem Tod noch diese Gewissheit hatte, hat die Frau, die ihn geboren und sofort weggegeben hat, einfach in Ruhe ihr Leben weitergelebt.

Es ist die Gerechtigkeit Gottes, die ihn jetzt dazu verdammt hat, solch ein Leben zu führen, er muss diese Strafe jetzt ertragen. Er hat kein Recht, an der Seite der Söhne der guten Frau zu leben und kein Recht auf solch eine gute Frau. Er muss mit seinem Los leben und wird die Strafe annehmen. Gabriel steht auf und geht unter die Dusche. Er hat sich seit zwei Wochen nicht rasiert, seine Haare werden zu lang, doch es interessiert ihn nicht. Er hat abgenommen, weil er nicht mehr trainiert und sich fast nur noch von Alkohol ernährt hat, doch es ist ihm egal. Er hat kein Problem damit, sein Inneres nach außen zu kehren.

Als er aus der Dusche kommt, sieht er fast schon automatisch nach seinem Handy. Er vergisst jedes Mal, dass er keines mehr hat, er hat seines direkt, als er San Sebastian verlassen und ihn in dem Moment Aurora angerufen hat, aus dem Fenster geworfen. Er will von nichts und niemandem mehr etwas hören, dieser Teil seines Lebens ist gestorben, er wird wieder nach Mexiko gehen und sich dort etwas Neues aufbauen, doch bevor er das tut, wird er zu der Frau gehen, die für all sein Unglück verantwortlich ist.

»Wenn sie noch ein paar Tage länger bleiben möchten, müssen sie im Voraus bezahlen.« Der nervige Motelbesitzer klopft an seine Tür. »Ich komme gleich bezahlen. Ich bleibe nicht länger und jetzt verschwinde!«

Gabriel hört, wie er sich schnell von der Tür entfernt. Gabriel zieht sich die Shorts und das Shirt über. Er musste sich ein paar Klamotten besorgen, langsam wird sein Geld knapp, für den Flug wird es noch reichen. Er hat nicht vor, noch mehr Geld abzuheben, er muss sich alleine etwas aufbauen, ohne die Los Natos. Er schmeißt sein restliches Zeug in die kleine Reisetasche und geht bezahlen. Es steht ein Frühstücksbuffet aufgebaut. Gabriel nimmt sich ein Croissant, einen Apfel und zwei Dosen Bier, die an der Bar zu finden sind, bevor er zu seinen Auto zurückgeht.

Das Einzige, was er aus seinem alten Leben mitgenommen hat, ist sein Auto. Er setzt sich und klappt die Sonnenblende herunter, wo er die Adresse seiner Mutter findet, die ihm Motheka aufgeschrieben hat und die er sich bis heute nicht einmal angesehen hat. Als er sieht, dass sie nur zwei Stunden von San Sebastian entfernt auf dem Land lebt, flucht er. Die ganze Zeit lebt sie in der Nähe und er hat nichts davon geahnt. Gabriel gibt Gas, er wird sich Antworten holen, bevor er Puerto Rico für immer verlässt.

Da sich Gabriel im Süden von Puerto Rico aufgehalten hat, muss er lange Richtung Norden fahren, bis er in die Gegend kommt, in der die Frau, die ihn zur Welt gebracht hat, wohnt. Gabriel wird immer unruhiger, je näher er kommt. Die zwei Bier haben ihn auch nicht beruhigen können. Das Haus von ihr liegt sehr abgelegen auf dem Land. Weit und breit ist nichts. Genau in dem Augenblick, als er vor ihrer Einfahrt hält, beginnt ein gewaltiger Platzregen. Gabriel sieht in den Himmel und würde am liebsten die Augen verdrehen, er hat bereits verstanden, dass Gott nicht gut auf ihn und die Frau, die ihn geboren hat, zu sprechen ist.

Gabriel steigt nur zögerlich aus. Er sieht, dass als sich der Himmel immer mehr verdunkelt, Licht in dem kleinen Haus angeht. Die Frau lebt bescheiden, es sieht alles gepflegt aus, doch viel Geld scheint sie nicht zu haben. Gabriel durchquert den Garten und wird klatschnass. Auch wenn er sich nicht wohl fühlt, treibt ihn der innere Hass dazu, kräftig gegen die Tür zu klopfen.

Kapitel 19

Als die Tür sich öffnet, entfallen ihm alle Worte, die er sich in Gedanken zurechtgelegt hatte. Gabriel weiß nicht, was er erwartet hat anzutreffen, doch sicherlich nicht die Frau, die ihm die Tür öffnet. Er hat sie verteufelt, einen Hass gegen die Frau aufgebaut, die ihn weggegeben hat, die die Frau hat leiden lassen, die für ihn seine Mutter war. Doch vor ihm steht eine hübsche ältere Frau, sie hat lange blonde Haare, die schon einige graue Strähnen haben. Sie hat ein schönes Gesicht, wenn auch schon mit einigen Falten, trotzdem sieht sie sehr hübsch aus und sie hat strahlend blaue Augen. Im ersten Moment erinnert sie ihn an Janine. Gabriel räuspert sich als er merkt, dass er steif dasteht und sie anstarrt.

»Hallo Gabriel, möchtest du reinkommen?« Auch die Frau hat ihn lange angesehen. Er sieht ihre zitternde Hand, als sie ihm die Tür weiter öffnet. Gabriel tritt in das Haus, die Frau hat eine Decke um ihre Schultern geschlungen und hält ein Buch in der Hand. Gabriel achtet nicht weiter auf sie. Er sieht sich das Haus an, es ist zu irreal für ihn. Es ist alles liebevoll eingerichtet, doch man merkt, dass sie nicht viel Geld hat. An den Wänden hängen eine Menge Bilder, es zeigt sie mit einigen anderen Frauen, sie als junge Frau mit einem älteren Mann, der Umgebung nach muss das in Amerika aufgenommen worden sein.

Dann gibt es viele Bilder von ihr und Gabriels Vater. Auf einigen ist er vielleicht gerade mal zwanzig Jahre alt und auf jedem einzelnen sehen beide mehr als glücklich aus. Dann gibt es Bilder von Gabriel und ihm kommt die Bitterkeit nur so hoch. Sie hat schon fast abnormal viele Bilder von ihm, aus der Kindergartenzeit, Schulzeit, mit Nando und den anderen, er sieht genau hin und merkt, dass sie bis zum Tod seines Vaters Bilder von ihm bekommen haben muss. Gabriel spürt sie hinter sich, doch er starrt weiter auf die Bilder. Bisher hat er noch kein Wort gesagt.

»Dein Bruder Arturo hat mich letzte Woche angerufen.« Gabriel blickt sich zu ihr um. Die blauen Augen sehen ihn ganz sanft an. Wie kann das die Frau sein, die für all das verantwortlich ist? »Deine Brüder suchen dich und machen sich große Sorgen. Sie haben mich gefragt, ob du dich bei …« Gabriel unterbricht sie, länger hält er es nicht aus. »Genau du solltest doch besser als jeder andere wissen, dass sie nicht meine Brüder sind.«

Die Frau zuckt leicht zusammen, doch sie fängt sich schnell wieder. »Doch natürlich sind sie das, Gabriel, ich merke, dass du gerade eine schwere Zeit durchmachst ...« Wieder kann sich Gabriel das nicht anhören. »Du weißt gar nichts, außer die paar Bilder, die du hier an der Wand hast, weißt du gar nichts von mir.« Er sieht auf eine Urkunde, die auch an der Wand hängt. »Debby, nun kenne ich zumindest schon einmal deinen Namen.«

Die Frau zittert immer mehr. Es fühlt sich verkehrt an, so mit einer älteren Frau zu reden, doch er kann nicht anders, es kommt zu viel in ihm hoch. Debby steht auf und geht in die Küche, Gabriel folgt ihr, er hat nicht vor lange zu bleiben, doch es gibt Antworten, die er haben muss. »Möchtest du etwas trinken?« Sie holt eine Flasche Wasser aus dem Kühlschrank, doch Gabriel zeigt auf eine alte Schnapsflasche, die sicherlich nur zu ganz besonderen Ereignissen geöffnet wird. Gabriel sieht das erste Mal die Frau, die ihn geboren und dann weggegeben hat. Wenn das kein Grund ist, was dann?

»Du wirkst nicht mehr ganz nüchtern, aber gut ...« Sie gießt ihm etwas ein und Gabriel trinkt das Glas in einem Schluck leer. Das Brennen in der Kehle erinnert ihn an das Feuer, dass sich gerade überall in seinem Körper befindet. »Ich weiß, du kannst das nicht verstehen, aber ich weiß sehr viel von dir. Ich kann nachvollziehen, dass du einiges verurteilst, weil du die richtige Geschichte nicht kennst, doch wir wussten nicht, wie wir euch das erklären sollten, wir dachten, wenn ihr älter seid ...«

Gabriel holt sich einen Küchenstuhl und setzt sich. »Dann habe ich gleich eine gute Nachricht Debby, wir alle sind jetzt erwachsen, was mich gleich zu der ersten Frage bringt. Wann hattet ihr vor uns das zu sagen, oder hätten wir es niemals erfahren, wäre der Unfall nicht gewesen? Und wieso hast du mich einer Frau gegeben, die dich doch sicherlich gehasst hat? Wieso hast du mich überhaupt geboren oder fangen wir damit an, wieso hast du mit meinem Vater etwas gehabt, obwohl er verheiratet war?« Gabriel hätte Stunden so weitermachen können, doch er will die ersten Antworten.

Debby setzt sich auch auf einen Stuhl, sie seufzt leise auf und sieht ihm dann in die Augen. Auf einmal fühlt es sich vertraut an und Gabriel kann jetzt das Gesicht, was er so oft in seinen Träumen nicht erkennen konnte, jemandem zuordnen. »Wie du ja weißt, bin ich in Amerika geboren, genauer gesagt in Massachusetts. Ich habe noch eine Schwester, Edda, sie war mich letzte Woche noch besuchen.« Debby scheint zu spüren, dass er die Kurzfassung hören möchte.

»Eigentlich war das alles nur ein Ferienjob, wir sind hergekommen, um in den Sommerferien unser Taschengeld aufzubessern, verbunden mit Ferien, wir dachten es wäre eine großartige Idee.« Ein bitteres Lächeln schleicht sich auf ihre Lippen. »Zu der Zeit kamen wirklich viele Menschen hier Urlaub machen, wir haben ihnen Villen vermietet und sie in ihrem Urlaub betreut. Das Geschäft hat sich damals so gelohnt, dass ich, verrückt wie ich war, einfach geblieben bin und ganz angefangen habe hier zu arbeiten. Edda war immer die Vernünftigere und ist zurückgekehrt … na ja, auf jeden Fall habe ich dann deinen Vater kennengelernt.«

Debby wirkt so, als würde sie all das noch einmal erleben. »Wir waren so verliebt, dein Vater war ein großartiger Mann, er war meine große Liebe. Wir waren zu dieser Zeit unzertrennlich, das ging wirklich lange so, wir waren einfach glücklich, er hat alles für mich gemacht. Als wir uns dann gemeinsam eine Wohnung nehmen wollten, hat sich das erste Mal sein Vater eingemischt. Ich habe zu dem Zeitpunkt erfahren, wer seine Familie ist, davor hatte ich das niemals mitbekommen. Dein Vater sollte nun langsam der Anführer werden und seinen Vater ablösen.

Zu der Zeit waren die Los Natos noch nicht so wie ihr die Familia heute führt, dein Vater hat viel verändert, doch damals war es für mich unmöglich mich damit abzufinden. Es gab Streit und ich trennte mich von deinem Vater. Ich wollte mit all dem nichts mehr zu tun haben, doch wir haben uns bereits schon zu sehr geliebt. Dein Vater konnte mich nicht gehen lassen und wenn ich ehrlich bin, konnte ich das auch nicht wirklich. Er wollte niemals die Familia anführen, dein Vater hat es geliebt Autos zu reparieren, er hat Stunden damit verbracht.« Gabriel erinnert sich, dass sein Vater immer viele alte Autos in der Garage hatte. Wenn er ihn gefragt hat, was er damit machen will, hat er immer gesagt, er wird sie reparieren, wenn er die Zeit dafür findet. Er hat es nie getan.

»Einen Nachts stand er mit einem Verlobungsring vor mir, er hat mir gesagt, dass er die Familia nicht übernehmen wird. Wir haben Pläne geschmiedet, wollten heiraten, er wollte eine Werkstatt aufmachen und ich sollte ihm sieben Kinder schenken, wir waren so jung und voller Träume.« Debby lacht auf, doch dann wird sie wieder ernst.

»Sein Vater hat das nicht akzeptiert. Ohne dass dein Vater davon wusste, kam er zu mir, er hat mit viel Geld geboten, damit ich weggehe, doch ich habe sein Geld nicht angenommen, ich hätte diese Liebe niemals verkauft. Dann hat er mir gedroht. Er hat mir Bilder meiner Eltern gezeigt und mir klar gemacht, dass sie darunter leiden werden. Er war so ein grausamer und brutaler Mensch.« Gabriel hat seinen Opa niemals kennengelernt, er wurde von einer anderen Familia erschossen, kurz nachdem Arturo geboren wurde.

»Ich bin nicht gegangen, ich bin geflüchtet, ich bin an die Küste gezogen, ohne mich von deinem Vater zu verabschieden, solche Angst hatte ich. Doch ich habe es jeden Tag bereut, ich habe ihn sehr geliebt, von ihm getrennt zu sein, hat mir das Herz gebrochen. Später habe ich erfahren, dass dein Opa deinem Vater gesagt hat, ich hätte das Geld genommen und bin fortgegangen, was ich niemals getan habe. Ich habe mitbekommen, dass dein Vater mich gesucht hat, doch ich hatte zu große Angst vor dem was passieren könnte. Zu der Zeit wollte dein Opa, dass er die Tochter seines besten Freundes heiratet.

Dein Vater war wütend auf mich, er hat geglaubt mich nie wiederzusehen, doch trotzdem ist er zu ihr gegangen und hat ihr gesagt, dass er sie heiraten könne, doch sie niemals lieben wird. Sein Herz gehörte mir, er war offen und ehrlich und sie hatte nichts dagegen. Sie hatte es schwer bei sich zuhause und wusste, was für ein Leben sie an seiner Seite erwarten konnte. Sie haben geheiratet, doch dann war ihr das nicht genug. Sie wollte, dass sich ihr Mann für sie interessiert, es war für deinen Vater keine leichte Zeit. Heimlich hat er immer noch nach mir gesucht.

Motheka hat mich dann über meine neue Agentur gefunden. Ich habe erfahren, dass dein Vater verheiratet ist und sie bereits ihren ersten Sohn erwarten. Ich konnte mich nicht für ihn freuen, auch wenn ich ihm das damals am Telefon gesagt habe, es hat mir sehr wehgetan, ich hätte an seiner Seite sein sollen, doch es hat mir auch die Augen geöffnet und ich habe wieder angefangen mein Leben zu leben, auch wenn ich wusste, dass ich niemals aufhören würde, ihn zu lieben.

Wir hatten zu dieser Zeit nur telefonischen Kontakt, nach und nach haben wir gemerkt, wie sehr dein Opa uns hereingelegt hat, doch nun war es zu spät. Seine Frau wusste, dass es mich gibt und auch, dass wir noch Kontakt haben. Doch als sie etwas dazu gesagt hat, hat dein Vater immer geantwortet, sie müsse damit leben, sie wusste es von Anfang an. Arturo wurde geboren, und ich habe versucht, den Kontakt zu deinem Vater abzubrechen. Ich wollte, dass er seiner Familie eine Chance gab, doch er konnte das nicht zulassen.

Eines Abends hat er angerufen und ein guter Freund von mir ist an das Telefon gegangen. Dein Vater war drei Stunden später da, es war so unwirklich ihn wiederzusehen. Ich konnte ihn nur mit Mühe und Not davon abhalten konnte, meinen Freund umzubringen. Es ist nicht so wirklich zu beschreiben. Zwischen uns war immer etwas ganz Besonderes, ein starkes Band, es war, als wäre er niemals weg gewesen.

Dein Vater ist fast jedes Wochenende zu mir gekommen, von da an. Ich habe nicht zugelassen, dass er seine Frau betrügt, doch ich konnte ihn auch nicht wegschicken, ich habe ihn zu sehr geliebt. Es war eine schwere Zeit, besonders als seine Frau dann gleich wieder mit Nando schwanger war. Als er geboren wurde, habe ich beschlossen, alles zu beenden. Ich konnte nicht mehr, diese Situation hat uns alle kaputtgemacht. Ich bin zurück nach Amerika gegangen und hatte fast ein Jahr keinen Kontakt zu ihm. Doch seine Spuren saßen zu tief in mir, ich habe niemals wieder einen anderen Mann angesehen.

Meine Familie hat versucht, mir wieder einen Sinn im Leben zu geben, doch ohne ihn war ich einfach leer. Ich hatte nur ab und zu Kontakt zu Motheka um nachzufragen, ob es ihm gut geht. Ich habe mein eigenes Glück zurückgestellt, damit er seine Frau endlich lieben konnte, doch es hat nichts gebracht. Motheka hat mich immer für ihn gebeten, ihm zu sagen wo ich bin, dass er mich liebt und mich sehen möchte. Die Zeiten haben sich geändert und irgendwann gab es Rückverfolger, dein Vater hat das sofort genutzt. Elisa war gerade geboren, da stand er plötzlich vor meiner Haustür.

Ich habe es probiert, Gabriel, ich habe alles gegeben, ihn zu vergessen, doch irgendwann hatte ich keine Kraft mehr, mich gegen diese Liebe zu stellen. Es war fast wie früher, als er mich in Amerika besucht hat. Ich habe verdrängt, dass er zuhause eine Familie hat. Und als er wieder zurückgeflogen war, habe ich gemerkt, dass ich schwanger bin. Ich bin in ein tiefes Loch gefallen, zum einen trug ich das Baby unter meinem Herzen von dem Mann, den ich über alles liebe, zum anderen hat genau dieser Mann eine Frau und drei Kinder zuhause. Ich wusste, wie sehr dein Vater mich liebt und dass er immer noch alles für mich getan hätte.

Zwei Wochen später hat er mich wieder besucht, er hat sofort gemerkt, dass ich schwanger bin. Für ihn war es keine Sekunde lang eine Frage, er hat meinen Koffer gepackt und mich mit zurück nach Puerto Rico genommen. Als ich dann begriffen habe, dass er seine Frau verlassen wollte, wusste ich nicht mehr weiter. Ich weiß noch bis heute, wie ich im Hotelzimmer saß und plötzlich seine Frau zu mir kam. Sie hatte die drei kleinen Kinder dabei, Elisa war gerade geboren, Nando konnte gerade mal laufen. Sie alle sahen deinem Vater so ähnlich.

Es war für mich die Hölle, als seine Frau mir gesagt hat, sie wüsste, dass er mich liebt, dass sie das akzeptiert, doch sie hat mich angefleht, ihr nicht den Vater ihrer Kinder zu nehmen. Er wollte sie verlassen, er hat ihr niemals etwas vorgemacht, doch es gab die drei Süßen schon und ich konnte das nicht zulassen. Ich habe nur die Zukunft dieser Kinder über meine eigene Liebe gestellt. Als ich das deinem Vater gesagt habe und ihm auch gesagt habe, dass ich das Kind nicht haben möchte, was in meinem Bauch ist, da ich es nicht ohne Vater aufziehen möchte und ich anderen Kindern nicht ihren Vater nehmen will, hat er mich darum gebeten, dass ich dich auf die Welt bringe und dann ihm gebe.

Ich war nicht in der Lage, dich alleine durchzubringen und ich habe gesehen, wie gut es seinen Kindern geht. Er hat mir gesagt, dass du ein Wunder bist. Sein Wunder, seine Erinnerung an unsere starke Liebe und letztlich bist du das auch. Er hat mir auch geschworen, mich dann gehen zu lassen. Ich kann heute nicht mehr nachvollziehen, wie ich mich so entscheiden konnte, ich glaube, es liegt daran, dass ich noch sehr jung war. Ich wusste nicht, wie es sich anfühlt Mutter zu sein, ich dachte, ich bringe das Baby auf die Welt und gebe es deinem Vater. Mir war ja bewusst, wie gut du es da haben wirst und dass dein Vater dich mehr als sein Leben lieben wird.«

Gabriel weiß, dass er immer der Liebling seines Vaters war, er durfte immer so viel mehr als seine Brüder, jetzt weiß er auch warum. »Ich habe dich in Puerto Rico geboren und bin am nächsten Tag nach Amerika zurück. Deinen Vater habe ich nicht gesehen, auch dich haben sie mir nicht gezeigt. Es war so wie ich es gewollt habe, ich war wirklich so naiv zu glauben, ich könne das, doch schon auf dem Rückflug habe ich gemerkt, dass mir etwas fehlt. Ich hätte nicht geglaubt, dich schon so lieben zu können, ohne dich wirklich gesehen zu haben.

Keiner aus meiner Familie wusste von dir, doch mir ging es jeden Tag schlechter, es war, als würde man mir jeden Tag einen Teil abschneiden. Nach einem Monat bin ich zurückgeflogen, ich konnte es nicht ertragen.

Dein Vater hat dich mir sofort gebracht, es war so schön dich endlich bei mir zu haben, ich habe dich zwei Tage lang nicht aus dem Arm gelegt. Du warst ein Engel und der Name, den ich schon vor deiner Geburt ausgewählt hatte, hat wirklich gepasst. Von da an war es ein Hin und Her, du hattest dich schon an seine Frau gewöhnt, deine Geschwister waren verrückt nach dir, und seine Frau war schon wieder schwanger. Durch all den Stress hat sie das Baby verloren, und dein Vater hat gemerkt, was er ihr antut. Das erste Mal hat er sich gegen mich gestellt, er wollte mir dich nicht wiedergeben. Ich habe wochenlang versucht dich zu sehen, ihn am Telefon angebettelt, ich bin verrückt geworden, bis er dann eines Nachts mit Tränen in den Augen und dich auf dem Arm vor mir stand.

Er hat mir ein Haus gekauft und wir haben ein Kompromiss gefunden. Er war die Wochenenden mit dir bei mir und in der Woche bei seiner Frau mit allen Kindern. Sobald die Kinder alt genug waren, wollten wir euch alles erklären. Ich konnte damit leben, dass du in der Woche dort warst, dir ging es gut und ich wollte auch, dass du bei deinen Geschwistern bist. Auch wenn ich wusste, dass dein Vater mich geliebt und bis zu seinem letzten Tag geliebt hat, habe ich ihn nie wieder an mich herangelassen, aus Respekt seiner Frau gegenüber, doch deinen Vater hat all das innerlich zerstört.

Er war ein gebrochener Mann, auch wenn er nach außen nie so gewirkt hat.

Ich habe Arbeit gefunden und bin etwas weiter weggezogen. Seine Frau wurde wieder schwanger mit José und sie hat alles dafür getan, dass ich immer mehr aus ihrem Leben verschwinde, was ich auch verstehen kann. Ich habe dich immer weniger gesehen, weil sie eine schwere Schwangerschaft hatte, irgendwann war es nur noch einmal im Monat. Es hat mir wehgetan, doch ich habe gesehen wie glücklich du bist. Der Punkt wo ich aufgegeben habe, war, als du mich wie eine Fremde angesehen und gefragt hast, wann du zu Mama zurück kannst.

Deinem Vater hat es auch das Herz gebrochen, wie all das gekommen ist und umso älter du wurdest, desto weniger konnte ich dich sehen. Wir wollten erst warten, bist du alt genug bist zu verstehen. Als du dann alt genug warst, war die Frage, wie solltest du das verstehen? Irgendwann waren wir vielleicht einfach zu feige für die Wahrheit. Ich habe Puerto Rico nie wieder verlassen, auch wenn ich nicht an deinem Leben teilhaben konnte, wollte ich immer in deiner Nähe sein. Trotz allem habe ich aber immer an allem teilgenommen, irgendwie. Dein Vater und ich haben uns immer wieder gesehen, wir konnten nicht ohne einander. Vielleicht war es falsch, seit seinem Tod denke ich über alles anders, doch es hat sich nie falsch angefühlt, ich war niemals die zweite Frau, ich war die erste und einzige Frau, die er jemals geliebt hat, bis zu seinem Tod. Er hat seine Frau geachtet und geschätzt und sie wusste das von Anfang an. Vielleicht kannst du es nicht verstehen, aber diese Liebe zwischen deinem Vater und mir war etwas ganz Besonderes, nur hat alles andere nicht gepasst.« Gabriel denkt einen Moment an Aurora, doch dass sie wirklich Gefühle für ihn hat, hat sich zerschlagen, als sie mit dem Nächstbesten ins Bett gegangen ist.

»Du und deine Geschwister haben niemals unter all dem gelitten, das war für uns alle drei das Allerwichtigste.«

Gabriel lehnt sich zurück, er hatte die Geschichte schon ein wenig mitbekommen, dass all das so gewesen ist, wusste er nicht. Er sieht Debby an und trinkt noch einen Schluck. Wut kommt in ihm hoch und er steht auf. Er hat seine Antworten. »Wir haben aber darunter gelitten, sieh mich doch an. Ich habe immer geglaubt, sie wäre meine Mutter, meine Brüder meine Brüder. Mein Vater stirbt und ich erfahre, dass all das nicht stimmt. Schlimmer noch, jetzt merke ich es selbst, weil sie ihr Leben auf die Reihe bekommen, mein Leben ist genauso beschissen verkorkst wie deines, wenigstens das hast du mir vererbt.«

Gabriel geht aus der Tür, der Regen trommelt auf seine Haut, man kann das Auto kaum erkennen. »Gabriel nein, fahre nicht! Du bist betrunken und man kann nichts sehen.« Gabriel lacht auf und dreht sich noch einmal um. »Jetzt ist es etwas zu spät für deine Fürsorge, Mama!« Er springt ins Auto und gibt Gas. Debbys Worte hallen in seinem Kopf, die Bilder von seinem Vater, der Frau, bei der er immer dachte, sie wäre seine Mutter und seiner wirklichen Mutter schießen in seine Gedanken. Gabriel erkennt nichts vor sich, der Regen ist zu stark, trotzdem gibt er noch mehr Gas. Als er dann spürt, wie er aus der Fahrbahn geschleudert wird, sieht er in den Himmel.

Vielleicht ist es besser so.

Kapitel 20

Ein immer wiederkehrendes Piepen zwingt Gabriel die Augen zu öffnen, sofort blendet ihn grelles Licht und er schließt sie wieder. Bei dem Versuch sich zu bewegen spürt er, wie ihm alles wehtut und er stöhnt schmerzvoll auf. Genau in dem Moment spürt er eine Hand auf seiner Schulter, jemand will ihn daran hindern sich zu bewegen. Gabriel zwingt sich erneut die Augen zu öffnen, und dieses Mal sieht er genau in Arturos angespanntes Gesicht.

»Beweg dich nicht!« Gabriel will sich aufsetzen, doch wieder durchfährt ihn ein unheimlicher Schmerz. Er spürt, wie Arturo etwas an seinem Bett macht und er etwas nach oben geschoben wird, dann kann er endlich den ganzen Raum überblicken. »Was ist passiert?« Er weiß es noch ungefähr. Er sieht José und Nathan auf einer Couch liegen und schlafen, während Nando auf einem Sofa sitzt und die Augen ebenfalls geschlossen hat. Wie haben sie ihn gefunden und wieso haben sie ihn überhaupt gesucht?

»Du hattest einen Autounfall, du hast einen Baum gerammt und man hat dich erst eine Stunde später zufällig gefunden. Da dort nur Debby lebt, haben sie sie informiert. Du hast dir beide Rippen gebrochen und überall Verstauchungen, du hattest innere Blutungen, die Ärzte wussten nicht, ob du es schaffen wirst. Du brauchtest dringend Blut, aber du hast die seltene Blutgruppe B, Debby hat sie nicht, deshalb hat sie uns angerufen. Nando, ich und Pablo sind noch die Einzigen, die aus unserer Familie die Blutgruppe haben.« Arturo sieht geschafft aus, trotzdem lächelt er leicht. »So viel zu deiner Theorie, wir wären nicht deine Brüder!«

Gabriel sieht auf seine Bettdecke. »Wir sind seit zwei Tagen hier, du hast die OP gut überstanden, gestern warst du schon kurz wach, aber nicht richtig klar im Kopf.« Gabriel sieht wieder zu den anderen, die immer noch schlafen. »Wart ihr die ganze Zeit hier?« Arturo holt sich einen Stuhl und schiebt ihn an sein Bett, er sieht Gabriel wütend an. »Natürlich waren wir das! Was denkst du dir eigentlich einfach abzuhauen und dich nicht mehr zu melden? Dachtest du, die Tatsache, dass du eine andere Mutter hast, macht dich weniger zu meinem Bruder als Nando oder José? Jetzt hast du es schwarz auf weiß, in uns fließt das gleiche Blut. Und wenn du noch einmal so einen Scheiß abziehst, werde ich dir diese Unterlagen um die Ohren hauen.

Hast du eine Vorstellung davon, was für Sorgen sich alle gemacht haben, nichts ist mehr wie es war, seit du weg bist. Was denkst du, wie es deinen Brüdern ging? Wir wussten nicht einmal, ob du noch lebst, bis wir den Anruf bekamen, dass du halbtot aufgefunden worden bist.« Gabriel sucht nach Worten, vielleicht sind es die Nachwirkungen der Medikamente, dass ihm Tränen in die Augen steigen, vielleicht auch das Gefühl, was sich langsam von seinem Herzen löst. Die Angst, die er in sich trägt, dass seine Brüder ihn nicht mehr als ihren Bruder ansehen und dafür hassen, was ihrer Mutter passiert ist, löst sich bei Arturos Worten und den Blick auf die anderen langsam.

Arturo sieht Gabriel in die Augen, doch er findet keine Worte. Nando regt sich und Arturo steht auf, beugt sich über Gabriel und gibt ihm einen Kuss auf die Stirn, wie er es immer getan hat, als sie noch kleiner waren. »Alle haben dich sehr vermisst, du bist ein Teil von uns und das wird sich niemals ändern.« Gabriel nickt und atmet tief aus, um nicht wie ein kleines Kind zu heulen anzufangen. Genau da öffnet Nando die Augen und steht sofort neben seinem Bett. »Sieh an, wird der Herr auch noch einmal wach.« Das weckt auch die anderen und plötzlich stehen alle seine Brüder um ihn herum.

Sie sind alle noch etwas sauer, aber jedem spürt man die Erleichterung, dass er noch lebt und sie ihn gefunden haben, deutlich an. »Was ist mit Elisa?« José setzt sich auch an sein Bett. »Sie wollte unbedingt mitkommen, doch wir wussten nicht, ob du es schaffst und wollten sie erst einmal nicht herholen. Aber wenn sie dich in die Finger bekommt, wirst du dir sicherlich einiges anhören dürfen.« Gabriel versteht schon, er hat Scheiße gebaut. Er hat San Sebastian und alles so vermisst, dass er am liebsten sofort hier raus will. Als er die Decke beiseite schieben möchte, hält José ihn auf. »Du solltest dich noch nicht so viel bewegen.« Gabriel will nicht auf ihn hören und wird mit einem stechenden Schmerz bestraft. José schüttelt den Kopf. »Wann lernst du mal auf mich zu hören?« Gabriel legt sich wieder nach hinten. »Ich will endlich wieder nach Hause!«

Arturo lacht leise auf. »Wir werden dich in ein paar Tagen mitnehmen, um deine Wunden kann sich auch unser Arzt kümmern. Aber du solltest etwas kräftiger werden, für den Weg.« Nathan stellt sich an sein Bett und zeigt auf seinen Bart. »Ja, was ist eigentlich los mit dir? Wolltest du der neue Tom Hanks in 'Verschollen' sein?« Gabriel muss lachen und bereut es gleich bitterlich. »Debby ist draußen, sie hat jede Minute vor der Tür gewartet.« Gabriel sieht genau in die Gesichter seiner Brüder, um eine Reaktion zu seiner Mutter zu finden.

»Als Elisa von all dem erfahren hat, hat sie den alten Schreibtisch von unseren Vater durchwühlt. Sie hat eine Kiste gefunden, voller Briefe und Bilder, es steht außer Frage, dass er sie wirklich geliebt hat. Elisa möchte sie unbedingt kennenlernen, sie sagt, man kann ihnen ihre Liebe nicht vorwerfen, auch wenn Mama darunter gelitten hat.

Debby hat uns allen gestern die richtige Geschichte erzählt. Es ist nicht leicht, jetzt die Wahrheit zu kennen, wir haben niemals bemerkt, wie unglücklich unser Vater oder unsere Mutter waren, doch man kann ihr diese Liebe auch nicht vorwerfen. Sie ist eine ältere Frau, die den Mann, den sie geliebt hat, verloren hat und ihren Sohn. Sei nicht so hart zu ihr. Wir haben ihr nichts vorzuwerfen, also solltest du auch über deinen Schatten springen.«

Gabriel sagt nichts zu Nandos Worten, bis Arturo sich räuspert. »Lasst uns etwas essen gehen. Wir bringen dir etwas mit, du isst das Essen hier eh nicht. Bis später.« Gabriel ist klar, sie gehen nur um seine Mutter hereinzuholen. Gabriel weiß nicht was er fühlen und denken soll, als sie sich ein paar Minuten später an sein Bett setzt. Man sieht, dass sie viel geweint hat, am liebsten würde er ihr an den Kopf werfen, dass sie jetzt nicht mehr um ihn weinen muss, doch er beherrscht sich. Er spürt, dass er ihr all das nicht so schnell verzeihen kann, doch er lässt sie an seiner Seite sitzen und ihm zu trinken geben. Der Arzt kommt und sagt Gabriel, dass er in ein paar Tagen wieder entlassen werden kann unter der Bedingung, dass er sich ausruht und in San Sebastian weiterbehandelt wird.

Debby bleibt lange bei ihm sitzen. Sie wird nicht müde zu erzählen, wie sehr ihn seine Brüder lieben und welche Sorgen sie sich gemacht haben, dass sie seitdem nicht mehr von seiner Seite gewichen sind und trotz allem sehr nett zu ihr waren. Gabriel reißt sich wirklich zusammen und redet mit ihr. Sie merkt allerdings schnell, dass sie gewisse Themen auslassen sollten. Als seine Brüder dann wieder eintreffen und ihm etwas zu essen mitbringen, haben sie auch an Debby gedacht.

Es ist merkwürdig mit ihnen allen in einem Raum zu sein und Debby geht auch kurze Zeit später. Sie weiß nicht einmal wie sie sich verabschieden soll. Gabriel atmet tief aus, als sie raus ist. »Mach es ihr nicht so schwer, Gabo, sie ist deine Mutter!« Gabriel hätte nicht gedacht, dies einmal aus Arturos Mund zu hören.

Er dachte, seine Brüder würden woanders schlafen, sich ein Hotel suchen, jetzt wo es ihm besser geht, doch sie bleiben bei ihm. Als er nachts wieder wach wird, kann auch Nando nicht schlafen. Gabriel fragt nach, was wegen des Mannes im B.B. passiert ist und ob sie irgendetwas von Aurora wissen. Nando druckst erst herum, doch dann erzählt er ihm, dass der Mann zwar einige Verletzungen hatte, aber es ihm wieder gut geht. Der Mann war allerdings kein Kunde, sondern die Vertretung von Casper, der mit Josy in den Urlaub gefahren ist.

Gabriel ist sofort klar, worauf all das hinausläuft und setzt sich trotz Schmerzen auf. »Gabriel, Aurora ist in dieser Nacht nur ins B.B. gekommen, weil er Stress gemacht hat. Sie hatte Dienst und ist nicht erschienen. Sie hat Josy später erzählt, dass sie ihre Tochter bei einer Nachbarin gelassen hat und ins B.B. gegangen ist, um endgültig zu kündigen und ihre Sachen zu holen. Da es so laut war, ist sie mit dem Mann in einen Raum gegangen, hat ihre Kündigung unterschrieben und ihr Restgehalt ausgezahlt bekommen. Als sie dann der Raum verlassen habe, bist du auf sie gestürzt.«

Gabriel kann nicht fassen wie falsch er lag, er war so aufgebracht und hat ohne nachzudenken gehandelt. Er sieht Auroras Gesicht vor sich, als er sie angeschrien hat, dass er so dumm war, sein Herz an eine Hure zu verlieren. Er ignoriert die Anordnungen der Ärzte und seine Verletzungen und will aufstehen, doch Nando hält ihn zurück. »Sie ist nicht mehr da, Gabo. Als wir von all dem erfahren haben, wussten wir bereits, dass du sie liebst und es ernst mit ihr gemeint hast. José wollte mit ihr reden und ihr alles erklären, was davor passiert war und unter was für einem Druck du standest, doch sie war nicht mehr da. Die Nachbarin meinte, sie wäre weggezogen und keiner hat sie seitdem noch einmal gesehen.«

Gabriel lehnt sich zurück und kämpft mit seinen Gefühlen, er hat nicht nur einen Fehler gemacht, er hat alles kaputt gemacht. Wirklich alles. Nando sieht ihm in die Augen. »Es tut mir leid, wir haben nicht geahnt, wie viel sie dir bedeutet hat.«

1 Monat später

»Lass das, ihr seid wirklich unmöglich!« Elisa schlägt Gabriels Hand weg, mit der er ihr Kleid herunterzieht. Gabriel war eine Woche später, nachdem er im Krankenhaus aufgewacht war, wieder zuhause. Es war das beste Gefühl, das er haben konnte. Jetzt weiß er, er gehört hierher und das wird sich auch nicht mehr ändern. Er spürt allerdings, dass seine Brüder nun noch mehr auf ihn achten. Die Frauen haben ihn sofort nach seiner Ankunft ins Bett gesteckt und ihn gepflegt. Janine, Olivia und Lina haben sich sehr gefreut, als er wieder da war. Selbst Pablo, der immer mehr auftaut, war oft an seinem Bett. Elisa hat sogar die ersten zwei Nächte bei ihm geschlafen.

Das ist seine Familie, er liebt all das und jeden hier, jetzt nur noch mehr, doch trotz allem hat er nun eine Wunde, die nicht mehr zu reparieren ist. Gabriel war dreimal bei Auroras Wohnung, doch es gibt keine Spur von ihr. Wenn er daran denkt, wie er sie behandelt hat, sollte er ihr nicht noch einmal unter die Augen treten, doch er spürt jeden Tag mehr, wie viel sie ihm bedeutet.

Er hat Aylin wiedergetroffen und auch andere Frauen kennengelernt, doch er kann Aurora nicht vergessen. Wenn er nur daran denkt, wie gut er sich in ihrer Nähe gefühlt hat, wie weich sie sich in seinen Armen angefühlt hat und wie sie ihn angelächelt hat, könnte er sich selbst ohrfeigen, sie verloren zu haben. Mit Janine hat er ein paar Mal darüber geredet. Sie sagte ihm, es wäre völlig normal, dass er falsch gedacht hat und er aufhören soll, sich Vorwürfe zu machen. Doch er kann es nicht, er hat nicht einmal die Chance dazu, sich dafür zu entschuldigen.

Gabriel lässt das Kleid seiner Schwester los und setzt sich in seinen Stuhl zurück. Sie alle sind glücklich, dass Elisa wieder lacht, dass sie wieder etwas unternimmt und zu der alten Elisa wird, die Schwester die sie hatten, bevor sie Puerto Rico verlassen hatte. Gleichzeitig wissen sie aber, dass, auch wenn sie sich nichts mehr anmerken lässt, sie immer noch jede Nacht schlecht träumt. Sie will noch immer nicht in ein neues Haus ziehen, sondern bleibt in ihrem Jugendzimmer.

Nur durch Zufall haben sie mitbekommen, dass sie heute eine Verabredung hat. Die Frauen hier halten zusammen und keiner wollte ihnen sagen, wer der Kerl ist. »Wir brauchen seine Telefonnummer, damit wir wissen, wem wir eine Waffe an den Kopf halten müssen, sollte er dich auch nur zu lange ansehen.« José lacht und gibt Elisa seinen Autoschlüssel. »Behalte ihn endlich, du hast dich scheinbar in den Mercedes verliebt.«

Sie haben eine hübsche Schwester, das wussten sie schon immer, doch wo sie jetzt so vor Gabriel und José steht und er auf ihre langen Haare, ihre Figur und ihr hübsches Gesicht sieht, indem sich jetzt die Grübchen zeigen, die sie alle haben, würde er sie am liebsten zuhause einsperren, auch wenn sie schon über 20 ist. »Ist das dein Ernst? Ich habe doch gerade erst ein neues Auto bekommen.« José sieht seiner Schwester in die Augen. »Wie oft bist du damit gefahren, einmal? Du liebst meinen Mercedes, gib es zu.«

Elisa nickt und José lacht. »Dann los, nimm ihn, er gehört dir und denk daran, sobald etwas ist ...« Weiter kommt José nicht, Elisa fällt ihm um den Hals. »Danke, du bist mein Lieblingsbruder.« Gabriel lacht. »Als ich dir gestern indisches Essen gebracht habe, war ich das noch.« Elisa gibt José einen Kuss und dann beugt sie sich zu Gabriel hinunter, um ihm auch einen Kuss zu geben. »Du bist auch mein Lieblingsbruder.« Gabriel fasst sich ans Herz und verzieht schmerzvoll sein Gesicht. »Du hast noch nicht verstanden, dass es nur Einen geben kann.«

Elisa lacht und sie sehen ihrer Schwester zu, wie sie davonbraust. Keine zwei Minuten später kommen Nando und Alonzo vor Josés Haustür. Sie müssen zu einem Termin. Es ist das zweite Mal, dass Gabriel wieder für die Familia unterwegs ist, auch wenn er immer noch einige Verbände tragen muss. Die Geschäfte laufen sehr gut, seit der Aktion mit Augusto hat es keiner mehr gewagt, ihre Macht in Frage zu stellen, sie haben trotzdem ihr Gebiet noch besser geschützt. Die Firma und die Produktion laufen auch gut, auch wenn sie damit kaum noch etwas zu tun haben und sich fast ausschließlich die Frauen darum kümmern, sie haben Spaß daran. »Wo ist Mateo?«

Gabriel ist süchtig nach Nandos kleinem Sohn, er verzaubert sie alle mit seinem Lächeln und seinen Geräuschen, die er von sich gibt. Lina hat sich damit abgefunden, dass sie ihn hier kaum noch hat, er wechselt immer von einem zum anderen Onkel. Nach all den Geschehnissen der letzten Monate sind sie nur noch enger zusammengewachsen. Trotz seiner gemischten Gefühle hat er sich einen Ruck gegeben und besucht Debby jetzt regelmäßig. Er spürt wie gut es ihr tut, jedes Mal begleitet ihn einer seiner Brüder, sie alle mögen die Frau, die sein Vater von ganzem Herzen geliebt hat, sehr gerne.

Letzte Woche war sie das erste Mal bei ihnen zu Besuch. Nächste Woche will sie an Olivias Geburtstag wiederkommen und seine Tante aus Amerika mitbringen, die zu Besuch ist. Gabriel weiß nicht, ob er sie jemals wirklich als Mutter sehen kann, doch er muss zugeben, dass er sich schon sehr an sie und ihre leckeren Kuchen gewöhnt hat, für die vor allem Nando schwärmt.

Er ist allen dankbar, dass sie dieser Frau eine Chance geben, nur um ihn dazu zu bringen, sie etwas näher kennenzulernen. Würde seine Familie sie nicht sehen wollen, wüsste er, dass der Kontakt schon längst wieder beendet wäre. Sie bringen ihn dazu, seine Mutter näher kennenzulernen. »Celina und Janine sind in der Fabrik und haben ihn mitgenommen. Cassandra will Babysitter spielen.« Nando sieht zu Arturos Haus, auf den sie alle noch warten müssen.

»Wo ist Elisa hin?« Nando sieht in die Richtung, in der ihre Schwester verschwunden ist. »Hast du ihr Date vergessen?« Nando zieht seine Augenbrauen hoch und Alonzo hustet, als hätte er sich an seinem Kaugummi verschluckt. »Habt ihr die Telefonnummer von dem Kerl?« Gabriel lacht und schüttelt den Kopf. »Deine Schwester ist erwachsen, sie lässt sich nichts mehr sagen.« Alonzo sieht auf die Uhr. »Ich hab noch etwas zu erledigen, ich komme später dazu.« Mit diesen Worten ist er weg und sie sehen ihm besorgt hinterher. »Irgendetwas stimmt mit ihm in letzter Zeit nicht«, murmelt Nando, doch da kommt Arturo zu ihnen.

»Lasst uns los.« Aus einer Seitenstraße kommt Pablo mit einem Fußball und zwei Söhnen ihrer Freunde und Familia. Die Drei sind neuerdings unzertrennlich. »Papa ...!« Arturo hält sofort ein, Gabriel weiß, dass Pablo ihn erst seit Kurzem so nennt und wie viel Arturo das bedeutet. »Wir wollen später noch ins Einkaufszentrum. Milo fährt uns und bleibt bei uns, ich brauche etwas Geld, bitte.« Grinsend hält er seine Hand auf, noch immer ist es unheimlich, wie viel Ähnlichkeit er zu seinem Vater hat. Es erinnert kaum noch etwas an die Zeit, wo sie ihn abgemagert und zerschlagen vorgefunden hat.

Er ist kräftiger geworden, sieht gesund und erholt aus, doch Gabriel weiß, dass er noch immer auf dem Boden und nicht im Bett schläft. Arturo gibt seinem Sohn Geld und José verwuschelt sein Haar. »Verdreht den armen Mädchen nicht die Köpfe, als ich dich letztens von der Schule abgeholt habe, habe ich gesehen, wie sie dich angesehen haben.« Pablo grinst zufrieden und rennt dann wieder mit seinen Freunden davon. Alles erholt sich, alles wird langsam besser, nur das Loch in Gabriels Herz will sich nicht schließen.

»Dann sehe ich sie sicherlich morgen im Krankenhaus?« Nach dem Termin ist Gabriel bei ihrem Arzt vorbeigefahren. Er muss immer noch regelmäßig hin. Heute konnte endlich der letzte Verband um seine Rippe entfernt werden. Gabriel war so in Gedanken versunken, dass er jetzt verwundert aufsieht. »Wieso im Krankenhaus?« Der Arzt zieht sich die Handschuhe aus und wirft den alten Verband in den Müll. »Na, das kleine Mädchen, für das ich mich einsetzen sollte, sie bekommt morgen ihre neuen Organe transplantiert. Ich werde assistieren, ich dachte, sie wären auch dabei.«

Kapitel 21

Gabriel weiß nicht, ob er Hoffnungen haben darf, als er in das Kinderkrankenhaus fährt. Nando und José wissen Bescheid, wohin er unterwegs ist. Der Arzt hat ihm erklärt, dass Elena schon seit zwei Tagen im Krankenhaus ist, um auf die OP vorbereitet zu werden, die für morgen früh geplant ist. Gabriel fährt sofort los. Nando hat ihm noch geraten, Aurora jetzt nicht mit anderen Sachen zu überfordern, die OP ist sehr riskant, sie wird gerade für nichts anderes einen Kopf haben.

Es ist schon spät, als er das Krankenhaus betritt. Sein Arzt hat ihm mitgeteilt, auf welcher Station sie liegt und Gabriel fährt mit dem Fahrstuhl hoch. Vor der Station fragt er eine Schwester nach Elenas Zimmer. Sie erklärt ihm, ohne von ihrem Blatt hochzusehen, dass es für Besuch zu spät sei. Gabriel klopft noch einmal gegen die Scheibe, bis sie hochsieht. Als sie dann überrascht in sein Gesicht sieht, fragt er noch einmal etwas deutlicher nach. Er will eine ältere Frau nicht einschüchtern, aber so sagt sie ihm schnell die Zimmernummer.

Es ist ganz still auf dem Flur und Gabriel atmet tief ein, bevor er eintritt. Der Raum ist abgedunkelt, auf einem kleinen Tisch neben einem Bett, in dem er Elenas Locken erkennt, brennt schwach eine kleine Lampe. Gabriel sieht auf der Fensterbank den Schatten von Aurora, die ihre Knie umschlingt und in seine Richtung schaut. »Was machst du hier?« Gabriel tritt ein und räuspert sich, doch er beantwortet ihre Frage nicht sofort. Er geht an Elenas Bett und sieht auf den kleinen Engel, der seelenruhig schläft. Die vielen Schläuche an ihren Armen wirken viel zu groß für sie.

Aurora bewegt sich kein Stück, doch er spürt ihren Blick auf sich. Als er dann zu ihr geht, kann er sie besser erkennen. Wenn er es nicht schon vorher gewusst hätte, genau in diesem Moment wäre ihm klargeworden, wie sehr er sie bereits liebt. Sie trägt nur eine Jogginghose und ein schwarzes T-Shirt, ihre Haare sind ihr unordentlich zu einem Knoten hochgebunden. Er erkennt die Sorgen in ihren schönen grünen Augen und auch, dass sie viel geweint hat. Sie wirkt zerbrechlich. Gabriel muss sich zusammenreißen, sie nicht einfach in die Arme zu nehmen, doch er weiß, sie würde ihn wegstoßen.

»Ich habe gehört, dass Elena morgen operiert wird und wollte nach euch sehen.« Aurora lässt ihn nicht aus den Augen, für einen Moment hat er das Gefühl, sie würde gerne in seine Arme kommen, doch sie zeigt ihm mit ihrer kalten Art sofort wieder, dass er alles kaputt gemacht hat. »Aha, und wie hast du das bitte erfahren?« Gabriel seufzt auf und rückt näher. »Das ist doch egal Aurora, ich bin jetzt hier. Ich habe euch die letzten Wochen gesucht … alles was passiert ist …«

Aurora stoppt ihn und hält die Hand hoch. »Warte mal, du sagst, du hast uns gesucht aber nicht gefunden, dass Elena operiert wird, wusstest du dann plötzlich? Es ist schön, dass du da bist, Gabriel, Elena wird sich freuen, sie hat oft nach dir gefragt, aber bitte, erzähl mir nichts mehr. Ich habe nicht mehr viel Kraft und diese Kraft brauche ich jetzt für Elena, also bitte respektiere das.« Gabriel muss sich auf die Zunge beißen um nichts zu sagen, doch er nickt. Aurora muss ihm ansehen, dass er es nicht gerne tut, doch sie sieht wieder schweigend aus dem Fenster.

»Ich habe auch viel an sie gedacht, ich bin mir sicher, dass morgen alles gut geht.« Aurora lächelt, sieht ihn aber nicht an. Gabriel lehnt sich an die Wand zurück und betrachtet ihr hübsches Profil. Auch wenn sie ihn garantiert verflucht und hasst, es tut ihm gut wieder bei ihr zu sein, selbst wenn es unter diesen Umständen ist. »Weißt du noch, als du mir gesagt hast, ich sollte anfangen an Gott zu glauben, an das Gute auf der Welt? Ich war wirklich gerade an einem Punkt, wo ich alles hinschmeißen wollte, ich konnte nicht mehr, ich war so verletzt …« Sie wechselt schnell die Richtung, doch Gabriel spürt, dass sie ihn damit meint.

»Genau an einem dieser Tage, bevor ich wirklich durchgedreht bin, kam der Anruf, dass sie Elena operieren. Seitdem denke ich oft darüber nach, vielleicht gibt es wirklich einen Gott und er hasst mich nicht ganz so doll.« Gabriel muss lächeln. »Er liebt dich, Aurora, wie sollte er nicht?« Sie wendet ihren Blick zu ihm und ihre grünen Augen funkeln ihn an. Doch sie verkneift sich einen Kommentar und steht auf. »Ich gehe mir einen Kaffee holen, möchtest du auch etwas?«

Bis Aurora zurückkommt, überlegt Gabriel krampfhaft, wie er ihr alles erklären kann, doch er weiß, dass genau jetzt der allerschlechteste Zeitpunkt dafür ist. Nur ist das seine letzte Chance, er darf es nicht noch einmal verspielen. Aurora kommt wieder und trinkt einen Kaffee, sie beide sitzen auf der Fensterbank, doch die Kluft zwischen ihnen könnte nicht größer sein. Aurora umarmt sich wieder selbst, es ist kühl und Gabriel holt eine dünne Decke, die beim Bett von Elena liegt. Als er sie ihr umlegt, spürt er, wie sie versucht seine Nähe nicht zuzulassen.

Gabriel setzt sich genau vor sie und sieht sie an. »Aurora, ich weiß, dass ich einen Fehler gemacht habe. Mir ist klar, dass du jetzt nicht darüber reden willst, aber bitte versprich mir, dass wenn die Operation vorbei ist, du mir die Chance gibst, dir alles zu erklären.« Sie schüttelt den Kopf. »Du brauchst mir nichts zu erklären, ich bin nicht sauer auf dich, ich bin sauer auf mich selbst. Weißt du, ein Leben lang war ich der festen Meinung, dass es so etwas wie Liebe und Vertrauen nicht gibt.

Zumindest nicht in meiner Welt, und ich konnte gut damit leben. Dann bist du gekommen und hast alles durcheinandergebracht. Ich war so dumm und habe meine Überzeugungen vergessen und das erste Mal Gefühle zugelassen und wirklich geglaubt, dass es ... ich weiß auch nicht, vielleicht dass es die Liebe doch gibt, doch ich hätte es besser wissen müssen.«

Gabriel rückt noch näher an sie und will seine Hand an ihre Wange legen, doch sie zuckt zurück. »Aber ich liebe dich, Aurora, du hast keinen Fehler gemacht und deine Gefühle sind richtig. Ich war ein Idiot, es kam soviel auf einmal, dass ich nicht mehr klar denken konnte. Ich habe nicht nur dich verlassen, ich habe meine ganze Familie verlassen, es ist keine Entschuldigung, aber du musst mir glauben, das ich es ernst mit dir meine.«

Aurora hat Tränen in den Augen, Gabriel will sie einfach nur in den Arm nehmen, doch noch immer weist sie ihn ab. Es ist das allererste Mal, dass Gabriel einer Frau sagt, dass er sie liebt, weil es das erste Mal wirklich so ist. Und es fühlt sich beschissen an, dass sie ihm das nicht glaubt. Elena fängt an sich in ihrem Bett zu bewegen, doch Aurora sieht ihm immer noch in die Augen.

»Weißt du, obwohl ich diejenige von uns beiden bin, die nicht viel von der Liebe hält, würde ich diese Worte niemals sagen und sie dann nicht so meinen.« Sie steht auf, Gabriel will sie an ihrer Hand zurückhalten, doch sie schüttelt ihn ab und geht zu Elena, die nun wach ist und verstört im Bett sitzt. Gabriel würde am liebsten irgendetwas zerschlagen. Es war schon hart, als er dachte, er hatte sie für immer verloren, doch jetzt bei ihr zu sein und doch so weit weg gehalten zu werden, nicht an sie heranzukommen, trifft ihn noch mehr.

»Was ist los, Süße? Du sollst schlafen.« Aurora versucht ihre Tochter zu trösten, doch wegen der vielen Schläuche kann sie sie nicht auf den Arm nehmen. Gabriel steht ebenfalls auf. Als Elena ihn sieht, fängt sie an zu strahlen, auch wenn ihr dicke Tränen die Wangen herunter kullern. Gabriel muss auch lächeln, er hat die Kleine wirklich vermisst. »Da bist du ja wieder, wo warst du die ganze Zeit?« Aurora lässt ihn an Elenas Bett und er setzt sich zu ihr, dann wischt er ihr die Tränen weg.

»Ich hab einen Fehler gemacht, aber jetzt bin ich wieder da.« Elena nickt zufrieden. »Wieso weinst du?« Sie zeigt auf ihren Arm und die Schläuche, die daran befestigt sind. »Das tut so weh!« Als sie anfangen will daran herumzufummeln, hält Gabriel ihre Hand fest. »Du brauchst die, versuch zu schlafen, bald kannst du wieder hier raus.« Elena weint immer mehr, sie ist noch so klein und muss schon so viel ertragen. »Ich will zu Mami auf den Arm.«

Aurora sieht zu den Schläuchen, sie kann sie nicht auf den Arm nehmen, doch Gabriel hat eine Idee. Er zeigt Aurora an, dass sie sich hinter Elena setzen soll, er muss dabei alle Schläuche vorsichtig halten, doch nach vielem Hin und Her sitzt Aurora, während Elena in ihren Armen liegt und sofort einschläft. Als Gabriel merkt, dass auch Aurora mit dem Schlaf kämpft, legt er ihr ein Kissen so hin, dass sie es bequem hat. »Du hat zwei Gesichter, du bist bei uns so fürsorglich und lieb und dann verschwindest du wieder oder rastest aus.«

Aurora schläft schon halb, als sie ihm diese vorwurfsvollen Worte zuflüstert. Gabriel setzt sich auf einen etwas bequemeren Stuhl und schüttelt den Kopf, auch wenn er das Gefühl hat, dass seine Worte verloren sind, weil Aurora ihm nicht mehr glauben wird. »Nein, ich habe keine zwei Gesichter, ich wusste nur nicht, wie ich mit dir und der Situation umgehen soll, bis mein Herz mir jetzt den Weg gezeigt hat.«

Aurora hört ihn wahrscheinlich nicht mehr, doch es ist egal. Gabriel weiß, dass seine Worte ehrlich sind. Er sitzt den Rest der Nacht an dem Bett und beobachtet die beiden, bis am Morgen einige Schwestern hereinkommen um Elena für die OP fertig zu machen. Es ist alles etwas hektisch und geht ganz schnell. Erst als Elena eine Tablette bekommt um ruhiger zu werden und sie auf dem Weg zum OP sind, bekommt Aurora Panik. »Warten sie noch!« Die Schwester will Elena in den OP schieben.

»Sie können hier nicht mit rein.« Aurora beginnt zu weinen, Elena bekommt das alles nur noch halb mit und streicht über die Hand ihrer Mutter. »Hab keine Angst, Mami, solange ich nicht da bin, passt Gabriel auf dich auf.« Aurora küsst ihr Gesicht und weint immer stärker, auch

Gabriel küsst Elenas Stirn und streicht über ihre Locken. Es wird eine schwere OP, doch er weiß, die Kleine wird das überstehen.

»Wir müssen jetzt wirklich rein.« Gabriel nimmt Aurora vom Bett weg und muss sie zurückhalten, als sich die OP-Tür schließt. »Was ist, wenn sie niemals mehr aufwacht? Was ist, wenn ich sie gerade in den Tod hab gehen lassen?« Gabriel dreht Aurora zu sich, so dass sie ihn anblicken kann. Er sieht Panik und Angst, sie zittert unter Weinkrämpfen. »Sie ist doch mein Leben, Gabriel, was ist, wenn ihr etwas passiert?«

Gabriel zieht sie in seine Arme und sie lässt es zu. »Es wird alles gut und es wird ihr danach besser gehen als jemals zuvor.« Sie stehen lange so da. Auch wenn Aurora sagt, dass sie ihm nicht glaubt, dass er sie liebt, spürt er, dass es ihr gut tut, sich in seinen Armen zu befinden. Sie wird ruhiger, als er ihren Rücken entlang streicht und lässt diese Nähe zu. Egal wie abweisend sie ihn behandelt, er spürt in diesem Moment, dass auch ihre Gefühle für ihn nicht weg sind.

Als sie sich beruhigt hat, setzen sie sich auf eine Bank vor dem OP-Bereich und warten. Aurora bewegt sich nicht vom Fleck weg, Gabriel geht Getränke holen, ruft bei Nando an, holt ein paar Snacks, die Operation dauert mehrere Stunden, und am Nachmittag wird Aurora immer nervöser. Sie fragen die vorbeigehenden Schwestern, doch keine kann ihnen eine Auskunft geben.

Irgendwann wird es hektischer um sie herum, und als dann eine Schwester kommt, springt Aurora auf. »Die Operation verlief bis jetzt ganz gut. Elena ist nur sehr jung und es ist schwer, sie so stabil zu halten. Ihre Werte sind gerade etwas gesunken, so dass wir eine kurze Pause machen mussten, damit sich alles wieder stabilisiert. Sobald es soweit ist, probieren wir es weiter.« Aurora will zu ihrer Tochter, doch das geht nicht. Auch Gabriel hat der Schwester angesehen, dass es nicht so gut verläuft, wie sie gehofft hatten.

Als sie dann nach einer Stunde weiter operieren, ist Aurora schon ganz blass. »Ich hole etwas zu essen, es bringt niemandem etwas, wenn du hier auch noch zusammenklappst.« Aurora winkt ab. »Ich vertrage das Essen im Krankenhaus nicht, dann kippe ich wirklich um.« Gabriel will aufstehen, doch Aurora hält seine Hand fest. »Ich hole dir etwas Richtiges zu essen, du hast doch gehört, selbst wenn jetzt alles schnell geht, dauert es noch mindestens zwei Stunden.« Es scheint ihr sehr schwer zu fallen nach allem was gewesen ist, doch Aurora lässt seine Hand nicht los. »Kannst du ... einfach hierbleiben?«

Gabriel nickt, er schreibt José eine Nachricht und macht dann sein Handy wieder aus. Als er den Arm um sie legt, lässt Aurora es auch zu und lehnt sich müde an ihn. Sie schweigen wie fast die ganze Zeit, die sie dort sitzen. Aurora reagiert auf jedes Geräusch, also bittet Gabriel sie, ihm etwas von Elenas Geburt zu erzählen. Damit hat er etwas gefunden, was sie beide ablenkt. Nach einer halben Stunde geht die Fahrstuhltür auf und José kommt mit einer Tüte zu ihnen. Eigentlich ist der Zutritt nicht für jeden gestattet, aber Gabriel war klar, dass sein Bruder kommen wird, wenn er ihn darum bittet.

José gibt ihnen das Essen. Er sagt, dass er gleich wieder weg muss, eine Schwester wartet oben und zählt die Minuten, doch er fragt, wie es Elena geht und ob sie noch irgendetwas brauchen. Gabriel hat bemerkt, dass es hier viel größere Zimmer gibt und sagt ihm, er soll dafür sorgen, dass sie nach der OP in solch ein Zimmer können, solcher Luxus ist hier in Puerto Rico immer nur eine Sache des Geldes. Aurora will etwas deswegen sagen, doch Gabriel hält ihr einige duftende Quesadillas hin und sie nimmt diese dankbar an. Mehr als einmal bedankt sie sich bei José, als er gehen will und er sagt, dass er sich um alles kümmert.

Aurora bedankt sich erneut und José muss lächeln. »Dafür ist eine Familie doch da.« Er sagt, sie sollen Bescheid geben, wie es Elena geht und als er weg ist, nimmt sich Aurora erst richtig etwas zu essen. Gabriel merkt selbst wie hungrig er ist, und so satt vergeht die letzte Stunde schneller, bis die Schwester endlich herauskommt und ihnen mitteilt, dass die Kleine im Aufwachraum ist und alles gutgegangen sei.

Dieser Anblick ist selbst für Gabriel schwer zu ertragen. Elena liegt ganz blass und zerbrechlich da, sie ist dick eingepackt und zittert, was normal ist nach einer derartig langen Narkose, wie es ihnen die Schwester erklärt. Aurora bricht erneut in Tränen aus, Gabriel bleibt an ihrer Seite, er bleibt bei ihr, als Elena wach wird, er ist da, als sie in das neue, größere Krankenhauszimmer gehen. Er bleibt da, als Aurora und Elena erschöpft einschlafen, erst dann fallen auch ihm auf dem Sofa die Augen zu.

Mitten in der Nacht spürt er, wie jemand ihm eine Decke umlegt und öffnet die Augen. Er sieht in die schönen grünen Augen von Aurora, die überrascht auf ihn blicken. »Tut mir leid, ich wollte dich nicht wecken.« Es ist noch mitten in der Nacht, sie muss nur kurz wachgeworden sein.

Gabriel schläft noch halb, trotzdem rutscht er zur Seite. »Komm her, nur kurz.« Aurora zögert einen Augenblick, doch dann legt sie sich neben ihn und Gabriel breitet die Decke über sie beide aus.

Gabriel hält Aurora fest in seinen Armen, sie legt ihren Kopf an seine Brust und er küsst ihre wilden Locken. »Du hast keine Vorstellungen, wie sehr mir das gefehlt hat.« Er schläft schon fast wieder, als er an seiner Brust eine leise Antwort hört. »Doch, das habe ich.«

Elena muss noch fast zwei Wochen in der Klinik bleiben. Sie müssen gucken, ob sie die neuen Organe annimmt, doch alles sieht gut aus. Elena hüpft nur noch herum und lacht, sie merkt schnell, dass sie jetzt viel mehr Kraft hat. So nah wie in der Nacht, wo sie auf der Couch geschlafen haben, sind sich Gabriel und Aurora nicht mehr gekommen. Sie weicht ihm weiter aus, wenn er versucht, mit ihr über alles zu reden, sagt sie ihm, dass sie das noch nicht kann. Gabriel gibt trotzdem nicht auf, er ist jeden Tag im Krankenhaus und fast immer begleitet ihn jemand aus seiner Familie.

Er erzählt Aurora auch, was bei ihm passiert ist, als er diese Wochen weg war, was alles passiert ist, bevor er sie im B.B. gesehen hat. Er erzählt ihr von Debby, und seine Mutter kommt auch zu Besuch ins Krankenhaus. Aurora versteht das alles, trotzdem scheint es so, als wolle sie ihnen keine neue Chance geben.

Elena hat sich wahnsinnig gefreut, als José und Janine gekommen sind und ihr einen großen Hello-Kitty-Luftballon mitgebracht haben. Sie mag Cassandra, die mit Olivia gekommen ist, auch all seine Brüder sind hin und weg von diesem kleinen Lockenkopf. Elisa war auch zweimal da und genau sie versteht sich sehr gut mit Aurora, vielleicht weil sie beide schon Schlimmes in ihrer Vergangenheit erlebt haben und spüren, dass es der anderen auch so geht.

Gabriel bemerkt das Bemühen seiner Familie, Aurora zu zeigen, dass sie bei ihnen willkommen ist, doch es wird nichts bringen, wenn sie Gabriel nicht verzeihen kann. Arturo fragt ihn öfter ob sie miteinander sprechen konnten, doch Gabriel kann ihm dann nur sagen, dass sie ihn nicht an sich heranlässt.

Einen Tag, bevor Aurora und Elena das Krankenhaus verlassen, muss Gabriel zu einem Termin in eine andere Stadt. Elena schläft, als er sich verabschiedet und Aurora nach ihrer neuen Adresse fragt, damit er sie dann dort besuchen kommen kann, doch Aurora sieht zu Boden. »Ich denke nicht, dass es eine gute Idee ist, Gabriel, du machst es so nur schlimmer und es wird niemals aufhören mir wehzutun.« Gabriel sieht sie ernst an. »Ich habe nicht vor dir wehzutun, Aurora, ich will alles wieder gutmachen. Ich liebe dich und denk nicht, dass ich die letzten Tage nicht gemerkt habe, dass es dir genauso geht.«

Aurora beginnt zu weinen und schmeißt eine Jacke, die sie gerade in der Hand gehalten hat, auf einen Stuhl. »Wieso machst du es mir so schwer? Natürlich liebe ich dich, du bist der erste Mann, für den ich überhaupt etwas empfinde, doch das zwischen uns wird nicht funktionieren. Und ich werde mir nicht noch mehr wehtun und so blind sein und über alles hinwegsehen.« Gabriel geht auf sie zu, er weiß, wie viel die Worte aus ihrem Mund bedeuten, dass sie ihm ihre Liebe gestanden hat.

»Aurora, es tut mir leid, lass es mich doch wieder gutmachen.« Aurora hebt die Arme. »Das hast du doch schon längst, wenn du da bist, tust du so liebe Sachen, du hast für die nächsten 10 Jahre alles schon wieder gutgemacht, doch das ändert nichts. Weißt du, wie weh es mir getan hat, Gabriel? Ich dachte, du bist der erste Mann, der darüber hinwegsehen kann, wer oder was ich bin oder war. Für dich wollte ich alles ändern, auch jetzt wo du weg warst, habe ich mit all dem aufgehört. Ich suche mir gerade Arbeit als Schneiderin, hab eine neue Wohnung. Ich habe mit dir geschlafen und das erste Mal etwas dabei gespürt ... ich wollte niemals wieder etwas anderes, doch du wirst das nicht können.

In dem Moment, wo du wütend warst, hast du die Wahrheit gesagt, du hast gezeigt, dass du meine Vergangenheit nicht vergessen kannst und dann warst du einfach weg. Weißt du, wie weh mir das getan hat, als du mich vor allen Leuten als Hure beschimpft hast und weggegangen bist? Elena hat jeden Tag nach dir gefragt. Du warst einfach weg, dann tauchst du hier auf und machst solche Sachen, doch wie oft soll das so gehen? Wie oft gehst du wieder? In deinem Kopf werde ich immer Maleika aus dem B.B. sein, auch wenn du es vielleicht nicht zugibst.«

Gabriel könnte gegen eine Wand schlagen, als er den Schmerz in Auroras Gesicht sieht. Er wusste, dass er es versaut hat, doch nicht wie schlimm es sie wirklich getroffen hat. Gabriel geht näher zu ihr, egal wie sehr sie zurückweicht. »Aurora nein, ich liebe dich, ich habe einen Fehler gemacht, aber ich ...« Aurora unterbricht ihn. »Gabriel, versteh doch, ich muss jemanden finden, der meine Vergangenheit nicht kennt, der mich so sieht, wie ich bin und nicht jedes Mal an meine Vergangenheit zurückdenkt. Ich weiß doch, dass du immer einen Engel an deiner Seite wolltest ...« Ihre Tränen sind wie heftige kleine Stiche in seinem Herzen. »Ich bin es nicht, Gabriel, auch wenn es mir noch so wehtut, ich bin nicht dieser Engel. Ich hoffe, dass du deinen Engel finden wirst, sie wird die glücklichste Frau der Welt sein, an deiner Seite, doch auch wenn du es dir jetzt probierst einzureden, ich bin es nicht, und das wissen wir beide genau.«

Die Tür geht auf und zwei Schwestern kommen herein, um Elena Blut abzunehmen, Aurora streckt sich zu ihm. Ganz zart drückt sie ihm ihre Lippen auf den Mund und schließt dabei die Augen. Er sieht, wie weh ihr all das tut und fühlt sich, als würde er nur dabei stehen und könnte nichts machen. Ihre Lippen schmecken salzig. »Geh jetzt bitte und mach es uns nicht noch schwerer.« Elena wird langsam wach und José, der unten im Auto wartet, lässt auf seinem Handy klingeln.

»Ich kann dich nicht ...« Aurora sieht ihn flehend an und schiebt ihn schon fast aus der Tür. »Bitte, ich habe keine Kraft, noch einmal verletzt zu werden. Ich bin nicht dein Engel, auch wenn es mich innerlich umbringt, doch es ist falsch sich da etwas vorzumachen.« Sie wendet sich um und geht zurück ins Zimmer.

Gabriel schmeißt wütend einen Stuhl um, als er auf dem Weg nach unten ist. Sobald er sitzt, gibt José Gas. »Alles klar? Seht ihr euch wieder, wenn du zurück bist?« Gabriel antwortet nicht, er sieht alles an seinem inneren Auge vorbeiziehen, die letzten Wochen und immer wieder Auroras Lachen, wenn sie zusammen waren. Er kann sie nicht gehen lassen.

Sie sind schon fast aus San Sebastian raus, als Gabriel zu seinem Bruder sieht.

»Fahr zurück, ich muss nach Hause, du musst Nando mitnehmen. Ich kann jetzt nicht weg, sie ist alles, was ich will ...« José hat das Auto bereits gewendet.

Kapitel 22

Gabriel weiß, dass er so nicht an Aurora herankommen wird, sie blockiert alles, doch er hat auch gesehen, wie weh ihr all das selbst tut. Das ist es, was ihm Hoffnung macht, er muss sie nur in eine andere Situation bringen, um in Ruhe mit ihr sprechen zu können. Gabriel hat einen Plan. Während er alles für seinen Plan vorbereitet, muss er daran denken, wie der eigentliche Plan für sein Leben immer ausgesehen hat. Es ist in letzter Zeit alles schief gelaufen, und irgendwie hat sich das Schicksal immer gegen seine Pläne gestellt, doch dass ihn das letztlich zu Aurora geführt hat, zeigt ihm jetzt, dass es das Schicksal gut mit ihm gemeint hat, auch wenn er es am Anfang nicht sofort gesehen und nicht verstanden hat.

Er muss sich am nächsten Tag beeilen und gibt dem Personal noch einige Anweisungen, dann fährt er die lange Stecke bis zum Krankenhaus. Davor wartet Olivia, die über alles Bescheid weiß und ihn aufgeregt umarmt. »Viel Glück, das ist so schön!« Gabriel fühlt sich wie ein kleiner aufgeregter Schuljunge. »Ich hoffe, sie redet überhaupt mit mir.« Olivia nickt und lächelt. »Wenn sie dich nur halb so sehr liebt wie ich Arturo, wird sie dir verzeihen, bei euch muss man auf alles gefasst sein, also los jetzt!«

Gabriel fährt hoch zu dem Zimmer. Genau in dem Augenblick als er den Fahrstuhl verlässt, verabschieden sich Aurora und Elena von den Schwestern. Elena entdeckt ihn als Erste. »Gabrielllll!« Sie kommt auf seinen Arm gehüpft, er kann nicht glauben, wie viel mehr Ausdauer sie jetzt schon hat. »Seit du gestern gegangen bist, hat Mami immer wieder geweint, du darfst nicht weggehen, das macht Mama traurig.«

Gabriel küsst Elena, sie versteht die Bedeutung von all dem nicht, weiß nicht, dass sie ihm damit gesagt hat, dass er genau das Richtige tut. »Ich gehe nicht mehr weg.« Da kommt Aurora zu ihnen. Gabriel lässt Elena herunter. Aurora hat ihn weggeschickt, trotzdem sieht sie erleichtert aus ihn zu sehen. Als sie vor ihm ihre Taschen abstellt, denkt Gabriel an seinen Plan, sie einfach nicht zu viel nachdenken zu lassen und zu handeln, sie steht sich selbst im Weg. »Ich dachte, du wärst wieder gegangen.«

Tränen bilden sich erneut in ihren Augen, Gabriel weiß, dass sie in letzter Zeit viel zu viel geweint hat. Sie trägt einen langen weißen Rock und ein weißes Top, ihre Haare sind offen, sie ist wunderschön, viel zu schön, er kann nicht glauben, dass er sie immer wieder zum Weinen bringt, es ist das letzte was er will.

»Du hast mich weggeschickt ...« Aurora nickt. »Ich weiß, das musste ich, es hat sich aber falsch angefühlt, ich dachte ... ich weiß auch nicht mehr, was ich denken soll.« Gabriel nimmt die Taschen hoch, Aurora blickt an seiner schwarzen feinen Hose und dem schwarzen Hemd entlang, die letzten Tage hat sie ihn nur mit Shorts und Shirt gesehen.

»Ich werde nicht mehr gehen, Aurora. Ich habe dich darum gebeten, mir einmal richtig zuzuhören, wenn all das vorbei ist, mehr will ich nicht, wenn du mich dann immer noch wegschickst, werde ich es akzeptieren.« Aurora will noch etwas sagen, doch Gabriel nimmt Elena an die Hand und geht zum Fahrstuhl, er wird seinen Plan jetzt durchziehen. »Komm einfach mit und vertraue mir, dieses letzte Mal!« Sie bleibt stehen, doch dann nickt sie und steigt zu ihnen in den Fahrstuhl.

Als sie aus dem Krankenhaus kommen, springt Cassandra ihnen freudig entgegen. »Elena, du bleibst bei uns und wir dürfen Prinzessinnenfilme sehen und Popcorn essen.« Elena ist schon überzeugt und Gabriel dreht sich zu Aurora um, die von Olivia begrüßt wird. »Elena bleibt solange bei Olivia, du brauchst dir keine Sorgen zu machen, ihr wird es an nichts fehlen, sie ist in guten Händen.« Olivia grinst, Aurora sieht ihn unsicher an. »Das weiß ich, aber was hast du vor?« Seine Schwägerin nimmt Aurora ihre Tasche ab. »Lass dich überraschen und sei nicht zu streng, er liebt dich. Und lass dir von mir den Tipp geben, auch wenn es einem die Natos-Männer nicht immer leicht machen, sie sind es wert zu kämpfen.« Mit diesen Worten geht Olivia mit den beiden Kleinen zu ihrem Auto, lächelt ihnen noch einmal zu und Gabriel bringt Aurora zu seinem Auto, bevor sie es sich noch einmal anders überlegt.

Doch sie tut es nicht. Als er losfährt, fragt Aurora zu seiner Verwunderung nicht weiter nach, sie sieht einfach leise aus dem Fenster, irgendwann schließt sie die Augen und schläft ein, was Gabriel nur recht ist. Er überlegt sich noch einmal seine Worte, beschließt dann, sie einfach frei aus dem Herzen zu sagen, er überlegt was er tut, wenn Aurora negativ reagiert, aber auch das wird er sich dann überlegen. Als er während der Fahrt über ihre Wange streicht, lehnt sie sich zufrieden gegen seine Hand. Er kann nur hoffen, dass sie auf ihr Herz hört.

Als sie endlich ankommen, hält Gabriel am Tor und fragt ob alles vorbereitet ist. Während sie dann zum Strandhaus hinunterfahren, kommen ihnen schon die zwei Haushälterinnen entgegen und lächeln aufgeregt in ihr Auto. Gabriel hält vor dem Haus und macht Aurora vorsichtig wach. Sobald sie bemerkt wo sie sind, sieht sie ihn fragend an.

»Ich wollte dich an die Tage erinnern, die wir hier glücklich verbracht haben und nicht nur an das Negative.« Aurora muss lächeln. »Du willst mich also bestechen?« Gabriel lacht auf. »Ich bin Profi darin.« Er atmet tief ein, als sie das Haus betreten, er hofft, dass alles so ist, wie er es gestern vorbereitet hat und es geplant ist.

Aurora schlägt sich die Hand vor den Mund, auch Gabriel ist überwältigt wie das Ganze nun wirkt, als es bereits zu dämmern anfängt. »Was hast du ...? Oh mein Gott, bist du wahnsinnig?« Aurora zieht ihre Flip Flops aus und läuft auf den Tausenden von Rosenblättern, die im Haus verteilt sind, zu dem Strand, der mir Hunderten Kerzen geschmückt ist. Gabriel lächelt als er sieht, wie sich Aurora fasziniert im Kerzenschein auf dem Sand dreht. Er hat es sich nicht so schön vorgestellt, wie es tatsächlich geworden ist.

Aurora bleibt stehen und sieht zu ihm, als er auf sie zukommt. »Du bist so ...« Sie kommt schnell zu ihm und umarmt ihn. Gabriel ist etwas überrascht, doch natürlich legt er auch die Arme um sie. »Ich habe dir doch schon längst gesagt, dass ich dich liebe und auch wenn ich denke, dass es nicht ...« Gabriel lacht und nimmt ihre Hand. »Lässt du mich jetzt endlich das sagen, was ich schon die ganze Zeit loswerden möchte?«

Aurora lächelt und nickt, dann redet sich Gabriel alles vom Herzen, was er zu sagen hat. »Du hast recht, mit allem was du gesagt hast, mir ist klar, dass es dumm und ein großer Fehler von mir war, was im B.B. passiert ist, ich kann es gar nicht oft genug sagen, doch in einer Sache hattest du unrecht.

Du brauchst keinen Mann, der deine Vergangenheit nicht kennt. Ich will nicht lügen, es war für mich schwer, all das zu akzeptieren und es wird immer schwer für mich bleiben, daran zu denken, damit zu leben, was die Frau, die ich so sehr liebe, alles schon mitmachen musste, aber ich liebe dich trotzdem.

Du hast recht, dass du nicht der Engel bist, den ich mir immer vorgestellt habe, doch du bist zu meinem Engel geworden, viel mehr als das, ich will niemand anderes mehr an meiner Seite und ich könnte mir keinen besseren Engel als dich vorstellen. Du bist zu dem Besten geworden, was mir jemals passieren konnte.« Aurora weint und Gabriel seufzt auf. Auch wenn er sieht, dass sie vor Freude ihre Tränen verliert, nimmt er ihr Gesicht in seine Hände und streicht die Tränen weg.

»Du hast bereits viel zu viel wegen mir geweint, es tut mir so leid, Engel.« Aurora kann nichts sagen, sie küsst ihn einfach und Gabriel fallen Felsbrocken vom Herzen, dass er sie nicht verloren hat. Es fühlt sich so gut an, sie wieder zu spüren, Gabriel dehnt den Kuss aus und Aurora schmiegt sich an ihn. Seine Lippen berühren ihre Stirn, doch sie finden immer wieder den Weg zu ihren Lippen und er murmelt, wie leid es ihm tut.

Als sie sich dann lösen, küsst sie seine Wange. »Ich liebe dich doch genauso, aber ich habe Angst Gabriel, ich habe noch nie so etwas für einen Mann empfunden und bin mir unsicher, ob du das alles wirklich willst, es steckt so viel mit in dieser Entscheidung, du musst alles akzeptieren und wollen, mich, Elena, meine Vergangenheit. Du könntest jede andere Frau haben und es so viel leichter ...«

Gabriel stoppt sie mit einem Kuss. Dann zieht er das schwarze Kästchen aus der Hosentasche und kniet sich vor sie. Aurora erstarrt. Es gibt nichts Schöneres, als ihr Gesicht im Licht dieser vielen Kerzen. Er war sich noch nie so sicher wie in diesem Moment, genau das Richtige zu tun. »Nein ... was tust du da?« Es ist nur noch ein ersticktes Flüstern von ihr, Gabriel nimmt ihre Hand.

»Aurora, ich war mir noch nie einer Sache so sicher, wie, dass du und Elena von jetzt an zu meinem Leben gehört. Ich hoffe, du kannst mir alles verzeihen, ich verspreche, dass ich dich niemals wieder verlassen werde. Ich kann dir nicht versprechen, dass ich niemals wieder einen Fehler machen werde oder dass alles immer einfach sein wird, doch ich schwöre dir, mein Bestes zu geben, dass wir eine Familie werden und ich immer zu dir halten werde.

Willst du meine Frau werden?«

Anstelle einer Antwort geht Aurora auch auf die Knie und nimmt dieses Mal sein Gesicht in ihre Hände. »Ich habe dir längst verziehen und ich will auch nicht mehr ohne dich sein, du brauchst mir keinen Antrag zu machen, nur damit ich dir glaube, dass du es ernst meinst. Ich liebe dich auch so.«

Gabriel lacht leise. »Ich weiß, dass ich das nicht muss, doch ich will es von ganzem Herzen. Auch wenn mein Plan für mein Leben immer etwas anders ausgesehen hat, bin ich jetzt dankbar dafür, dass das Schicksal dich in mein Leben hat kommen lassen und du alles umgeworfen hast. Doch auch wenn es nicht so ist, wie ich es geplant hatte, wusste ich schon immer, wenn ich meinen Engel finde, dass ich sie niemals wieder gehen lassen werde. Ich meine es ernst, Aurora, und von ganzem Herzen, ich liebe dich, ich will keine andere Frau, nur dich. Und ich wäre der glücklichste und stolzeste Mann der Welt, wenn du meine Frau werden würdest.«

Aurora wischt sich die Tränen weg, sie nickt und küsst ihn. »Natürlich will ich das. Ich liebe dich.« Mit einem Kuss besiegeln sie ihre Versprechen und Gabriel steckt ihr den Ring an den Finger. Er passt wie angegossen. Aurora betrachtet ihn fasziniert. »Du bist so wahnsinnig, das ist ein Diamant.« Gabriel nickt, sieht, wie gut er an ihrer Hand aussieht und gibt einen Kuss auf ihre Hand. »Ich fand, er passt am besten, man findet Diamanten nur im Dunklen der Erde, sie liegen nicht überall und es ist schwer an sie heranzukommen. Sie entstehen nur unter Druck und viel Anstrengung, so wie unsere Liebe, es war kein leichter Weg, doch dafür strahlt er dann ewig und ich habe nichts weiter mit uns vor.«

Aurora küsst ihn und lächelt dann. »Mein Mann.... ich habe es niemals gewagt davon zu träumen, einmal so glücklich zu sein.« Gabriel küsst ihren Hals entlang und Aurora lacht, endlich hört er sie wieder frei und ehrlich lachen.

»Du musst Elena noch fragen, ob sie einverstanden ist.« Gabriel lacht ebenfalls. »Sie darf sich ein Zimmer aussuchen und es einrichten wie sie es möchte, ich liebe die Kleine mittlerweile und ich denke, sie hat mich auch lieb.« Aurora nickt. »Das hat sie.« Gabriel setzt sich in den Sand und zieht sie auf sich. Als er sie endlich wieder so nah bei sich hat, weiß er, dass er nichts anderes mehr will.

»Du hast mir so gefehlt«, gibt Aurora leise zu, als sie sich immer wieder küssen und es genießen, dass sich ihre Haut wieder berührt. »Du mir auch, Engel.« Gabriel kann sich kaum beherrschen, auch Auroras Sehnsucht war zu groß und sie beide sind schnell komplett nackt auf dem warmen Sandstrand. Gabriel legt sie auf den Sand, ihr Gesicht schimmert weich im Kerzenschein und unter den Strahlen des Mondes. Alles was Gabriel in den schönen grünen Augen erkennt ist, Liebe, keine Spur mehr von Angst oder Zweifel.

Der Diamant an ihrem Finger ist alles, was sie noch an sich trägt und es gäbe kein besseres Zeichen für ihre Liebe.

Schwer zu erschaffen und doch so wertvoll und unendlich strahlend.

Als er zu ihr hinunter sieht, überkommt ihn ein wunderbarer Stolz auf seine Frau und den schönsten Engel von allen, er hatte immer andere Pläne, doch das Schicksal hatte etwas Besonderes mit ihm vor und egal wie schwer der Weg bis hierher war, er ist dankbar dafür, seinen Engel jetzt endlich bei sich zu haben.

Leseprobe aus El Destino 5

Nathan wird durch immer wiederkehrende dumpfe Schläge langsam wach. Oh Gott, die Nacht war so heftig, dass er schon jetzt dafür bestraft wird. Die Schläge werden lauter. Nathan lässt die Augen zu, er ist noch viel zu müde, um sich zu bewegen oder richtig wach zu werden, doch in dem Moment hört er eine Tür aufgehen, Josés lautes Lachen und öffnet die Augen.

Nathan braucht einen Augenblick, um richtig klar sehen zu können, doch dann blickt er auf einen belustigten José, einen wütenden Arturo und Nando, der streng die Arme vor der Brust verschränkt und auf ihn nieder blickt. Erst als sich die beiden Frauen von gestern Nacht neben ihm regen, fällt Nathan wieder ein, dass er gestern das erste Mal das Vergnügen hatte, zwei Frauen ausprobieren zu dürfen und er ist begeistert.

Er setzt sich auf und kratzt sich am Kopf. »Was tut ihr hier in meinem Schlafzimmer?« Zum Glück verdeckt eine dünne Decke das Wichtigste. »José hebt mit einem Finger einen Tanga an, der irgendwie auf einer Lampe gelandet ist. »Wir waren vor dreißig Minuten verabredet. Wir wollten eine Lieferung der Russen bewachen, erinnerst du dich? Als du nicht aufgetaucht bist, habe ich mir Sorgen gemacht. Immerhin solltest du dich noch schonen. Ich wusste nicht, dass das dein Schonprogramm ist.«

Er feuert den Tanga in Nathans Richtung und der wehrt ihn sauer ab. »Und da musstet du gleich bei den beiden petzen gehen?« Nando muss nun auch grinsen. Eine der Frauen regt sich immer mehr. Nathan kann nicht fassen, dass seine Brüder echt einfach in sein Schlafzimmer geplatzt sind. »Die Nacht war etwas heftiger als geplant. Ich mach mich fertig.« José schüttelt den Kopf. »Der Termin ist abgesagt. Arturo war eh auf dem Weg zu dir, um mit dir zu reden.« Nando setzt sich auf einen Sessel. »Ich wollte dabei sein, wenn du die neusten Neuigkeiten erfährst.«

Arturo räuspert sich. Eine der Frauen dreht sich so im Bett, dass man einen guten Blick auf ihren Hintern hat. Nathan sollte seine Brüder endlich rausschmeißen und das Ganze nochmal von vorne genießen.

»Ich habe einen Anruf bekommen, wir haben einen neuen Auftrag.« Nathan will gerade sagen, dass er später zu Arturo kommt und seine Brü-

der rauswerfen, da sieht er, dass plötzlich alles Belustigte aus den Gesich-
tern seiner Brüder abfällt.

»Der Vater von Alyssia hat angerufen, sie brauchen Hilfe in Kanada!«

Alles was Nathan gerade noch im Kopf herumgegangen ist, entfällt ihm
und er sieht seine Brüder verwirrt an.

Entdecken Sie

die

ergreifende Welt

von

Jaliah J.

Tauchen Sie ein in die faszinierende Welt von

Jaliah J.

Die Buchreihe
Llora por el amor

Jaliah J.

Hijas de la luna

Die Legende der Töchter des Mondes

Stell dir vor, du erfährst, dass die Welt, die du eigentlich zu kennen vermagst, nicht das ist, was du all die Jahre dachtest. Wesen, Gefahren und Gefühle existieren, von denen du nicht einmal zu träumen gewagt hast ...

Hijas de la luna - Die Legende der Töchter des Mondes

... und dann erkennst du, dass du schon immer, ohne es zu wissen, ein Teil dieser Welt warst.

www.jaliahj.de

Startseite Deutsch   Die Bücher   Homepage English   Aktuelles und Kontakt zu Jaliah J.   Kontakt   Gästebuch

Jaliah J. ist eine junge Autorin, die mit ihrer Familie in Berlin lebt. Ihre Wurzeln sind in der ganzen Welt verstreut, doch ihr Herz schlägt für Puerto Rico.

Angefangen haben ihre ersten Schreibversuche in einigen Internetforen, wo sie schnell einige treue Leser ihrer Geschichten gefunden hat und es nicht mehr viele Schritte bis zum ersten Buch waren. Mittlerweile füllen viele Bücherregale die Werke der jungen Autorin und ihre Bücher sind regelmäßig in der Bestsellerliste von BOD vertreten.

Mit ihrer bekannten Llora por el amor - Reihe hat sie eine ganz neue Welt erschaffen, in die sich viele Hunderte junge Leser regelmäßig zurückziehen und alles um sich herum vergessen.

Es sind einige weitere Projekte geplant, so dass man auch in Zukunft noch viel von der jungen Autorin hören wird.

Tauchen auch sie ein in die faszinierende Bücherwelt.

"Diese junge Autorin schreibt mit ebenso viel Hemmungslosigkeit wie Konsequenz Liebesromane, ich wünsche ihr einen langen erzählerischen Atem für sprudelnde Phantasie und mitreißende Fantasy."

Vito von Eichborn

(Vorwort zur Sonderausgabe zu Werwölfen, Vampiren und den Töchtern des Mondes)

Shirts, Handycases und vieles mehr zu den Büchern von Jaliah J.

Viel Spaß auf meiner Seite

follow me ...

Leserkommentare

„Jaliah schreibt leidenschaftlich und hingebungsvoll. Ich habe schon sehr viele Bücher gelesen, die ich richtig, richtig gut gefunden habe. Aber Jaliahs Story nehme ich ihr voll und ganz ab. Kaufe ihr das ab, was sie schreibt. Man hat bei der Lektüre das Gefühl, live dabei zu sein. Sich mitten im Geschehen zu befinden und man kann sich mit ihren Charakteren identifizieren. Man fiebert mit, will wissen wie es weiter geht und der „Süchtigkeitsfaktor" ist auf jeden Fall vorhanden! ;) Ich kann jedem der eine Reise nach Puerto Rico mit dem Kopf machen möchte, in eine neue Welt eintauchen will, den Zusammenhalt der Gangs und deren Familien spüren, das Buch weiter empfehlen!"

Hope

"Hope/Amal, die Geschichte zwischen einem christlichen Mädchen und einem arabischen Prinzen, war unglaublich mitreißend.

Die Persönlichkeit und das Handeln von Farhan (dem arabischen Prinzen) war mir völlig neu und extrem erfrischend.

Auch die liebenswerte Einführung in die Welt des Islam hat mich berührt.

Jaliah hat die Verbindung zwischen zwei Religionen in Form dieses Buches sehr schön dargestellt!!

Die Geschichte ist mitreißend! Zusammengefasst: Ein tolles Buch mit einer zauberhaften Liebesgeschichte die es sich zu 100% zu lesen lohnt!"